JN239837

O Casamento * Nelson Rodrigues

結婚式

ネルソン・ロドリゲス　旦 敬介 訳

国書刊行会

Nelson
Rodrigues
O Casamento
1966

目次

1

車はメルセデス、そこから下りると、運転手に指示した――

「三十分後に迎えにきてくれ」

車は走り去った。メルセデスのいいところは、ほとんど知覚できないような柔らかいスピード感だった。サビーノはタバコを買いにいく。釣銭を待っていると、一人の男が隣の男の背中を叩いてどなるのが目に入った――

「悪人はみんな痩せてるってな!」

ひどく奇妙なことに、それが彼にとっては個人的な罵倒のようにぐさっときた。釣銭――五千の札一枚――を受けとり、歩いて離れた。男は同じうれしそうな激しさをこめてさらにくりかえした――

「悪人は痩せてるもんなんだ」

内心に憤怒を抱きながらサビーノは考える、自らを正当化する、あるいは自らを贖罪するかのように――「わたしは悪人じゃない」。その男の顔も、唾液まみれのその笑い声も、彼は二度と忘れることがないはずだった。

建物の入口ホールに入った。その十階のオフィスを全部使ってサンタ・テレジーニャ不動産が営業していた（彼の妻が提案したというか強要した社名だった）。彼はその支配人で社長だった。サビーノは、正式にはサビーノ・ウショア・マラニョンだが、漠然と、いや、ちがう、全然ちがう、強迫的にだ、痩せていることを恥じているのだった。寝室で服を脱ぐと（けっして妻の前ではしない）、いつも鏡の前に立った。すると彼の顔は残酷な不満の表情に歪《ゆが》んだ。そこには細くて繊細なふくらはぎが、痩せ細った胸が、キリストのようなあばら骨があった。そうだった、彼は痩せ細ったキリストのような裸体をしているのだった、薄い、ごくごく薄い皮膚に覆われているだけの。中学高校時代を過ごしたコレジオ・バチスタでは「干しケツ、干しケツ」と呼ばれていたものだった。

末娘が翌日に結婚することになっていた。幾度となく、オフィスの中で、彼は仕事を中断して、長々と考えこんだ。そして、黙ったまま、なかば空中に浮かんだみたいに、死んだようなまなざしのまま、思いめぐらすのだった——痩せてる人間の中には裸で愛しあうことができない、あるいは明るいところで愛しあうことができない人間もいるのだ、と。しかし彼は、五十歳にして、なおも少なくない女たちの関心を惹くことのある男だった。ハリウッド映画によく出てくる上品な父親たちのようでもあった。苦みばしった顔には、強烈で、しかも愛撫するような悲しげなまなざしがあった。優しさがあらわれた瞬間には、そのまなざしからは光があふれてくるのだった。

まだ若くて独身だったころ（まだコレジオ・バチスタにいたころだ）、仲間とともに女たちのいる店に行ったことがあった。そしてそこで、仲間の一人が、それは神学校出身の男だったが、サビーノのほうを向いて言った——

「そこのそれを取ってくれよ、干しケツ」

みんな笑い声をあげた。サビーノは聞こえなかったふりをした。視線を落とす。相手は同じことをくりかえす。サビーノはテーブルに目をやって、すばやく瓶をひっつかむ――

「もう一度言ったら、干しケツと今度呼んだら、ぶっ殺すぞ、わかったか？　ぶっ殺す！」

あの時ほど殺人に近づいたと感じたことはなかった。店のマダムが大急ぎでやってきた。サビーノの様子に、聖人のようなその蒼白さ、殉教でもしそうなその清らかなまなざしに驚いて、彼女は低い声で、じっと見つめたまま言った――

「一緒にいらっしゃい、さあ」

連れていかれるままになった。サビーノはのちに知ったことだが、そこのマダムは本を読む人だった。ときには、読んでいる小説を女たちの顔に向けて投げつけることもあった。『偉大なる企業家』を暗唱できた。彼女はサビーノの両手を自分の手の中に握りしめると、占いの女のように予言した――

「坊や、坊や。あんたはひどく苦しむことになるよ！」

その当時は、痩せているという妄執の中で、自分は早死にするのだと信じていた、もしかしたら二十一までも行かないかもしれないと。自分が棺《ひつぎ》の中に入っているのを想像するのが好きだった。死人の足よりも、靴のほうがもっともの悲しいと思った。裸足で死ぬのはむしろ恵まれていること、ほとんど甘美なことだった。

しかし、彼は生きのびたのだった。二十歳にして、二歳年下のマリア・エウドクシアと結婚した。だいぶあとになって、妻との喧嘩で、彼女は泣きながらこう訊いてきた――

「どうしてあたしと結婚したのよ？」

真実を言う勇気がなかった。視線をそらした――

「どうしてって、何だ？　きみのことが好きだったからだ、当たり前だろ！」

しかし、告白しなかった真実とはこうだった――結婚したのは、売春婦が相手だと自分が不能だったからなのだ。まだ独身だったうちに、女たちの店にまた行ったことがあった。女将《おかみ》は同じ女で、部屋の隅で、馬車や不倫をする女たちが出てくる小説を読んでいた（現代の物語は好きじゃなかったのだ）。あの太った女には大昔の肖像画のような、死んだ人の優美さがあった。

サビーノは女たちの間を抜けて歩いていった。彼女らの一人、胸が強烈で、間抜けな顔をしているのが、彼に「愛をちょっと」ちょうだいと言ってきた。ほとんど逃げるようによけた。やせっぽちの内気さから、彼はテーブルと椅子の合間をしばらく当てもなく徘徊した。そして、突然、父親の死を思い出した。死ぬ三十分前、すでに末期的な呼吸困難に陥っている段階で、親父は彼の手をつかんだのだった。こう言って、くりかえした――

「善良な人間。善良な人間」

母親は息子をつついた。

「おまえのことだよ、おまえのことだよ」

たしかにそうだった、サビーノのことだった。父親は彼が善良な人間になることを望んでいた。そして、そのとき以来、死者の意思が彼にどこまでもつきまとうことになった。サビーノはこっちへあっちへとさまよい歩いたあげく、ついにマダムのところに行った。いつもの彼女の居場所で、本をひざ元にのせていた。

赤くなって、彼は燃えるような敬意をこめて言った――

「マダム、僕はあなたと行きたいんです」

それはジェット噴射のように出た。そして、すでに彼は後悔していた。マダムは彼が誰なのか気づいた。万人の母親としての濡れた目つきをしていた。うれしい驚きを見せながら彼女は質問した——

「わたしと？」そして若い娘のような媚《こ》びをこめて、くりかえした——「わたしと？　こんなにたくさん若い子がいるのに！」

父親の死が彼の頭からは離れなかった。泣きそうな口をして食いさがった——

「あなたがいいんです」

すると、太ったノスタルジックな女将は、少女のような活発な身のこなしで身体を起こした。彼女の全体が笑っていた、その胸が、尻が、腹が笑い、そのブレスレットも笑っていた。そして彼はもう父親の死のことを考えていなかった。今では、あの神学校出身者に対する自分の怒りのことを思い出していた、そうだった、彼のことを「干しケツ」と呼んだあの神学校出身者のことを。自分自身の暴力性への突然のノスタルジアを感じて、彼はあの古い声を耳の中で聴いていた——「ぶっ殺すぞ！　ぶっ殺す！」

マダムは彼に手を差し出した——

「ウィ、ウィ！」

彼女はブラジル人だった、親はリトアニア人だったが、本人はブラジル人だった。それでもときおり、発音に訛《なま》りを出してみせた。染みだらけ、そばかすだらけで、ツグミみたいにたくさんの斑点があった。ちょっとした身ぶりでも、ブレスレットやペンダント、ネックレスが、じゃらじゃらと、とんでもない音を立てた。じろじろと見られながら、彼は進んでいった。すると、突然、階段のところで、気持ち悪さを感じはじめた、その女に対する単純明快な気持ち悪さを。それに続いて、死にかけていたときの父親の匂いにも気持ち悪さを感じはじめた。女たちの一人が階段を下りてきた。マダムは笑い声をあげた――

「愛しあってくるの」

もう一方の女は、とても色が黒く、かなりインディオ的だったが、けたたましい笑い声をあげた。サビーノは階段の一番上まで来て、考える――「もし彼女が口にキスをしてきたら、僕は吐くだろう！」最悪なのは、部屋に入ったときだった。父親、シーツ、パジャマ、父親のベッド、そして、死そのもの、そのすべてに匂いがあった。そして、そこでは、匂いは石鹸の匂いだった、絶対的にまったく存在していない石鹸の。ドアを閉めるように彼女は命じた。まちがいなく、初めての売春婦が、すべての石鹸に先立つ石鹸の香りをさせていた。部屋の中のすべてが、死んだ時間のものだった、マリー・アントワネット様式のベッドまでもが。サビーノはその年とった破廉恥な金髪女もそこの家具と同じくらい死んでいると感じはじめた、ユリの花として花開く細い茎の描かれている痰壺と同じくらいに。

マダムはフランス訛りを出した――

「服はぬかないいからね」

ベッドに横になった、スカートをまくりあげて。サビーノは彼女が乳房の下に、濃厚で糸を引くような、馬の汗のような汗をかいているにちがいないと想像する。

喘《あえ》ぐようにして――

「マダム、すみません。でも、僕は何か悪いものを食べたみたいで調子が悪いんです」

手で腹をさすった。女は起きあがってすわる――

「いいからおいで、こっちに、坊や。それは緊張のせいなんだよ。すぐにおさまる。ここに横になって」

勇気をふるった――

「マダム、僕には今日は何もできないと思う。でもお金はちゃんと払わせてください。払います」

手をポケットに入れ、彼女に背中を向けてお金を数えた。彼女は腹ばいになって、溶けている尻をまる出しにした。サビーノはそこから逃げ出した。家に帰ると、一晩じゅう眠れずに過ごした。父親は正しい人間特有の広くて狂信的な額をしていた。ベッドの中で何度も寝返りを打った。ほとんど夜明けになってようやく、かろうじて自慰をした。

しかし、それは全部過ぎ去ったことだ、神様のおかげで。不動産開発業はうまく行っていた、まったくもって好調だった。つい前日には、大きな取引を終えたのだった――ボリーバル通りのマンション建設。今では、五十歳で、結婚している（幸せな結婚）。娘が四人いて、ただの一人も息子はいない。どうして女の子ばかりなのか？　これこそサビーノがいつも自問して、解答を得られずにいる疑問だった。グロリーニャのいちばん最近の誕生日には、彼女こそがまさに今結婚しようとしている娘だったが、家でパーティを開いたのだった。そして、招待客の一人が妻と娘たちの婦人科医だった。医師はかなり飲んで、さらに飲み続けていた。

サビーノはこの問題を引っぱり出した――

「カマリーニャ先生、ひとつ教えてください。ひとつ、これから質問をしたいんです。つまりこういうことです――わたしには娘しかできなかった。四人です。これには何か意味があるんですか？」

相手はポケットの中でマッチを探していた（ライターは全部なくしてしまうのだった）。答えた――

「それは、あんたがとんでもなく幸運だったということを意味しているんだ。すごい幸運を引き当てたんだ」

相手はマッチを見つけられなかった。

「よくお聞きなさいよサビーノ。あんたに息子が一人いて、その息子が同性愛だったら、と想像したことがあるか？　わたしには息子がいるが、その息子が極めつきの雄《マッチョ》だったのには神様にお礼を言うよ。オスの中のオス！　息子に関しては、火の中に手を突っこんでもいいが、疑問の余地はないんだから！　というのも、目下の問題はこういうことだろ――同性愛がそこらじゅうではびこっている。もっと言うならだな」

と彼はタバコをそのまま投げ捨てた――

「あばずれの娘のほうがオカマの息子よりも千倍ましだってことだ！」

サビーノは侮辱されたみたいに後ずさりする。

「いやしかしそれはいったいどうなんですか先生？　いくらなんでもそこまで言わなくても！」

酔っぱらいならではの光る目をして、勝ち誇ったようなシニカルさをたたえて、相手はもう止まらなかった。身体が揺れていた。そして、その往復運動の果てに、ついには、床に崩れ落ちて大の字になった。カマリーニャ先生はコパカバーナの様子を口にした。女性陣が、そして若い娘たちも行き来していたが、婦人科医はかまわず大声で話し続けた。彼によれば、コパカバーナでは同性愛が天井からぼたぼたと水漏れして、壁を流れているほどありふれているのだった。

「これはわたしにはまったくわからない謎なんだ。あんたにはわかるか？」

古い文化においては、性的な逆転現象の入る余地がある。たしかに入る。しかしブラジルは若い民族だ、ミイラなんかのいない民族だ。彼は広間の全体と招待客全員を包みこむような身ぶりをしてみせた。

笑った、卑猥に――

「あんたにはここにミイラが一体でも見えるか？」

そしてサビーノに質問を投げかけた――ならいったいどうして、そんな男性的特性の薄弱さが、欠如が、劣化が生じてくるのか？　知的すぎる民族においてのみ意味をもつようなものが。わが国の非文明的な、半ば文盲的な同性愛が、彼にとっては、ブラジル人としての屈辱なのだった。サビーノは昔からずっと酔っぱらいには恐怖を感じてきた。彼は反論したかった――

「そこまでは行ってませんて、言いすぎですよ」

カマリーニャ先生は彼に電撃的な返答をしかけた。しかし、ウェイターが近づいてきていた。訊《たず》ねた――

「ウイスキーはないのか？　ウイスキーがほしいんだ。そこのそれは何だ？」

コカコーラだった。コップを引っつかむと、激しい喉の渇きをもってひと息で飲みほした。コップを返すと、ウェイターを追い返す。

「さあウイスキーを取ってくるんだ、早く！」

サビーノのほうに向き直る――

「それが事実なんだ。事実を恥じるのはやめようじゃないか！　ファヴェーラでだってそうだ。そうなんだよあんた、ファヴェーラにおいてだって！　下層階級でも、中流でも上流でも。すべてに入りこんでいて、鼠一匹逃れられない。それだけじゃない、もっとあるんだ――大部分のケースは快楽なき同性愛なんだ、生まれながらの性向としてではないものだ。同意するだろ？」

自らの苛立ちをなんとか抑えて――

「わたしはそうは思わないですがね」

すると相手は――

「誰も明々白々なことを見てとろうとしない」。そしてくりかえした――「明々白々なことを見てとるのは預言者だけだ」

そしてまわりを見まわす、まるでそこに、たぐいまれな預言者がいておつまみでも食べているかのように。預言者のかわりにウェイターが通りがかった。医師はほとんどお盆に襲いかかった。ウイスキーを要求して、結局もう一杯コカコーラを飲んだ。ハンカチを取り出し、口びるを拭《ぬぐ》った。

息を切らして声をひそめた――

「それこそがブラジルを抹殺しようとしているものなんだ。北東部《ノルデスチ》〔ブラジルの中で最も貧しいとされる地方〕の問題をみんな言うだろ。そんなのはおとぎ話だ！　飢餓で人は死ぬが破壊されるわけじゃない。しかし、同性愛はわれらの自己破壊なんだ。わたしはマッチョな息子がいてまだしもだった。ほれ、あそこ。この誕生会のたおやかな主役、あんたの娘と踊ってる」

サビーノは相手を引っぱった――

「わかったわかったカマリーニャ。わたしの仕事部屋に行こう」

医師は急に止まる。その昂揚が消滅する。突如、距離ができる、彼とサビーノの間に、彼とブラジルの間に。ノルデスチは中国だ、パール・バックの古き中国。その一瞬、彼は全身の力をこめてウェイターの登場を願望した。そして猛烈な渇きを感じた、コカコーラやウィスキーではなく、そこにはない飲み物、サトウキビ汁を求める渇きを。

残酷な嫌悪をもって彼は言った――

「そうしようサビーノ、あんたの仕事部屋に行こう。あんたの仕事部屋はどこなんだ?」

サビーノは言いたいことが、反論したいことが、幾千とあったはずだ。しかし、酔っぱらい相手に何をどう論じることができようか? その夜の終わりになって、寝室の中で、彼は自らの心を打ち明けた――

「きみに告白するが、今日、僕はひどいことをした。カマリーニャ先生に対してひどい態度をとった」

マリア・エウドクシアは吹き出もののクリームを塗っていた――

「カマリーニャ先生は聖人よ」

「聖人と来たか! 聖人なのに、ほとんどレズビアンを擁護したっていうのか? 娘がレズビアンでもまったく何の問題もないと言ったんだぞ!」

妻はクリームをさらに塗る――

「でも酔っぱらってたんじゃないの?」

「エウドクシア、誰が卑猥なことを言ってもかまわないが、婦人科医だけは例外だ。わかるだろ?

臨床医、そう、臨床をやってる婦人科医、それはダメだろ。僕が何を考えているか聞きたいか?」

彼は靴を脱ぐ——

「貞潔の誓いをすべきなのは婦人科医だ。婦人科医こそが聖職服を着て聖職のサンダルを履いているべきなんだ、頭には光輪をつけてさ」

妻はため息をつく——

「人はみんなちょっとずつ狂ってるって」

2

エレベーターの中で、サビーノは自分で空想して作りあげた聖職服の婦人科医――頭の上には光輪があって――のことを考えていた。ところが、また別の映像が、度外れて卑猥なものが頭の中に浮かんできた。アッシジの聖フランチェスコが、ゴムの手袋をして、両方の肩に小鳥を乗せていて――そして婦人科の触診をしているのだ。そしてその聖フランチェスコは、ピエール・ロティと同じ青くて透きとおった瞳をしているようだ。これは彼の若いころの文学的アイドルの一人だった作家だ。というか――彼が憧れていたのは、この小説家、記録作家そのものだったわけではなかった。ピエール・ロティという、青みがかった、月光のような名前が好きだったのだ。

青みがかった、月光のような。エレベーターが止まる。びっくりしてサビーノは周囲を見まわす。誰も動かない。彼自身もまわりから見られている。

彼は訊ねる――

「十階ですか？」

するとエレベーター係が――

「ここですよ先生《ドトール》」

そこで彼は、赤くなって、失礼失礼と言って抜けていく。彼はエレベーターの一番奥にいた。まわりから、不快と苛立ちをもって見られている。エレベーター係だけが彼のことを視線でもってあがめているようだ。

あとになって、サビーノはエレベーターに乗っていた人たちを思い出すことになった。ああそうだ、妊娠した婦人がいた、プリント生地のワンピースを着て、両方の腋の下に汗の染みをこしらえていた。女たちの中には、妊娠中、鼻の穴が広がって卑猥になるのがいる、ゴーギャンの描いたムラータたちのように。そうだ、まさにゴーギャンのように。グロリーニャは以前、ゴーギャンの複製を何枚か買ってきて、額縁を作らせたことがあった。娘は彼に感想を聞いてきた――

「素敵じゃない、パパ？　見て。素敵じゃない？」

彼は田舎のムラータ女たちが、プリント生地のワンピースを着ているのを見やった。彼は重々しく、うなずいて言った――

「素敵だ」

そして彼は、「素敵だ」と言ったおかげで、娘（次の日に結婚することになっている娘）からキスをしてもらえたのだった。彼は絶えず結婚式のことを思い出すのだった。

オフィスの中に、右へ左へと挨拶しながら入っていく。ここで彼は何百万という金を稼いだのだった。毎朝、彼は同じわけへだてない愛想の良さを発揮してきた。父親は脱糞しながら死んだのだった。彼は永久に、このいまわの際《きわ》の糞便を忘れることができないにちがいなかった。

「おはよう、おはよう」

「おはようございます、サビーノ先生《ドトール》」

十回目の挨拶で、彼はもう飽きて嫌になっていた。オフィスの全体を横断していく。彼はまた、ドナ・サンドラの机のところを通りすぎたときに、彼女がティッシュで鼻をかんでいたのを思い出すことになるのだった。彼女は風邪をひいていて、止めどのない鼻水のせいで意識が乱れていた。(こうやって父は死んだのだった、糞便の中に吸いこまれて。父は死んで、それでも腸からの流出は続いていた。そしてサビーノは、目が眩《くら》むような憐れみを感じたのだった。あの遺体を彼は愛したのだった、家じゅうに伝播して近所の人たちまで嗅ぐことができたその匂いによって屈辱に陥《おちい》ったあの遺体を。)

執務室に入る。彼は自分自身の記憶に疲れきっていた(うんざりしていた)。娘の写真を見る必要があった、次の日に結婚することになっている娘の。彼女のポートレートはあちこちに飾られていた。娘は次の日に結婚するのだった――処女のまま。彼女が処女でなくなるところを彼は考えたくなかった。

ポートレートの一枚を彼は見る。肖像はけっしてその人そのものではない、物体であり、別のものであり、別の人だ。それでも、グロリーニャの一部がそこには漂っていた、押し止めようのない彼女のさわやかさの一部が。今ではもう誰も、処女のまま結婚する人はいなかった。グロリーニャだけだ。

サビーノの秘書、ドナ・ノエミアは手紙をタイプしていて、打ち間違いを消しゴムで消していた。彼の姿を見ると、彼女は眼鏡を外す――

「おはようございます、サビーノ先生」

これが最後の挨拶だった――

「おはよう」

彼はタバコを取り出し、すると次に彼の脳裏に浮かんだ映像は痰壺だった、そう、カラーの花の形をした痰壺。細い茎が伸びてユリとなって花開いていた。サビーノはタバコに火をつける（胃潰瘍だったが、タバコを吸い続けていた）。椅子にすわり、娘の写真を見る。と同時に、判断を下して、指示を出さなければならなかった。彼は言った――

「サインしなきゃならない書類をもってきて」

ドナ・ノエミアはまた眼鏡をかける。ファイルを手に取り、書類を取り出し、持ってくる。書面を一枚一枚、彼に差し出す。彼は読まずにサインする。彼女は返ってきた書面を封筒に入れる。彼女は言う――

「サビーノ先生、電話があったのはカマリーニャ先生です。彼が言うに……」

「誰？」

彼女は、また別の書面を渡しながらくりかえした――

「カマリーニャ先生から電話があって、こちらに見えるそうです。待っていてほしいとのことです」

偶然の一致だった。前の日から、この婦人科医のポルノグラフィ的な泥酔のことを何度も思い出していたのだ。オフィスにやってきて、最初に耳にする名前が彼の名前だとは。グロリーニャの結婚式の前日だった。でもって、なぜカマリーニャ先生が朝の九時に電話してくるんだ、結婚式の前日に。

ドナ・ノエミアは伝言の内容を全部伝える――

「カマリーニャ先生はものすごく急を要する用件なのだと言ってました、なんでも……」

緊迫して、彼は考えはじめる、あらゆる偶然が理にかなったものなのだ、間抜けな偶然というのは存在しないのだ。もしカマリーニャ先生が、結婚式の前日に、しかもこんな時間に電話してきたのなら、それには何か意味があるのだった。そこで彼は苦悩しはじめた。その「ものすごく急を要する用件」というのは、無限に向けて開かれている窓だった。

最後の手紙にサインをする。ドナ・ノエミアは訊く――

「仲介業者の方たちに入ってもらっていいですか？」

彼は自らの額を叩く――

「そうだった！　今日は会議だった、会議の日だった！　まったくなんてこった！」

なぜ婦人科医が結婚式の前日に電話してこなければならなかったのか？　いったいどんな緊急事態なんだ？　彼はとある分譲物件について仲介業者たちと会議をするのだった。まったくめんどくさいことだ！　この不動産会社は今、十億を売り上げたところだった。十億だ。まだ誰もそれを知らなかった、妻でさえも。彼は生涯をずっと父親と一緒に暮らしたのだった。そして、その共同生活は、最小限のことばしか交わさずにおこなわれたものだった。サビーノは彼のことを、糞便の瞬間においてだけ愛したのだった。

彼は立ち上がる――

「ドナ・ノエミア、行って会議を延期してくれ。説明するんだ。僕はここに来なかった。さっきのあれにサインしに来ただけなんだ。で、これからじきに妻との約束がある」

彼女は書類をまとめた――

「だいじょうぶです。わたしが話しておきますから」

彼はもう一本タバコを取る。（僕は吸いすぎだ。）

「来たのはまちがいだった」

秘書は延期を伝えに出ていく。現金で十億。「ものすごく急を要する用件」とは、また大げさな。彼は苦悩していた、なぜ苦悩するのかわからぬままに。彼と妻とは、モンセニョール・ベルナルド神父のところに行く約束になっていた。結婚式でスピーチするかどうか、三人で決めることになっていた（エウドクシアは「スピーチ」ではなく、説教なのだと言っていた）。モンセニョールは教会の最上層の一人だった。とてつもない教養の持ち主で、ゼー・リンスやジョルジ・アマードやラケル・ジ・ケイロスなどの作家を文盲呼ばわりし、詩人に関しては、片端から罵《ののし》った。「ドゥルモンの阿呆」とはしじゅう口にした。バンデイラはある程度は好きだった、この詩人のアカデミックな部分に関してだけだったが。〔カルロス・ドゥルモン・ジ・アンドラージは二十世紀半ばのブラジル詩を代表するモダンな詩人。マヌエル・バンデイラはモデルニスモ運動に関わった革新的な詩人で大学教師〕

ドナ・ノエミアがもどってくる。こう言いつける――

「次のようにしてくれ。うちに電話するんだ。僕はカマリーニャを待たなければならない。妻との約束もキャンセルする」

彼は再度、ポートレート写真を見る。いつも以上に、娘の写真で自分を、骨の髄まで飽和させる必要があった。ドナ・ノエミアは電話を切る――

「話し中です」

両手をポケットにつっこむ――

「かけ続けて、かけ続けるんだ」

みんなが、グロリーニャは父親の目をしていると言っていた。また、彼が末娘を一番好んでいることは誰にとっても明らかだった。しかしサビーノは頑として否定した。そんなことは絶対ない！　妻とは、また叔母たちとも、恐ろしい言い争いになったことがあった。あるときには、完全に冷静さを失った――

「もう限界だ！　限界！　きみらはあとの娘たちにコンプレックスを植えつけようとしているのか？　それはまったく邪悪の極致だ！」

興奮して、彼を引き裂く罪の意識からくりかえした――

「まったくちがう！　全員のことを同じだけ好きなんだ！　全員が同じなんだ！」

エウドクシアは情け容赦なかった――

「口先だけ、口先だけ！　あたしはあんたを知っているんだから！　グロリーニャがいちばん好きなんだから！」

電話はなおも話し中だった。秘書に向けて打ち明ける――

「ノエミア」と言ってから言い直した――「ドナ・ノエミア、今日、僕は、娘婿に、五百万の小切手をあげるつもりなんだ。でも、これは秘密だよ。うちでは、誰にも知られちゃいけない」

そう言ってから、それだけの金を持っているという虚栄から、相手の反応をうかがった。彼女はその金額を聞いて膀胱が収縮するのを感じた。驚きと、歓びと、恐れとが、感情的な膀胱炎を引き起こしていた。

彼女は歓喜に打たれてくりかえした――

「五百万！」

サビーノは説明した――

「いいかい。その五百万は娘婿へ個人的なプレゼントなんだよ」。そして、強調して言った――「彼だけのものだ。娘には、あのマンションをあげたんだから」

相手は夢見るように言った――

「あの広大なマンション！」

実際、それはすばらしいロケーションにあった。その窓から住人は、現実とは思えないような青色からなるふたつの風景を見ることができた――片方にはラゴアの湖、反対側には海。彼は犯してもいない自分の失態を正当化して贖罪する茫漠たる必要性があるかのように言いつのった――

「マンションなんか何でもない。娘には僕のすべてをやるんだ」。そして、強く、原因のない絶望をもってくりかえした――「グロリーニャにはわかってる。僕は娘になら、自分の最後の一枚のシャツだってあげるさ。でも僕はあなたの意見が聞きたいんだ――どうなんだい、プレゼントとして、五百万というのは？」

ドナ・ノエミアは答えかけたが、そのとき、ついに電話がつながった。サビーノは元気をとりもどした。彼は気持ちが張りつめているせいで、電話が話し中というようなわずかな困難によってすら気分が落ちこむようになっていたのだ。秘書が彼に電話を手渡す――

「呼び出しています」

妻自身が出た。サビーノはタバコを引っぱり出す。そのかたわらでドナ・ノエミアはマッチの箱を取って、一本火をつける。サビーノは最初の一服を吸う――

「ああ僕のきみ。僕だ。いいかい。計画を変更しなければならないんだ」

彼女は気にくわなかった――

「またそんなこと言いだすの」

妻と話しながら、彼は突然、「阿呆」はドゥルモンではなくベルナルドのほうなのだという結論に到達した。彼は以前から神父の放言には感心して聞き入ってきたのだった、その雄弁には、バロック式教会堂の祭壇よりももっと金箔がかかっていたからだ。しかし、電話の向こう側で憤激している妻の声を聞いていると、ほかならぬ最後の審判以上に酷薄で強烈な確実性に打ちつけられた。別にドゥルモンが好きだったわけではない。自分の欠点を偽って告白する人のように、彼はしばしばこう言っていた――「僕は過去崇拝なんだ！」　断固として、韻を踏んでいる詩が好きだった。娘たちと言い争っては、時代遅れと呼ばれた。すると彼は笑みを浮かべて認めるのだった――

「僕はビラックであることが恥ずかしくない。僕はビラックなんだ」〔オラヴォ・ビラックは二十世紀初頭に死んだブラジルの高踏派詩人〕

彼女らは雲の上の存在としてドゥルモンを、バンデイラを、そしてヴィニシウスを称えた。サビーノはヴィニシウスの一部は認めた。そしてシュミットについては、『オ・グローボ』紙に書く記事は好きだったが、詩は嫌いだった。〔ヴィニシウス・ジ・モライスはモダンな抒情詩人でボサノヴァの歌詞でも知られる。アウグスト・フェデリコ・シュミットは二十世紀初頭生まれのモデルニスモ詩人〕

サビーノは電話の上に身体をかがめた――

「僕のきみ、聞いておくれ。要するにだな。回線がひどいね。でも聞こえたかい？　僕がここに着くと、カマリーニャからの伝言があったんだ、カマリーニャ先生だ。ここに来るんだ、ものすごく急を要する用件だと言うんだ、何だか知らんが。わかったかい？　僕は待ってなきゃならない、当然。ところで、そっちの具合はどうなんだい？」

彼女はカマリーニャ先生の件に心を悩まされながら言った――

「とくに何も。グロリーニャが吐いたけど。ちょっとだけ。大したことはないの」

「それはイヤだね！　緊張のせいだろう。それから肝臓と。でも僕は注意しておいたんだ――グロリーニャはチョコレートを食べたらダメなんだ。強情っぱりだから！　きのう、ボンボンを腹いっぱい食べただろ。それで一発だよ。まったく聞き分けがない。きみはよく様子を見ておいておくれよ。よくならないようだったら、医者を呼ぶんだ」

エウドクシアはもうすでに話したことを後悔していた――

「そんな必要ないから。何でもないんだから。だからいい――カマリーニャ先生との話がそっちで終わったら、すぐに電話して、そしたらあたしは家を出るから。もうほとんど用意はできてるから」

エウドクシアはもう電話を切りたかった。しかしサビーノは話し続ける――

「エウドクシア、教えてくれ。きみは気づいたか、というか、気づいたことがあるのか、カマリーニャに何か変わった様子があったかどうか」

「何もない」

「よく聞くんだ。あの泥酔、あのひどい泥酔、うちで見せたあのとき以来、僕は何か、よくわからないが、カマリーニャがちょっと変わったように感じてるんだ。彼はうちの一家のかかりつけ医だ、もう何世紀も前から。きみの出産も全部担当した。カマリーニャは下品なことばなんか口にしなかったし、変な小咄に笑ったりもしなかったもんだ」

エウドクシアは家の誰かと話をしていた。彼は忍耐を切らした（モンセニョール・ベルナルドこそが「阿呆」であることをさらに確信するようになっていた）――

「エウドクシア、こっちに注意を向けてくれないか？」

「聞いてるわよ」

「全然聞いてないじゃないか！　しっかり聞いてくれ。カマリーニャがすっかり変わってしまったように僕は感じているんだ、別人なんだ」

彼女のほうも苛立った――

「あなたのいつもの勘っていうのもね！　ほんとのことを言いましょうか？　別人になったのはあなたのほうよ！」

「僕のほう？」

彼女は全部ぶちまけた――

「あなたのほうよ、その通り！　サビーノ、あなた昨日から今日、話すことが支離滅裂なの。まるで月の世界に行っちゃったみたい。あたしがあなたに言ったあのことのせいなのよ、あのこと。あんたはグロリーニャがいちばん好きなんだって。サビーノ、もう以前の反論はくりかえさなくていいから。あなたは視界にグロリーニャの姿しか入ってないの。他の娘たちの結婚式なんか、あなた、全然関心がなかったんだから。ひとつだけ、言ってちょうだい――あなたがテオフィロにあげるつもりの小切手はいくらなの？　二百万だって？　あたしは信じない。二百万のわけないでしょ！サビーノ、あんた、あたしが間抜けだと思ってるの？」

「どうしてきみはわざと不愉快なことばかりを言うんだ？」

と、突然、口調が変わる――

「カマリーニャ先生が到着した。あとで電話するから。でもいいかい、いいかい。僕の乙女の涎《ババ・ジ・モーサ》〔ココナツ・ミルクと卵と砂糖を煮詰めたクリーム状のお菓子〕を忘れないでくれよ。乙女の涎がほしいんだから。キスを送る」

電話を切って立ち上がる――

「どうしたんだい、このお大尽？」

相手は重たい笑い声をあげる――

「貴殿ほどの元気はないね。まああってとこだ」

不安になって、サビーノは秘書のほうを向く――

「僕らのためにカフェジーニョをもってきておくれ」

「コーヒーはいらないよ。この暑さでか？　いらないよドナ・ノエミア。ありがとう」

サビーノは笑みを浮かべようとする――

「じゃコーヒーは中止だドナ・ノエミア。それにしてもどうしたんです？〈ものすごく急を要する用件〉ってのは、いったいどういうことなのか？　僕をおどかしたいってことですか？」

カマリーニャ先生はハンカチを取り出す。沈黙したまま両手を拭う、それから顔と首筋を。サビーノは父親の死のことを考える。何か月間も感じていたのだった、嗅覚の幻覚によって死の匂いを。父親が死んだときに使っていたパジャマをとっておけばよかったと思う。

隣りあって、彼と医師は一瞬の間、グロリーニャの写真を見つめている。肥満体ならではの荒い息づかいと、ノスタルジアから来るある種の甘さをもってカマリーニャは話す——

「サビーノ、あんたの娘はあまりにもかわいすぎる。他の子たちのことじゃない。他の子たちはよくある程度だ。でもこの子はサビーノ、ここのこの子は、わたしがこの生涯で見た中でいちばんきれいな娘だ。グロリーニャとエヴァ・ガードナーと、どちらがいいと言われれば、わたしはグロリーニャのほうが百倍いい。先日、わたしがそう言ったら、みんな笑ってた。しかし、それこそが純粋な真実だ」

その瞬間、サビーノはこう訊ねたいほとんど耐えがたいほどの誘惑を感じた——〈グロリーニャは処女なのか？　そうだとわたしにはわかってる。でもあなたに、医者として、そうだ彼女は処女だと言ってほしいんだ〉。しかしながら、彼は自分を抑えた。思い出していた、娼館のマダムの部屋にあった古い痰壺を。彼は父親のよごれたパジャマを、嫌悪感なく、計り知れない愛をもってとっておくことができたはずだった。

あらためて、カマリーニャ先生はハンカチで首を拭う。サビーノは、正当なことだと思う、愛する女を失った男が彼女のパンティをとっておきたい思うのは——死の湿り気に濡れた、死の汗に湿ったパンティを。

カマリーニャ先生はドナ・ノエミアの前に身体をかがめる——

「あなたには申し訳ないが、一瞬だけ席を外してもらえるだろうか？」

彼女は赤くなって立ち上がった——

「もちろんです、もちろん」

彼女は出ていった。するとカマリーニャ先生が自ら、ドアのところまで行って鍵をかける。サビーノはもう、モンセニョール・ベルナルドが阿呆なのかどうか、ついさっきほどには確信がもてなくなっている。カマリーニャ先生は彼の隣に腰を下ろし、しかしすぐにまた立ち上がる。

至近距離から質問を発する――

「テオフィロについて、あんたはどう思う？」

「娘婿についてですか？」

「あんたの娘婿のテオフィロだ」

深く息を吸う――

「そうだな。しかしどうして？　いい若者だと思う。すばらしい若者だ」

医師は彼を真正面から見すえる――

「きのう、わたしは、わたしの診療所で、あんたが知っておく必要のある光景を目にしたんだ」

何も言わないうちから、サビーノは苦悶しはじめる。（すでにその前から苦悶していたが、今ではなおさらだった。）カマリーニャ医師は一本調子のまま最後まで行った――

「あんたの娘婿、これからの義理の息子、テオフィロが、わたしの助手の口にキスしているのを見たんだ。わたしの助手ってのは、あんたも知っているあの若者だ、ゼー・オノリオっていう。誰かに聞いた話じゃない、わたしが見たんだ。わたしが、急に治療室に入った。そして見たんだ」

3

父親の死。糞便で黄金色になったパジャマ、死体のように痩せた身体。

電話が鳴った。その邪魔な一撃は天からの落下物だった。貪欲に飛びついた——

「もしもし？　もしもし？」

そして聞いた——

「あたしよ、あたしのあなた」

妻の声は瞬時に平和を彼にもたらした。医師に向けて合図をした（相手は荒い息をしていた）

——


「一瞬失礼、カマリーニャ先生」

そして、マリア・エウドクシアと話しているのと同時に、そのゼー・オノリオとやらの姿を、声を、目つきを、微笑《ほほえ》みを、思い出そうと努めた。この友人の診療所に行ったときにはいつでも、サビーノは彼をそこで目にしていた。二十歳をちょっと過ぎたばかりの若者で、開けっぴろげでない顔、読み取りにくい表情をしていて、人の注意を引いてしまうことの悲しみが浮かんでいる。サビーノはカマリーニャ先生に質問していった——「その若者、あなたの助手だというその彼は、何か問題を抱えているのか、それとも、もともとああなのか？」カマリーニャは説明した──「父親が脳溢血で倒れたんだ。しかもゼーはお父さんっ子で」

エウドクシアは家から電話している。娘たちの一人が、マンィ・ベンタ〔米粉とココナッツでできた焼き菓子〕の一皿を持って通りがかる。娘が遠ざかるのを待って、彼女は電話に口を近づける──

「それでどうなの？　カマリーニャ先生と話をしたの？」

喘ぐようにして──

「今ここにいる。話をしてるところだ」

彼は医師から、あんまり落ちつきはらっているように見られたくなかった。妻に対して苛立っているようなふりをしてみせた──

「エウドクシア、聞いてくれ、聞いてくれ。あとで電話してくれ。というか、それより、こっちから電話するから。僕のほうから電話させてくれ。僕が自分でかけるから」

電話の向こうで彼女は引っこまずに言いつのった──

「お願いだから、ひとつ疑問を晴らしてちょうだい」

「何だって？　よく聞こえない。もう一度、くりかえして言ってくれ」

医師に向けて言う──

「回線の状態が最悪で」

回線の状態は最高によかった。彼のほうは全部聞こえていたが、何も理解できていなかった。カマリーニャ先生のことを憎みはじめた（前からすでに憎んでいた、あの猥褻な泥酔以来）。婦人科医はグロリーニャの写真を手に取り、深遠な関心をもってじっと見ていた。

エウドクシアは説明した――

「大きな声では話せないのよ。わかる？　大声は出せないの。これから質問をするから、あなたのほうはイエスかノーで答えて。妊娠とかじゃないのよね？　イエスなの、ノーなの？」

彼はほとんど口を開けずに答えた――

「エウドクシア、今はタイミングが悪い。ここにカマリーニャ先生といるんだから。あとで、またあとで」

彼は電話を切り、姿勢を正した――

「わたしの妻は聖女みたいな女なんです。でも、どうしてなのか、どうもちょっと気が利かないところがあって。いちばんふさわしくないときに、変な思いつきを、間の抜けたことを言いだすんです。ほんとに困ります。しかし、われわれは続けましょう」

痩せたパジャマ、死体みたいに痩せていて。これこそ彼が誰にも言えない秘密の告白だった――「僕は糞便にまみれた父を愛していた」。そう、糞便の中で、父はその哀れさの極致を体現していたのだ。そしてゼー・オノリオの悲しみは、脳溢血で説明がつくのだった。

医師が到着する前、サビーノは頭を悩ませていた、〈ものすごく急を要する用件〉とは何なのかわからなかったからだ。彼もまた妊娠なのかと考えたのだった。カマリーニャ先生が姿をあらわすと、彼は身を縮めるようにして想像したのだ――〈彼はきっと、グロリーニャが妊娠している、あるいは中絶した、と、これから言うんだ〉。そしてその妊娠が、花婿ではない別の男によるものだったとしたら？　しかし、婦人科医が話しはじめて、彼もすべてを理解していくと、突如、絶望の先の多幸感に襲われたのだ。

妊娠と言われる用意はできていたのだが、男色には虚を突かれた。そして、いちばん困るのは、何かを言わなければならないことだった。ゼー・オノリオの父親の脳溢血。娘婿が男色家だと知らされて、何かを言わなければならないとは。言わなければならないが、ことばがなかった、それが真実だった、彼にはことばがなかった。

そして突然、彼はカマリーニャ先生が太っているということに気づきはじめる。彼のことはもう二十年以上前から知っていたが、彼がどれほどのデブか一度も気づいたことがなかった、手が小さくて、脚も短いデブ。カマリーニャが、デブ！

サビーノは相手が、絶望を、怒りを、道徳的な苦悩を期待しているのを感じるが、彼はまだそれを見せていなかった。そしていちばん困るのは、彼、サビーノが、すべてを聞いて何の驚愕もおぼえなかったことだった。驚愕していないどころか、困惑してすらいないのだった。なんてこった、神さま！　四十八時間前に、何かが彼の人生の中で、彼の性格の中においてすら、変化したのだった。自分と物事の間に、自分とことばや人との間に、恐ろしいほどの距離ができてきていることを感じていた。ゼー・オノリオの父親、脳溢血のせいで頭がおかしくなってしまったのか、半身不随なのか、何だか知らないが。

彼は右から左へと歩きまわる。医師の前で急に立ち止まる――

「あなたはわたしにそれを、結婚式の二十四時間前に言うんですか？」

彼は婦人科医の目つきの中に、意地悪な好奇心があるのを見てとる。彼は相手の隣にすわる――

「ひとつ教えてください先生。疑問はないんですか？　見間違いだった可能性は？」

相手は自らの膝を叩く――

「どうしたサビーノ、どうした。何の疑問だ？　何の見間違いだ？　どうってことないとあんたは思うのか？　いいかサビーノ、二人の髭面の男が口と口でキスをしているんだぞ、何もなくてそんなことするか？　単なる礼儀でするのか？　いいか、よく聞くんだ。あの晩のことを覚えているか、あんたの娘の誕生日の？　たしかに、ひどいぶざまなところを見せた。しかし、あのわたしの醜態は予言的なものだった。その通りになった――あんたの娘婿は男色だ！　二人のうちのどっちが女役なのか、それだけはわからないが」

受け役と立ち役。サビーノはタバコの火を灰皿の底でつぶす――

「しかし、わたしにはわからないんだカマリーニャ先生！　うちの娘はあの若者と恋人になって二年、婚約して一年になる。十分すぎる時間だ。なのに彼女が何も目にしなかった、一度も疑念をもたなかったなんてことがあるんだろうか？」

カマリーニャは笑う――

「サビーノ、女は男のことなんか何もわかってない。だからいつも恥ずかしい思いをするんじゃないか！　同性愛のこととなると、いつも最後に気づくのが女だ。そして、しばしば、知って、受け入れる。男色の男が好きだ、そっちのほうがいいという女だっている」

今度は、自らを毒することになる好奇心から、サビーノが訊ねる――

「先生がその部屋に入ったときのことです。先生は、予告なしに突然入った。そしたら、彼らは何と言ったんですか？　どう反応したんです？」

カマリーニャ先生はすぐには答えなかった。タバコを一本取り出した。その瞬間にホルダーにつけて吸いたくなったのだった。

三か月ほど前、おおよそだが、テオフィロが彼のクリニックに、グロリーニャとともにあらわれたのだった。カマリーニャ先生自身が彼を、学校を卒業したばかりの助手のジョゼー・オノリオに紹介した。そして彼ら二人は、グロリーニャが医師と別室に入っていた間、施術室でおしゃべりをしていた。その後彼は、何度も一人だけでまたやってきた。そうして彼らは仲良くなり、容易に想像できるように、恋人になったのだ。

そして前の日、カマリーニャ先生が突然部屋に入って、〈キス〉を目にしたのだった。彼は見たが、よく把握できないかのようだった。二人はびっくりして、身体を離した。

カマリーニャ先生はそれでも訊ねた――

「これはいったい何なんだ？」

ゼー・オノリオは顔を伏せる――

「すみません、すみません」

医師はしばし間を置く。そしてまず、ゼー・オノリオに向けて言った――

「きみはわたしにとって息子みたいなものだった。しかし、もうそれは終わりだ。わたしの前から出ていって、二度ともどるな、わかったか？　二度ともどるな」

ジョゼー・オノリオは前掛けを外す。泣いている。上着をつかみ、誰にも目を向けることなく出ていく。テオフィロはタバコを取り出し、しかし火はつけない。そしてそれから、カマリーニャ先生は彼のほうに向き直る。テオフィロは額を高く掲げたまま、恐れを見せずに待っている。医師は、若者の顔に残酷な嘲《あざけ》りが浮かんでいるのを感じる。

カマリーニャ先生が話しはじめる――

「一人の〈男〉として、きみはどんなことを言いたいんだ？」

彼は相手をまっすぐに見た――

「僕が言いたいのは、あなたの態度が不公正だということです」

「不公正、わたしが？　わたしがか？」

医師は口調を変える――

「時間を無駄にするはやめよう。貴殿は禁止になる、ここに足を踏み入れることを禁止する！」

「言わせてもらえますか？」

抑制された憤怒をもって彼は言った――

「あなたはその顔を殴られてしかるべきだ」

相手はすばやく、蒼ざめた顔でふり向く――

「わたしに指一本触れるんじゃない！　あんたはもう見知らぬ人間だ！」

二人は顔と顔をつきあわせて見つめあう。テオフィロはいつでも、十分前に顔を洗ったばかりのような肌をしている。医師はドアを指さす――

「出ていけ！　さっさと出ていけ！」

相手は声を落とす――

「あなたが目にしたことは、僕の人生では一度もなかったことだ。初めてのことで、二度と起こらない。信じてもらえるようお願いしたい。僕はノーマルだ」。そして、視線をそらすことなく、くりかえした――「性的にノーマルだ」

カマリーニャ先生は指の間にタバコを装着していないホルダーを持っている――

「わたしはきみにだまされない。わたしは見た。わたしは人の欠点を受け入れるが、これだけは別だ。男を欲望する男、また、欲望から男にキスをする男、それはわたしにとっては人間ですらない。きみは今すぐわたしのクリニックから出ていって、二度とわたしに話しかけるな」

テオフィロは二歩、三歩まで踏み出した。うしろにもどる――

「わかった。このことだけははっきりさせておきたい――僕とあの若者との間には何もなかった。特別なことは何もなかった。僕はただ彼をハグしただけだ。ただのハグだ。彼は今日、誕生日だった。彼は僕の友人で、だから彼をハグした」

「ならこれも知っておくがいい。グロリーニャの家族は全部知ることになる。わたしが話す、わたし自身が！」

「一発撃ちこんでやる！」

相手は冷静さを失った――

「そんなことができるのはそのケツだけだろ！」

しばしの間。テオフィロがようやく、タバコに火をつける。彼はもう出ていくところだった。

彼は憎しみをこめずに言う――

「カマリーニャ先生、あなたは何もわかってない。僕はグロリーニャの幸福のもとなんだ。さよなら」

医師にとっては、キス以上にその後の態度が気にくわなかった。若者のうちに、シニカルな心の巨大さを感じとったのだった。

サビーノは話を全部、ひと言も口をはさまずに聞いた。カマリーニャは自分の胸に手を置いた

——

「あんたはわかってくれるだろうサビーノ、わかるだろう？　もしも彼が、わたしの足元で、膝をついていたなら。もしも彼が、わたしの靴に口をつけて、口づけしながら靴を涎《よだれ》で濡らしていたなら。それは唾棄すべき態度だが、それでも自分の罪の意識を示していることになった。わたしの助手は泣きだしたんだ。いっぽう、あんたの娘婿は、未来の義理の息子は、泣かないどころか、わたしに立ち向かってくる。道徳的に破綻してるんだ。まさにそう、道徳的な破綻だ」

サビーノが口を開く――

「しかしまあ、落ちついて、落ちついて。何ごとも早まってはいけませんよ」

「誰が早まってるというんだ？」

咳払いをする――

「わたしの言ったことを誤解してます。要はですね、青年は否定している。キスしていないと言う、キスはなかったと言っている。誕生日のハグだったのだと」

相手は仰天して訊ねる――

「あんたは何を言外に言おうとしてるんだ？　わたしが嘘をついている、というのか？　わたしが、そこらの子供だというのか？　サビーノ、わたしはそこらの間抜けとはちがう。わたしが少しでも疑問を感じていたら、ここにわざわざ来たりすると思うのか？　わたしが阿呆面をしているというのか？」

両手で頭を抱えこんだ――

「お願いしますよ！　わたしは言外に何とも言ってませんって！」彼のほうも興奮してきている。

「カマリーニャ、わたしの娘の結婚なんだ。頭を使おうじゃないですか。わたしはどっちが立ち役で、どっちが受け役なのかすら知らないわけで」

「そういうのは存在しないんだ。そんなちがいは阿呆しか問題にしない。誰が下だとか、上だとか、四つん這いだとか、そんなことを知りたいのか？　あんたまで狂ったのか？　その男が男を欲望して、男の口にキスをする、というだけでたくさんだ。十分じゃないか？」

彼はほとんど泣きそうになっている――

「おっしゃる通り。まさにその通り。じゃあわたしはどうしたらいいんです？　わたしはもう絶望ですよ。どうしたらいいんです？」

死んだ父親のパジャマはどうしたんだろうか？　燃やしたんだろうか？　それとも、どこかの哀れな誰かが、あの痩せたパジャマを洗ったんだろうか、あとでまた使うために？

しかしサビーノは絶望などしていなかった。妊娠とか、中絶だったら絶望していただろう。そして彼自身、絶望感が来ないことに驚きあきれている。

カマリーニャ先生は残酷な嫌悪を感じている――

「これはもうまるごと全部、あまりにも穢《けが》らわしい！」

彼はすわっていたが、立ち上がる――

「わたしはもう帰るぞサビーノ」

相手は医師にしがみつく――

「しかしわたしはどうしたらいいんです？　意見を言ってください」

婦人科医はなおもタバコの吸い口ホルダーを使いたがっている。自分の診療所以外の場所でホルダーを使うことにある種の遠慮を、ある種の羞恥心を感じていたのだ。今では彼は息子のことを考えていた、車の悲劇で死んだただ一人の息子のことを。彼は死体安置所に、息子を見に行ったのだった、テーブルの上に横たえられて、頭が血でよごれたガーゼで包まれていた息子を。

婦人科医が何とも言わないので、サビーノは唐突に好奇心に突き動かされる――

「先生、それでゼー・オノリオの父親は？　脳溢血だったんでしたよね？　結局どうなったんです？」

「ゼー・オノリオの父親がどういう関係があるんだ？　サビーノ、あんたの娘のことを、あんたの娘の結婚のことを話そうじゃないか！」

相手は赤くなって、頭を垂れる。カマリーニャはその肩に手を置く――

「いいかい。わたしはわたしの義務を果たした。自分の知っていることを話すためにここに来た。しかし、父親はあなただ。判断は自分で下さなきゃならない」

サビーノは右から左へと歩きまわっていた。相手が自分をだしにして面白がっているのだとの疑念にとらわれはじめた。内なるコメントが湧きあがった――「このクソ野郎、どうして生まれてきたんだ！」するとと、急に絶望を感じはじめた（ようやく、ついに）――

「義務の話はまさに美談ですよ。しかし、われわれは結婚式の前日にいるんです。前日ですよ！わたしがどれだけの出費をしたか知ってますか？　わたしは金持ちじゃない。たしかにそれなりに稼いではいるけれども、金持ちではない。とんでもない金を払ったんです。そこに、突然、この売女の息子がやってきて、わたしにこんな役割を押しつけるとは？　金の問題じゃない、もちろん。自分が持っている最後の一銭まで払ったって惜しくない、こんな状況を逃れるためなら」

我を失いながらも、医師が自分のことをゲスな人間だと思っているにちがいないと想像した。

〈自分は出費のことなんかどうして話したんだろう?〉両腕で医師をつかまえる――

「先生、ご存じの通り、わたしは金のことなんか重視してない。しかし、わかってくださいカマリーニャ先生。この結婚式はわたしにとってすべてなんです。わたしの人生そのものなんです。グロリーニャが、そこらの他の娘と同じだとは思わないでくださいよ。ちがうんです。グロリアは別なんです。いいですかカマリーニャ先生、告白します。わたしはグロリーニャだけが好きなんです」

彼は医師を見つめて、言い直す――

「というか、他の娘たちも好きですよ。当然です。彼女らも娘なんだから。しかしわたしはグロリーニャが余計に好きなんです。好きなんだから、嘘をついてもしかたない。もしも何かがグロリーニャの身に起こったら、わたしは自分で自分の頭を撃ちぬきます、その場ですぐに」

「大声を出すな!」

彼は医師の腕をつかむ――

「わたしはどうしたらいいんです?」

誰も彼も招待してあった、リオデジャネイロの半分ほどが。立会人には大臣とその夫人がいた。型式にのっとった結婚式。初めて彼は燕尾服を着るつもりだった。そして大臣の顔を想像した、とくに大臣の顔を、もしも、突然、ぎりぎりの瞬間になって、結婚式がおこなわれないことになったとした場合の。新聞の社交欄記者たちにも謝礼を渡して――金を払ってまで!――小さな記事を書いてもらうことになっていた。つきつめてみれば、結婚式はもはや前日に取り消すことは不可能なのだ。

医師が何とも言わないので、彼はあらためて言いつのった――

「現実的になろうじゃないですか。スキャンダルはどうするんです？　スキャンダルのことは考えてみましたか？　わたしは何と言ったらいいんです？」

彼は燕尾服のことを考えていた、それをすでに過去のこととして見て傷ついていた。もう二度と燕尾服など着ないのだった。父親は糞便の中に溶け出して死んだのだった。

医師の沈黙のせいで彼は混乱に陥っていた――

「それに、花嫁がどう反応するか、まるでわからない。このせいで娘は壊れてしまうかもしれない」

カマリーニャ先生は強い口調で言った――

「サビーノ！　わたしはあんたのことを三十年前から知っている。そしてその三十年の間に、あんたはわたしに五百回は言った、自分が〈善良な人間〉だと。そうともよサビーノ、あんたは自分のことを〈善良な人間〉として人に見てもらいたいんだ」

驚き、当惑して彼はしどろもどろになった――

「先生、あなた、皮肉を言ってるんですか？　正反対です、わたしはいつも、自分の欠点を認めてきた」

相手は慈悲もなく言った――

「善良な人間はどう行動すべきか、どう反応すべきか、わかっている。決断するのはあんただ」

医師は挨拶せずに出ていきかけた。ドアのところまで行った。そこからもどってきた――

「ゼー・オノリオの父親は死んだよ」

彼はもう覚えていなかった――

「誰？　何のことです？」

相手は、じれったそうに言う――

「あんたが質問したんじゃないか、ゼー・オノリオの父親が結局どうなったか？　質問したとも。だから、そうだ。死んだ。もうほとんど一年前になる。わたしの息子が死ぬ二日前に死んだんだ。そう。わたしの息子はその二日後に死んだ。じゃあまた」

出ていき、そのままもどらなかった。椅子に身を投げ出して、サビーノは泣きだした。

4

ドナ・ノエミアはカマリーニャ先生が出ていくのを見た。医師は彼女に挨拶までしていったので、彼女は目を伏せながら彼に微笑んだ。微笑んだとき、彼女は赤くなった。彼女は不思議な恥ずかしがり方をするのだった。婦人科医が去ると、すぐに彼女は立ち上がる。サンドラとおしゃべりをしていたが、スカートを伸ばしながら言った――

「じゃまた、じゃまた」

サンドラはティッシュで鼻水を拭く。ドナ・ノエミアは執務室に入る。彼女を目にしたとき、サビーノには憤怒の動きがあった。いったいなぜ、この間抜け、今すぐに入ってくるんだ？　どれだけ気が利かない女なんだ！

立ち上がり、秘書に背中を向ける。彼女はタイプライターの机のところで、いくつかの書類をまとめている。わたしが泣いているのを見たな、もちろん、もちろん。自然さを装いながら、彼はタモイオ人を描いた版画を覗《のぞ》きに壁のところに行った。その絵はグロリーニャからのプレゼントだった。背を向けたまま、裸のタモイオ人にこの上ない興味があるふりをしながら、命令を出す――

「妻に電話をかけて」

「わかりました」

ドナ・ノエミアは彼が泣いているのを見たのだった、たしかに。それはふたたび、彼女の膀胱を収縮させた。あるとき、彼女が若い娘だったころ、隣の家の老女が死んだ。その棺が運び出されるとき、故人の一番上の息子が、それはすでに結婚している大人の男だったが、泣きはじめる。そして、そのとき、ドナ・ノエミアはそれに感動して、瞬時に愛の情熱を抱いた。その泣いていた男性を彼女は、泣いていたが故に愛した。それは年とった、疲れ果てた、何の面白みもない男だったが、それでも彼女は、彼をすべての力をこめて愛したのだった。

時間がかかるのにしびれを切らして、サビーノはふり向く——

「どうした、ドナ・ノエミア？　かかるのか、かからないのか？」

彼女は、従順に言った——

「話し中です」

ダイヤルするのが三回めになった。彼はなおもタモイオ人たちを見つめながら考える、エウドクシアにまちがいない、と。彼女はひとたび電話にぶら下がると、何時間も放さないのだった。インディオたちを見るのをやめて、右から左へと歩きまわりはじめた。

訊ねた——

「まだ話し中なのか？」

「話し中です」

「最悪だな」

カマリーニャ先生のしたことは許されないことだった。あの男、結婚式の前日というのが適切な瞬間でないことを理解するべきなのだ。彼は考える――〈もう九百万使った、というか。いや、もっとだ。テオフィロの五百万を加えて、一千四百万、そうだ一千四百万だ。それ以外の出費だってある〉。なのに、あの若者は何も非を認めなかった。そういうわけだ、なんにもだ。〈なんだってオレはカマリーニャ先生のほうを余計に信用しなければならないんだ、自分の娘婿以上に。そんなわけあるか？〉他人の人生の中にずかずか入りこむ悪い癖だ。

秘書はなおも電話をかけていた。サビーノはそれを止めた――

「ドナ・ノエミア、ひとつ頼みを聞いてくれるか？　ひとつ頼みを？」

彼女は上司の攻撃性を感じとる。

「なんなりと」

「というのはだな――あなたはどうして鉛筆でダイヤルするんだ？　あなたは鉛筆でダイヤルしてなかったか？」

びっくり仰天して呻《うめ》くように言う――

「習慣で」

相手は容赦なかった――

「どうしてあなたは指でダイヤルしないんだドナ・ノエミア、世界じゅうの他の誰もがやってるだろう？　それがわたしの気にさわるんだって知ってるか？　気にさわるんだドナ・ノエミア！」

即座に彼女は従った。サビーノの苛立ちはまた別のことへと移った――

「カマリーニャ先生のせいでわたしの一日は台無しになった！」

もちろん医師が何しに来たのだったか、このバカ女に言うつもりはなかった。さらに続けた――

「家でみんながかかってる医者なんだが、わたしにはわからない。不快な行動をするのが好きで、人を傷つけることを言う。今じゃそのおおもとにあるのは、羨望なんじゃないか、とまで考えることがある」

それこそがすべてを説明できる単語、というか感情なのだった——

「しかし、どうして羨望を抱くのか？　まったく笑える。そりゃみんな、わたしが金を持っている、金持ちだと思ってる。金はちゃんと稼いでいる、たしかに。しかしわたしは金持ちというんじゃない。人はわたしがメルセデスに乗っているのを見て、億万長者だと思いこむ！　カマリーニャ先生だってしっかり稼いでいるんだ。高い金をとってる。患者もたっぷり抱えてる。だから、なんだってわたしの金にそんなに興味しんしんになるのか？」

彼はふたたび、タモイオ人たちを見に行く。どうしてハグじゃなくてキスだということにならなければいけないのか？　彼としては、そのどちらを目にしたわけでもないので、ハグだというほうを選ぶ権利があるのだった。

秘書のほうに向き直る——

「それとも彼がああいうふうなのは、腹を立てているのは、息子が死んだからなのか？　しかし、彼の息子が死んだのは、わたしのせいなのか？　あの青年はプレイボーイだった。きっと酔っぱらっていて、だから車で電柱に激突したんだ！　まったくホメロス級の酔っぱらいだったんだ！」

憤激したまま中断する——

「まだ話し中なのか？」

「話し中です」

腰を下ろしに行った。指を鳴らす。考える——もう三十年も、あるいはもっと、カランボーラ《スターフルーツ》を食べてない。最後にひとつ、あるいはいくつか、食べたのは一九二九年だった（大統領はワシントン・ルイスで、副はエスタシオ・コインブラだった。いやちがう、エスタシオ・コインブラじゃない。メーロ・ヴィアナ、その通り、メーロ・ヴィアナだった、ミナス出身の）。三十年以上になるわけだ。奇妙なのは、それ以来一度もカランボーラの木を目にしていないことだ。ある果物が死ぬ、というか消える、というのはどういうことなのか？　もうひとつ、彼が驚くのは、ブーレ・マルクス〔ブラジルの造園家、リオの海岸通りの公園などの景観をデザインした〕がバナナの木を景観の中に導入していないことだった。だって、そうだろ——バナナの木というのはブラジルそのものじゃないのか？

そのうち、グアヴァだって消えてなくなるんだろう、もうカランボーラがないのと同じように。

ドナ・ノエミアがダイヤルを、今では指を使って回しているかたわらで、サビーノは意地の悪い満足感をもって意見を決めた——「ブーレ・マルクスは嫌いだ！」　彼は今では、カマリーニャ先生が、息子の死以来、全人類に対して腹を立てているのだと確信していた。息子が死んだものだから、グロリーニャの結婚式を台無しにしたがっているのだ。悪魔に担がれて、そのまま悪魔のもとに行っちまえばいい！　彼はブーレ・マルクスよりもフランス式庭園のほうが好きだった。彼は秘書の腰回りを、次いで胸回りを見やる。尻もないし、胸もなかった。

秘書がうれしそうに知らせる——

「かかりました、かかりました！」

サビーノはしかしながら、もう妻とは話したくない——

「こうしてくれ——グロリーニャを呼び出すんだ。彼女が出たら、わたしが話す」

電話の向こう側で返答がある。男の声で、ポルトガル人だ。別の番号を言う。彼女は口ごもり、真っ赤になっている――

「すみません、まちがえました」

椅子の上で飛び跳ねた――

「おまけに、まちがえ電話か？　何なんだドナ・ノエミア、どうした！」

彼女は恥じ入って凍りついている。サビーノは立ち上がる。彼の人生に大災難が降りかかってきたのだった。その通りだとも、そして、その大災難が中断してしまったのだ、一本の電話がつながるのを待っているうちに。いつまでも話し中の電話のせいで彼はすっかり気が滅入っている。秘書のほうを見やる。彼女は下口びるを震わせている。

突然、彼女に対してかわいそうな気持ちになった――

「ドナ・ノエミア、泣きだしたりしないでおくれよ。泣いても何も解決しない。よく聞いておくれ。わたしは今、この結婚式のせいで完全におかしくなってるんだ、ピリピリしてるんだ。自分でも血圧を下げるようにするよ。タバコの本数も減らす必要がある。しかし、わかってくれるよね？　わたしはあなたのことを傷つけるつもりはなかった、まったく。もしも傷つけたとしたら、申し訳ない」

彼女は電話のほうに頭を傾ける――

「何でもないです、何でもないです」

サビーノはすでに後悔していた――〈オレはあまりに親しくしすぎなんだ、この女に〉。彼が少しでも親切にしてやると、彼女は歓喜に沸きたつのだった。呼び出し音が聞こえた。すぐに返答があり、今度は、正しい場所からだった。

彼女は甘く微笑む――

「こちらはサビーノ先生の秘書です。ドナ・グロリーニャはいらっしゃいますか？　外出？　少々お待ちを。一瞬だけ」

絶望したかのように、サビーノのほうを向く――

「別のどなたかでもいいですか？」

彼は吐き出すように言う――

「ドナ・ノエミア、わたしがグロリーニャを頼んだなら、それはグロリーニャと話したいからだ、話したいのはグロリーニャだけだ。いや、しかし、ちょっと待て待て――妻を呼んでくれ。妻と話をする」

ドナ・ノエミアは言う――

「オッケーです、オッケーです、サビーノ先生」

電話をひっつかむ――

「もしもしエウドクシア。ちょっと待って。いや、〈ちょっと待って〉と言ったんだ。ドナ・ノエミア、一瞬、席を外してもらえるか？」

彼女は外に出る。サビーノは言う――

「エウドクシア、僕はもう二時間もそこに電話してるんだぞ。話し中、話し中って、何てこった！」

「次から次へと電話がかかってくるのよ。一日じゅう鳴りやまないの。でも、いいから話して話して。カマリーニャ先生が話しに行ったのは何だったの？　何を言いたかったの？」

　彼女は声をひそめる――

「妊娠なの？　答えて。どうなの？」

　行きすぎだった――

「エウドクシア、正気になれって！　きみの頭の中はいったいどうなってるんだ？　正直なところ、女は男よりもよっぽどポルノ的だと思わざるを得ない、と僕が考えてるんだって、わかるか？」

　彼女は言いつのった――

「ちがうんだっていう意味？　あたしが知りたかったのはそれなのよ」

　相手は咳払いをする――

「いいかい、僕はこれからモンセニョール・ベルナルドのところに急いで行ってくるから」

　カマリーニャ先生から聞いた話は一切、妻にはしないつもりだった。もしも彼女が知ったら、とたんに世界じゅうに話してしまう。女は誰一人として秘密を守れない。女友達に話して、隣近所の女や女中たちにも話してしまう。女には節操というものがないんだ。

　エウドクシアも一緒に行きたがっている。彼は考える――〈僕は腹を立てることになりそうだ〉。

　きっぱりと断ろうとした――

「エウドクシア、モンセニョールに会うのは、僕一人でないとダメなんだ。一人でだエウドクシア」

「でもあたしはもう用意できてるのよ、ちゃんと」

「それが問題じゃないんだエウドクシア。聞いてくれるか？　個人的な話なんだ、僕と彼との間の。

人の言ってることがわからないのかい？」

わめき声になった――

「個人的な話って、あたしが聞いちゃいけないような？」

「その通りだよ。聞いておくれよ――きみはカトリック信者だ、法王支持の、ローマ教会の。で僕が告解をするとしよう、たとえば、僕が告解をする。そしたらきみは、僕の告解に付き添いが必要だ、観客が必要だと思うかい？　だから言い争うのはよそう。明日はグロリーニャの結婚式なんだ。あきらめてくれよ、僕は車をそっちには回さないから」

妻に向けて叫んだ――

「しつこく言うなって！」

反応があった――

「鼻クソ食らえって！」

呻いた――

「何なんだそれは？　どういう意味だい？」

エウドクシアは電話を叩きつけた。彼も電話を切る。まったく腹を立てているわけではなく、ある種の平和を感じていた。そして妻のほうも、彼にクソ（鼻クソ）食らえと言ったあとでは、静かになって、落ちついているはずだった。もちろん、これが結婚式の前日でなければ、彼もけっして許さなかったはずだ。しかし、カマリーニャ先生があんなことを言ったあとでは、ちょっとした罵りことばぐらいで腹を立てたりするつもりはなかった。それが今ではもう使わない罵倒、昔の破廉恥語というのであればなおさらだった。

結婚二十六年にして、エウドクシアが彼にクソ食らえと言ったのはこれが初めてなのだった。彼はモンセニョールにカマリーニャ先生との対話を話して聞かせて、こう訊ねるつもりだった――〈わたしはどうすべきなんですか?〉

もしかするとモンセニョールもまた、婦人科医の態度と息子の死との間には関係があると考えるかもしれない。サビーノにとって、それはあまりにも明らかだった。カマリーニャ先生は傷ついた父親として行動し、反応したのだ。彼は息子を溺愛していて、その息子が死んでしまったのだ。だから、グロリーニャの結婚式を台無しにしてやろうというのだ。

モンセニョールと話すために出かける前に、彼はもう一度、タモイオ人たちを見ていくつもりだった。その瞬間に、彼はこう思いついた――人は大災難に対して、小さな行動によって、無限にささやかな行動によって抵抗できるのだ、と。オフィスに入ったとき、彼は通信担当の秘書が鼻をかむところを見た。そのあまりにも何でもない行動が、耐えがたい妄執から彼の気を紛らしてくれたのだった。実のところ、サビーノはそこから急いで出かける必要はまったくなかった。自分の不動産会社の中にいるという事実は、彼を無限の力があるような感覚で満たした。

ドナ・ノエミアが歓喜に輝いてドアを開ける――

「ドナ・グロリーニャが見えました!」

思わず飛びあがった――

「入るように言って、入るように」

答は――

「女の子たちと話をしてらっしゃいます」

〈女の子たち〉というのは四人か五人の従業員のことだった。グロリーニャがそこに姿をあらわすときには、いつでもデスクからデスクへとまわって、オフィスの全員に挨拶していき、使い走りの若者にまで笑顔を向けるのだった。つなぎを着た清掃人のことも「セニョール」をつけて呼ぶのだった。「彼女は全然偉ぶらない」とみんなが言った。会計士のバルドメーロ氏——八十歳近い高齢で、すでにひ孫までいる——に対してとなれば、キスのために顔を差し出すのだった。はしたないのは若者たち、会社の若手社員だった。グロリーニャが通りすぎたあとで、彼らはひどく卑猥な妄想をささやき交わすのだった。だいぶ前に、誰かが彼女の名前を男子トイレの壁に書いたことがあった。名前だけではなかった。気持ちが悪くなるような落書きと、雑言のほうがひどかった。

サビーノは一般用のトイレに行くことはなかった。自分専用のがあったからだ。狂ったようになって見に行った。爪から血が出るまで、名前と絵と雑言を掻《か》き消そうとした。

オフィスのまん中で彼はどなった——

「誰のしわざかわかったら、口の中に銃をつっこんで撃ってやる」

大急ぎでペンキ屋を頼んで、新しい塗装で落書きが消されるまでトイレは使用禁止になった。もちろん犯人はわからないままだった。しかし老会計士はそこに〈子供じみた所業〉を見た。

〈子供?〉とサビーノは驚く。会社には一人、雑用係のボーイ、十六歳がいた。ボーイが首になった。

ようやく、全員とおしゃべりしたあとで、父親の執務室に入ってきた。サビーノはドアのほうに背を向けて、タモイオ人たちを眺めていた。彼女が入ってきたのを感じる。グロリーニャは物音を立てない。しかし彼にはわかる、娘がそこにいることが、ほとんど地面を踏まないようにして近づいてくるのが。それから彼は向き直る。グロリーニャが彼の腕の中に飛びこんでくる。

サビーノはしどろもどろになって言う——

「僕のかわいいお嬢ちゃん！」

キスをし、キスをされる。結婚する女はもう以前と同じではない。翌日には、グロリーニャは前日と同じ人間ではないはずだ。彼女自身、自宅から、タクシーで、すべてのものを、最後の一瞥であるかのような驚きをもって見やりながらやってきたのだった。そう、まるで、これから死んでしまうかのように。娘を抱きしめながら、目を閉じて彼女の香りで自分の中を満たす。彼女の呼気を感じるのが好きだった。ただの一度も口臭がしたことはなかった。そして彼女の全体が、どれほどいい匂いがしたことか、たとえ香水をつけていなくても、なんていい匂いがするのだろう。

サビーノはもうだいぶ昔の、ある夜のことを思い出す。グロリーニャは十五歳ぐらいだっただろう。彼は寝室に、サスペンダー姿でいた。サスペンダーを使うのは、ベルトは胃潰瘍に悪いかもしれないからだった。エウドクシアが入ってくる（上着を着ていない彼を目にするのは妻だけだった）。うれしそうに入ってきた——

「わかる、今洗濯籠の中を見てきたら、グロリーニャが脱いだばかりのパンツがあったの。グロリーニャは生理中。グロリーニャは、おりものすらイヤな匂いがしないのよ、わかる？　匂いがなくて、血もバラ色なの」。そして、母としての虚栄を味わいながらくりかえした——「バラ色なのよ！」

彼女を叱責した——

「頭がどうかしたんじゃないか！」

夫に挑むように言った――

「あたしは母親だから、自分の娘のおりものの匂いを嗅いだからって恥ずかしくないわよ」

「エウドクシア、最低限の慎《つつし》みは必要だろう。慎みとは何か知っているか？」

クリームの蓋を取りながら言った――

「サビーノ、あたしはあなたを知ってるわよ！　グロリーニャが六か月だったとき、あなたはおむつの中の彼女のうんちの匂いを嗅いでたのよ。嗅がなかったと言うの？」

今、グロリーニャは彼の膝の上にすわっている。父親の髪をいじっている。彼女のお尻が揺れるのを感じる。その口がすぐ近くで言う――

「お父さま、今日は特別にすてきですよ！」

感動しながら笑う――

「最低の醜さだよ！」

そして、急に、質問する――

「とても幸せかい？」

立ち上がる――

「お父さまはどうだと思うの？」

「そうだな。そう見える」

ふたたび、彼の膝の上にすわりにくる。頭をまっすぐに伸ばして、横顔を描き出す――

「あたしの結婚式のことは話したくないの」。そして、口調を変える――「今、何時？」

「もうじき十一時だ」

膝の上から飛び出す――

「えー、大急ぎで行かないと。カマリーニャ先生があたしを待ってるの」

蒼くなってオウム返しに言う――

「カマリーニャ先生が？」

ああ、あの哀れな男は、彼の金を嫉《ねた》んでいたのだ。そして、すべての社交欄に大々的に載ったこの格式ある結婚式を許せないのだ。〈僕は教会に、燕尾服で入ることになる。花嫁に腕を貸して、燕尾服で〉。あの息子はプレイボーイらしく死んだのだった。左半身の痛みが始まり、腕に広がっていく。もしかすると、ガスによる圧迫のせいなのかもしれない。考える――〈いつ冠動脈が破裂しても不思議じゃない〉。彼女は立ったまま、自分自身のポートレート写真を見て、ため息をつく。彼は訊ねる――

「カマリーニャ先生とは何の話があるんだい？」

まったく無邪気なまま、言う――

「家に電話してきたのよ。あたしにクリニックに立ち寄るようにって。あたしに変なこと頼んだのよ、お父さまには何も言わないようにって、ママにも言わないようにって。ママには、ああいう人だから、あたしも何でも全部言うわけじゃないけど」

身体をかがめて、声をひそめる――

「で、僕には、全部話すのかい？」

笑み――

「ほとんど、全部」

まったくの悪人だ、カマリーニャのやつ！　すべてを嫉む。サビーノは〈デブ〉を憎んだ。娘をエレベーターのところまで連れていく。〈あいつに電話して、口をはさむのは許さないと言っておかないと。言わせちゃいけない、誰にも言わせちゃいけない。言えるのはオレだけだ！〉グロリーニャは彼の腕に手を乗せる――

「パパ、それで小切手は？」

「テオフィロのかい？」

「もう渡したの？」

「問題ないから」

「あの通りの？」

「五百万」

彼にキスをした――

「お父さまは愛そのものよ！」

そして彼は――

「わかってるだろ――秘密だよ！」

エレベーターが到着する。二人はキスを交わす。彼女は乗りこむ。サビーノは彼女を失ったのだと感じる。エレベーターが、死んだ娘を運んでいく棺桶なのだ、という夢を見る。

5

執務室にもどる。小切手なんかやらないつもりだ。まったくおかしかった。汚らわしいオカマに補助してやるなんて。

中に入るなり、こう言う——

「いいかい。カマリーニャ先生に電話して。かけるんだ」

席にすわる。あの小切手は渡さない、銃を突きつけられてもだ。一銭だってあたえない。雑用係が入ってくる。お盆の上に、極小のカップが、ひとつだけ乗っている。

ドナ・ノエミアが伝言する——

「ドナ・モエマから電話がありました」

コーヒーにさらに砂糖を入れる——

「ドナ・モエマって誰だ？」

鉛筆でダイヤルを回していた——

「おばさまじゃないんですか？」

彼はカップを持ったまま空中で止める——

「今になって、あいつか！」

まさにありそうなことだった。コーヒーを試してみる。甘さが足りなかった。もっと砂糖を、もっと、もっと、もっと入れていい。強すぎるよ、コーヒーが。ああ、まったく神さま、頼むよ！一族のハゲタカどもが全員、この結婚に超絶、色めきたっているのだった。もう何世紀も会っていないような親戚が電話してくるのだった。みんなが花嫁のまわりを飛びまわって、匂いを嗅ぎまわって、ほとんど撫でさすらんばかりなのだった。

雑用係を帰らせた——

「あとでカップを取りにくればいいから」

雑用係は出ていく。サビーノはどうしてもはっきりとさせておきたい——

「その婆さん、そのモエマってのは、わたしのおばでも何でもないんだ。おばだったことなんかない。二重か三重に離れた従姉妹《いとこ》みたいなもんだ。おまけに頭がおかしい。そいつからの電話には、わたしはいつでも不在だから、いつでもだ！」

そのおば——実は本当におばであって、サビーノの父親の女きょうだいだった——は、他のすべてのおば、生きてるのも死んでるのも含めてどのおばとも区別される特別な特性の持ち主だった——夫を裏切っていたのだ。不貞な女のいない家族というのは存在しない。サビーノはそれがまったくもって当然のことだと思っていた。しかし、不貞の中にも慎みはある。そしてモエマおばさんは、何の後悔もなく、隠しだてもなく、裏切っていた。まったく単純明快に裏切っていた、ほとんど甘美なと言ってもいいほどの、真心のこもった自然さをもって。この自ら認めている、広く公表されている不貞の女と親戚だという事実に、サビーノは我を失ってしまうのだった。

訊ねる――

「かかるのか、かからないのか、その番号？」

もう一度かけた――

「応答なしです」

腹が立って、立ち上がる。しかし、タモイオ人たちを見に行くつもりはなかった。突如、あの裸のインディオたちに対する視覚的な嫌悪がわき起こった。態度は厳しかった――

「ドナ・ノエミア、気づいたかい？　わたしが電話を頼むと、毎回、話し中か、応答なしか、番号違いか、どれかだな？　あなたのせいで、毎回めんどうなことになるなドナ・ノエミア！」

「でもわたしのせいじゃないです！」

そのときになって急にサビーノは、彼女が鉛筆でダイヤルしていることを見てとる。残酷な陶酔の中で、声を荒げる――

「あなたはいったいどうしちゃったんだ？　わたしは頼んだよね、二分前に頼んだ、鉛筆でダイヤルしないでくれって。それでもあなたは頑《かたく》なに続ける、どうしてなんだドナ・ノエミア？　指の機能はダイヤルすることだろ！」

「すみません。先生のせいで緊張してしまって」

カップはまだ半分入っていた。コーヒーをいつもゆっくり飲むのだった。憎しみの新たな波がやってきた、カマリーニャ先生、牛のような首をしたあの猥褻なデブに対する憎しみの。

彼のほうに向き直る――

「見てください、出ないんです」

「ドナ・ノエミア、かならず出るはずなんだ！　カマリーニャ先生はそこにいるんだ、そこに帰っていったんだ。あなたが間違った番号にかけているんだって、じきにわかるはずだ、賭けてもいい。おお神さま、こんなことありえるはずがない！」

今度は指でダイヤルしていた。立ったまま、両腕を組んで待った。ついには思いきって言った

――

「それをこっちによこしてくれ、わたしがやる」

秘書の電話機を取りあげる。ダイヤルしようとするが、思い出せない。訊ねる――

「何だったかな？　番号、番号は？」

相手が口で言う。彼はダイヤルを回しはじめる――

「ドナ・ノエミア、そのいじめられているみたいな態度はやめてくれ！」

婦人科医が話をするのを阻止する必要があった。

父親だけが、あるいは母親だけが、言っていいことというのがある。僕は父親だ、だから何でも言っていい。ブーレ・マルクスはいっときの流行にすぎない。チャールストンの流行が終わったのと同じように、いずれ終わる、ベンジャミン・コスタラッチ〔二十世紀初頭のブラジル社会を描いた流行作家〕の流行が終わったように。電話は鳴って鳴って、呼び出している。自分は旅団長《ブリガディロ》〔ヴァルガス大統領に対抗した軍人出身の保守系政治家エドゥアルド・ゴメス。大統領選挙に二回敗れ、その後、六四年のクーデターに参加した〕に二度、票を投じたのだった。呼び出すが、誰も出ない。〈僕は娘を救い出さなければならない〉

それでも続ける、なぜなら彼女を救い出す必要があるからだ。あのモエマおばさんはいかにもや

りすぎだった。毎朝、夫が、法律上の配偶者が、家を出るや否や、愛人が家に入るのだった。この男は、角のところにあるカフェにいて、寝取られ夫が通りすぎるのを待っていたのだ。なおさらスキャンダラスなのは時間のせいだった——朝の九時とか十時なのだ。午後だったり、夜だったりすれば、まだましだったんじゃないのか。しかし、それが恥知らずにも朝からだということに、近所じゅうが驚いたのだ。

あるとき、サビーノは妻と娘たちがモエマおばさんのことで笑っているのを目にする。顔をしかめて——

「何を笑っているんだ、どうして？」

女たち全員の笑い声——

「おかしくないの？　最高におかしい！」

彼女らはその不貞女がついに、愛人と一緒に市場にまで行くようになったことを知ったところだった。二人して帰ってきて、愛人がオレンジや、コウヴィ《ケール》や、ジロー〔ブラジル原産の苦ナス〕を入れた買い物カートを押してきたのだ。しかも、さらにひどいことに、愛人は前回市場に行ったときとは別の男だったのだ。

つまり、妻と娘たちは、その多様性を含めて、面白がっていたのだ。

サビーノはエウドクシアに、そして娘たちにも、文句を言った。娘たちにはこう言った——

「僕はそんなふうにきみたちを育てたつもりはないぞ。そんな話、何も面白いところはない。いったいどこが面白いのか、説明してくれるか？　その話はむしろ痛ましいじゃないか」

しばし黙って、最後まで言う——

「一族の中で、そういう恥知らずは彼女一人だけで、まだしもだった」

エウドクシアは耐えがたい底意地の悪さを見せる――

「一人だけ？」

蒼くなってふり向く――

「きみはそうやって何をほのめかそうとしているんだ？」

口の悪さは続く――

「サビーノ、火の中に手をつっこまないほうがいいわよ」

本気になって怒った――

「エウドクシア、きみはシニカルな皮肉屋になったのか？　僕はきみがそんな」と指を突き刺すようにしながら言った。「それも娘たちがいる前で、そんなひねくれ曲がった調子で話すのを認めない。モエマおばさんは、正しく言えば、恥知らずであるわけではない。撤回する。わかったか、娘たちよ。発言を撤回する。モエマおばさんは病気なんだ。あれは病気なんだ」

妻は反撃した――

「シニカルだとか、間抜け、馬の骨とか、それは全部あんたのほうよ！」

「おまけに口が悪いと来る！　行きすぎだぞ！」

他の娘たちがグロリーニャをつついた――

「パパを連れ出して」

そして彼女らは母親をつかまえて引っぱっていった――

「ママ、いったいどうしたの？　こっちに来てママ！」

彼はグロリーニャに連れ出された。サビーノは娘が自分のことを子供のように扱っていると感じた。手を引かれて連れ出されるのにまかせた——

「きみのお母さんは僕にそむいた！　敬意がないところに家庭はない、家族も何もない！」

二人は軽食室《コパ》にいる。冷蔵庫の中から水をとりだした——

「飲んで、パパ、飲んで！」

彼はコップを見つめる——

「浄水器を通したやつか？」

「通したやつよパパ」

すると彼は、荒い息をしながら——

「リンドイヤ〔ミネラルウォーターの銘柄〕がほしい。リンドイヤはないのか？　なら、そのままでいい、くれ」

暴虐なほどの美味を味わいながら飲んだ。彼は言う——

「猛烈に冷えてるな」

娘が彼の腕をつかむ——

「パパ、じゃあひとつあたしはお願いがあるの。やってくださる？」

急に彼は柔らかくなった——

「僕がきみのためにやらないことなんか、ないだろ？」

彼女は父親の正面に立った。ほとんど口移しするようにして話した——

「お願いはこうよ——もう二度とドゥルモンは間抜けだとか言わないでパパ。いい？」

ドゥルモン？　ドゥルモンって誰だ？　そしてすぐさま、彼は娘が文学的なお願いをしていることに気づく。おやおや！

冗談のような面白さを感じた――

「しかしな、僕の天使よ。聞いておくれ、かわいい娘よ。僕に言わせておくれ」

彼女のドゥルモン好きには説明がつけられた。グロリーニャの仲間グループのせいなのだ。折々に、彼女の男友達、女友達が家に集まることがあった。そして、ひどい大騒ぎをするのだった。歌ったり踊ったり、ピアノを弾いたり、レコードをかけたり、などなど、しかもそれを全部同時にやるのだった。彼らの一人、バッファロー・ビルみたいな髪型をした男は、ゲラゲラとまったく攻撃的な大笑いをするのだった。仰天してサビーノは、エウドクシアのもとに文句を言いに行った――

「あの傍若無人な騒ぎは何なんだ？」　妻はあそこにはあらゆる種類の人がいるのだと説明した――学生、映画監督、作曲家。たとえば、あの大笑いの若者はGEICINE〔一九六〇年代のブラジル映画振興団体〕のためにドキュメンタリー映画を作っているのだった。そしてグロリーニャは、このイカれた集団の評価の、隠語の、つまり色っぽい小咄の対象になっているのだった。

サビーノは最近のモダンな詩は好きじゃないのだと説明しようとしたが、グロリーニャはそれをさえぎった――

「パパ、あたしがお見せしたあの詩はお気に召さなかったの？　飛行機の中での死についての？」

今、執務室で、彼はコーヒーの残りを飲みほした。なおもモエマおばさんのことを考えた。彼はあのおばさんに、実はひそかに優しい思いを抱いていたのだ。電話を再度手に取った。今回こそはどうだ。ダイヤルを回し、呼び出し音は鳴ったが誰も出なかった。ブリガデイロに彼は大いに期待をかけていた。そう、もしかしてブリガディロだったら、ブラジルは立て直せたかもしれなかった。結婚を、どんな手を使ってでも、阻止しなければならないのだった。電話機を放した。考えた――〈カマリーニャのやつ、いるのに出ないんだ。僕だとわかっていて、話したくないんだ〉。グロリーニャの友人たちはみんな気が触れている。そして、突然、彼はもう医師のことを憎んでいないことに気づき、また、娘婿のことを憎むこともできなくなっていた。一瞬、秘書に対してこう言おうという誘惑を感じた――〈娘を同性愛者なんかに渡しはしないぞ！〉なら、グロリーニャを救うために彼を殺してしまったらどうだろうか？

テオフィロ、死ぬ、銃弾で蜂の巣にされて、死。

立ち上がる。秘書は何だかわからない何かをタイプしていた。

不機嫌になって彼女に言う――

「出かけてくる」

「もどられますか？」

「もどるかどうかわからない。もし誰かから電話があったら、内容をちゃんと書きとめておくんだ。それからもうひとつ――うちに電話して、わたしはモンセニョールに会いに行ったと伝えておいて。それじゃまた明日」

「では明日」

もしかするとカマリーニャ先生はグロリーニャと自分のクリニックではなく、ポリクリニカで会う約束をしたのかもしれない。彼は午前中はポリクリニカで働いていた。いやしかし、あの婦人科医はいたのだ、そうとも、クリニックの中に、電話のすぐ横に。電話がサビーノからだと想像したはずなのだ。吸い口を使ってタバコを吸いながら（クリニックでしか使わなかった）、電話を鳴りっぱなしにしていたのだ。彼はすべてをグロリーニャに言うつもりにちがいなかった、すべてを。グロリーニャは父親のビルを出てから、少し歩きたかった。こんなにじろじろ見られたのは初めてだった。男たちだけでなく、女たちにまで。男の声が、涎で濡れた声が、彼女の耳にすぐそばで、ごくごく小さく、思いをこめて言った――〈きみを全部全部吸いつくしたいよ〉。彼女は相手の巨大な顔が目に入り、鼻の穴の熱い息まで感じた。急に怖くなった。

縁石の上で立ち止まった――

「タクシー、タクシー！」

車が少し先で止まった。走った。テオフィロは潜水して魚をつかまえることができた。イタリアのネオレアリズモ映画に出てくる男前の顔をしていた。そして、身体は彫刻的で柔軟で、闘牛士ドミンギンのように張りつめているのだった。

医師本人がドアを開けに出てきた――

「時間に正確だったね！」

約束は十一時で、まだ三分前だった。一瞬立ち止まって、相手の顔にキスをした。カマリーニャ先生はドアを閉める。

訊ねた――

「ここに来ることをお父さんに話したかい？」

難もなく嘘をついた――

「話さないようにって、おっしゃったじゃない？」

バッグの中を捜した――

「あれれ、タバコを忘れちゃった！　先生、一本下さらない？」

「私のはきついよ」

「銘柄は？」

見て、ため息をついた――

「はあ、カポラル・アマレリーニョ！」

「いらないの？」

「そのネズミ捕りみたいなの？　勘弁して！」

彼はテーブルの上の小さな扇風機をつけに行った。グロリーニャはタバコを吸うのに、喫煙者の口臭がなかった。カマリーニャ先生は悲劇の前の日にあった息子との争いのことを考えていた。グロリーニャの目は現実離れした透きとおったブルーだった。息子はまた仕事を辞めてきたところだった。

父親は訊ねた――

「辞めさせられたのか？」

「自分で辞めたんだ」

まだ自分を抑えながら、さらに訊いた――

「どうして？」

マッチの棒を指の間で折りながら、言った――

「つまらない、最高につまらないんだよ」

しばしの沈黙があった。息子はどの仕事も長続きしなかった。つまらない仕事にばかりつくのだった。

カマリーニャはリビングの中を歩きまわり、急に立ち止まる――

「つまり、働くのがつまらないと言いたいのか?」

忍耐を失った(息子が翌日死ぬとは知らなかったのだ)――

「つまらないのか?」

襟《えり》のところで息子をつかんだ――

「わたしが食わせてくれると思ってるのか? 金は一銭だってやらんぞ! 飢えて死ねばいい!」

突き飛ばした。すると、息子は、あの台詞《せりふ》を口にしたのだ――

「くれる人は他にいるさ!」

昼も夜も、その家では電話が鳴りやまなかった。女たちが電話してくるのだった。独身女、結婚している女、中には少女までいた。どれほど彼に熱をあげていたことか! シニカルなふりをしたり、悪人であるような、頭がおかしいようなふりまでした。暴力もふるった。それでも女たちの一人、大金持ちの女は、彼にアパートでも車でも、何でも買いあたえたがった。

父親は襲いかかった――

「わたしの息子は、ヒモなのか!」

顔面に最初の一発をくらわせた。そして、もう一発、さらに、またさらに、平手のままで打ちつけた。アントニオ・カルロスは後退していった、殴打に押されて円を描きながら。くずおれて、すすり泣きながら膝をついた。身体はものすごくがっしりしていて、柔道を、空手を習っていた。その気になれば、一撃のもとに父親を殺すこともできた。それが子供のように泣いていた。

悪いことに、母親は入浴中だった。物音を聞きつけた。彼女は裸のままガウンをはおる。リビングに狂女のように飛びこんだ――

「何なのこれは？　何なのこれは？」

夫は悪罵を歯の間で切り刻むようにして言った――

「このろくでなし！」

夫に向かって食ってかかった――

「ろくでなしはあんたでしょ！　あんたのほうでしょ！」

裸体があらわれたが、それは夫ですら欲情しないものだった。

さらに彼女は喚《わめ》いた――

「あたしの息子にこんなことをして、あたしが殺すわよ！」

一瞬にして彼女の憤怒は消え去った。泣きはじめた。だらりと垂れ下がっている乳房を隠した。それはことばのない、憎しみのない涙だった。それから息子のほうを見た――四つん這いになって、父親のほうへと、まだ嗚咽に歪んだ口をしたまま、這っていくところだった。

グロリーニャは扇風機の涼しさを感じはじめた。医師のほうへと微笑みを向けた。

「先生、あたし何なのか興味しんしんなの、死にそうなほど知りたくて。でも、先生はサスペンスでじらしているだけだと思う」

「わたしがか？」

「先生、やっぱりさっきのを一本、あたしにください。あのネズミ捕りみたいなの」

「こいつは肺に悪いよ」

「かまわない。試させて」

タバコを彼女に渡した――

「じゃあいいよ、でも吸いこんじゃダメだよ」

すると彼女は――

「吸いこまないで吸うなんて、できない」

タバコは強く、彼女の喉を焼いた。もう一回、試してみた。火を灰皿の上で押し消した――

「あきらめた」

医師のほうへと向き直る――

「じゃあ言って、言ってよ――先生はどうしてあたしを呼んだの？　理由がないわけじゃないんだから」

息子のことを考えていた――

「きみに会いたかったんだよ。きみは明日結婚するんじゃなかったかい？　きみに会いたかったんだよ」

「それだけなの？　本当のことを言って、カマリーニャ先生！」

両手の間に彼女の両手をはさんだ――

「知ってるだろう、知らないかい、わたしがきみのことが好きだというのを？」

「あたしもよ、あたしもよ」

しかしまだ不満で、今度は怒りをこめて――

「先生は何かを知っていて、あたしに隠している」

「誓っていうよ。何もないよ」

彼女を引き寄せた――

「答えておくれ――きみは幸せかい？」

手で髪の毛をなでた――

「誰もがその質問をあたしにするの。どうしてなの先生？」

「自然なことだよ」

すると彼女は、悲しげに――

「あたしは幸せ。幸せよ。それとも信じられないの？」

相手は一瞬、時間が過ぎるのを待つ――

「きみの夫になる人のことを、とても好きかい？」

強いまなざしで答えた――

「好きよ。とても」

カマリーニャ先生は立ち上がった――

「それだよ、わたしが知りたかったのは。それをきみの口から聞きたかったんだ。それと、ああそうだ！　ひとつ言っておく。あしたは、お菓子やおつまみに気をつけるんだよ。真面目に言ってるんだ。厄介なことになるかもしれない。避けるんだよ、いいかいお嬢さん？　避けるんだ。辛い食べ物は全部だめ。さあ、じゃあ行きなさい」

しかしグロリーニャは全然急がない。部屋の中をぐるっと歩きまわる。立ち止まる。医師の前で

――

「先生、すごい偶然だったんだって、ご存じ？　先生が電話してきたとき、あたしのほうでも先生に電話しようとしていたの。ひとつ、すごく重大なお願いがしたかったの。先生、やって下さる？」

「やるとも」

躊躇する、が、勇気を出して言う――

「お願いというのはね。あたしは明日、結婚するでしょ」

うつむいて先を続ける――

「だから、誰かに、もちろん夫以外の誰かに、ということだけど。誰かに、あたしが処女だということを見ておいてもらいたいの」

顔を上げる――

「先生、あたしを検査して下さる？」

恐くなった――

「しかしお嬢さん！　そんな必要はない。第一、何のために？　それに加えて、だね。聞いておくれよグロリーニャ。いいかい。わたしは主義として、どの患者であっても検査しないんだ、一定の検査はしないんだ、看護婦の立ち会いがない場合には。好ましくないんだよ。他に手立てがない場合や、ひどい必要性がある場合だけだ。しかし、今回のこれは、それにはあたらない。お嬢さん、その必要性があるのかい、あるのかい、言ってごらん？」

泣きはじめた――

「やってほしいの、先生、やってほしいの！」

顔を下げる——

「わかった、わかった。検査しよう」

息子のことを考える。アントニオ・カルロスは床を這ってきて、突然、彼のすぐ前で立ち上がった。攻撃されるのだと思った（そして、たぶん、攻撃されるのを望んでいた）。するとそこで、若者は彼の腕の中に飛びこんできたのだった。じっといつまでも、父親に抱きついていた、何も言わずに、すすり泣きながら。カマリーニャは彼らが、殴打によって和解して、ひとつに結ばれたように感じた。

グロリーニャは台の上でじっとして、目を閉じていた。彼はその両脚の間へと頭を突き進めていきたい願望をおぼえた。割れたザクロのあざやかなバラ色をした性器。そこでは、毛は金髪だった、いや金髪ではない、赤毛、そう、赤毛だった。一瞬だけ、彼女を奪うことを思い描いた、同意のもとで奪うのではなく、暴力的に、残酷に。彼女を裸のまま、髪をつかんで引きずりまわす。その欲望はあまりに暴虐で、彼は息子のことを考えた。死体安置所での息子、頭は巻かれて、片目は驚愕で固まって開かれている。

身体を起こした——

「終わったよ」

質問が来る——

「あたしは処女？」

手袋を外した——

「下着をつけておいで」

彼女がもどってくると、カマリーニャ先生は吸い口にタバコを装着しているところだった。

彼に挑みかかるように——

「あたしは処女?」

返答に困った——

「それはきみのほうが知っている」

娘は挨拶せずに、出ていった。

6

「モンセニョールは、しばらくお待ちくださいとのことです。来客の応対をされているので、じきにいらっしゃいます」

「ありがとうございます」

サビーノは聖具室にいた。その神父はまだ若くて首筋に絆創膏をつけていたが、親切だった――

「おすわりになりませんか？」

「何と？」

「おすわりください」

再度、お礼を言った。すわった。モンセニョールの秘書係に、彼はある種の歪んだ怪しさを感じとっていた（それとも彼は、いたるところに同性愛の影を見てしまっているのか）。脚を組んだり組み替えたりした。ここではタバコは吸えない。一分後、彼は立ち上がる。神父は今度は、太った黒人女性の話を聞いていた。サビーノは失礼をわびた――

「外でタバコを吸ってきます」

「あっ、もちろん、もちろん！」

外に出てタバコに火をつけた。眼鏡をかけた若者が目に入り、その男は極度に悪意のこもった目つきで彼のことをじろじろと見た。その見知らぬ男はゆっくりと、聖具室のドアのところから大扉まで歩いていった。

彼はグロリーニャのことを考えた、ドゥルモン、ドゥルモン、と熱をあげている彼女。友人たち、女友達たちの、そしてとくに、あの大笑いする若い映像作家の影響だ。グロリーニャはあの男のために「飛行機の中での死」を読んだのだった。死、死。強要された詩人、ではなかった。花壇に生えている数本のカラジウムを見やった。エウドクシアと一緒に来るべきだった。いや、そうじゃない。エウドクシアは知っちゃいけないのだった、当面のところは。タバコの半分まで来たところで思い描く――〈モンセニョールに僕はこう言うんだ――わたしはこのことを、こうしてああして知ったんです。あなた様はどう思われますか？　父親としてわたしのすべきことは何ですか？〉　エウドクシアは当面は、あるいは永遠に、知ってはいけないのだった。神父の首筋の絆創膏は吹き出ものに違いなかった、血がよごれているのだ。彼はビラックの「死の際にて《イン・エクストレミス》」を、丸ごと全部、記憶していた。なのに、聖具室のドアに寄りかかっていると突然、このうえない、不快きわまりない度忘れに襲われる。絶望的な思いでいたのに、その原因を思い出せなかった。

見知らぬ男が大扉からもどってきた。男は彼の横を通りながら、彼のことをはすかいに、まるで憎んでいるかのように見た。サビーノはようやく、絶望的になっていたのは婦人科医との会話のせいだったことを思い出した。花壇の近くに寄って、カラジウムの葉の上にタバコを落とした。モンセニョールには強調して伝えるつもりだった、テオフィロが何も自白しなかったこと、それどころか、同性愛との関わりを、何があっても一切否定したことを。もしかすると、モンセニョールはこう言うかもしれない――〈キスというのは小さなことだ〉。たしかに、たしかに。〈男色というのは、最後まで行った場合だ〉。キスはあった。ことがそれ以上先に行かないことを、最初にして最後のキス以上に行かないことを願おう、となるだろうか？

絆創膏の神父がドアのところにあらわれた――

「どうぞお願いします！　お願いします！」

サビーノがどうしても理解できなかったのは、その白い、スキャンダラスな絆創膏だった。どうして肌と同じ色のバンドエイドじゃないんだ。中に入る前に、吸いはじめていた二本めのタバコを投げ捨てた。

モンセニョールは聖具室のまん中で待っていた。がっしりとした、引き締まった男で、いつでも満ち足りた充実の印象を発散していた。巨大な手を両方とも彼に差し出してきた――

「こっちにおいで。わたしのところに」

サビーノは苦悶で息苦しくなりながら近づく。そして、そこで彼は、自分でも困惑してしまった、恥ずかしくなってしまったことをした――衝動的に、その力強い手、染みだらけの、金色の毛の生えた手をつかんで、そこに口づけをしたのだ。その固い皮膚に、土の味を感じた。モンセニョールは五歳のときからブラジルに暮らしてきたが、記憶ちがいでなければ、スペイン人でバスク人だった。

サビーノを導きながら言った――

「今はきみの相手はできないんだよ。急を要するのかい？　何なんだい？」

「結婚式のことで」

モンセニョールは説明する――

「あっちで今、恐ろしい事態を解決しようとしてるところなんだ。ちょっと逃げてきた、膀胱が破裂しそうだったんで。でも話してごらん。なにか新しいことがあるのかい？」

躊躇する――

「新しいことは、正確に言えば、ないです」

言ってしまいたい、しかし、絶望的な間合いをとってしまう。どうでもいいことを言ってしまう――

「あとでまた出直したほうがいいですか？」

二人は煉瓦敷きの廊下を歩いていた。そしてサビーノは、手にキスをした自分を許せなかった。モンセニョールをもう何年も前から知っていたが、そんなことは一度もしたことがなかった。対話を先延ばししたかった。何の話も、今でもあとでも、もうしないほうが、もしかしたら、いいのかもしれなかった。しかし、父親には、娘の夫の男色を無視する権利はない。

モンセニョールは躊躇してからこう決める――

「一気に話して終わらせようじゃないか。あっちの連中は待たせておけばいい」

廊下の最後のドアの中に入る。サビーノはドアの外にとどまって、待っていたい。モンセニョールが彼を呼びに来る――

「いいから入って！　入れって！」

モンセニョールは美しい、暖かなバリトンの声、ほとんどバスと言ってもいい声をしていた。かつては立派な歌手で、話によれば、世界的な名声もあったとか。しかし、心筋梗塞か脳梗塞か何か、よく知らないが、そのせいで歌うことを禁じられたのだとか。

彼のすることはすべて、力強さがこめられていた。彼の口にする〈おはよう〉は、ほとんど攻撃しているみたいだった。女たちは彼を怖がっていて、それゆえに彼のことが大好きだった。小便器の前で、彼は大きな動作で長衣を開く。

うれしそうに話す――

「サビーノよ、ションベンするとき、わたしは自分がロバになったように感じるんだ」

サビーノはほとんど攻撃されたみたいに、縮みあがる。神父は〈放尿〉と言ってもよかったのに、〈ションベン〉のほうを好んだのだ、そのほうが彼にとって、もっと湿っていて、熱くて、勢い《エラン》に満ちていて、もっとずっと豊かな力強さがあるからだ。突然の幸福感が巨軀のバスク人を満たす。あるとき、幼少時に、彼は牧草地でロバを見たのだった。そして突然、それは、あの強烈な、黄金色の、果てしなく泡立つ尿を発射しはじめたのだ。今、自分の生命力に満ちた放出を見ながら、彼は万能感を経験していた。

くりかえした――

「わたしはロバのようにいいションベンをする」

その瞬間に、サビーノはドナ・ノエミアのことを考えはじめた。モンセニョールを後ろから、その力強い首、ぎりぎりまで刈りこまれた髪を見ていた。その全存在が強固な作りで、打破不能だ。なのに心筋梗塞になっただなんて、冗談だろ！　サビーノはドナ・ノエミアの裸を、というか服を脱いでいるところを想像していた。パンティが脚をすべり下りて、足先にからまるところを。

モンセニョールは振りかえった――

「サビーノ、きみにひとつ本当のことを言おう、きっとふざけてると思うだろうが。わたしがいつ、いちばん神に近いと、いちばん神がわたしの近くにいると感じるか、知ってるか？　それは自分が膀胱を、あるいは大腸を空っぽにしているときなんだ」

サビーノの笑いは固まっていた。相手は陽気な激しさをこめて最後まで話した――

「わたしは恥じてなんかいない、ことばも、臓器も、その機能も。それとも、わたしは的外れなことを言っているか？」

微笑もうとする――

「まったくその通りです。神父様はそう考える、それは自然なことです、まちがいない！」

モンセニョールは彼の肩に手を置く――

「さてさて、と。きみが頼みたかったのは何なんだ？」

サビーノは外で話をしたい。ドナ・ノエミアの身体は大したことはない。しかしながら、ときには、女は服を着ているときと、裸のときで、別人になる。

モンセニョールは言っている――

「このままここで話をしよう。外に出たら、わたしはあの最低の話し合いにもどらなければならなくなる」

サビーノはどこから話しはじめたらいいかわからない――

「わたしがここに来たのは……いや、というか、妻も一緒に来るはずだったんです」

「ドナ・エウドクシアはどうしてる？」

話しやすくなった――

「元気です、ありがとうございます。エウドクシアが結局来ないことにしたのは、おわかりでしょう、結婚式の前日だからで。特別に忙しくて」

モンセニョールは話をさえぎる——

「その通りだな。あそこの中での話し合いもやはり結婚式についてなんだ、別の結婚式の」

「タバコを吸ってもいいですか？」

「いいとも、いいとも。じゃあついでに、わたしにもきみのを一本くれるか」

これはサビーノにとっては驚きだった。相手がタバコを吸うとは知らなかったし、神父は喫煙に関しても貞潔を守るべきだと信じたかったのだ。

モンセニョールと自分のタバコの両方に火をつける。相手は最初の一服を吐き出す——

「あっちの状況がどういうものか、想像がついたか？　あそこで広間にみんないるんだ、父親、母親、それと花嫁だ。眼鏡の若者を庭で見たか？」

「眼鏡の若者？　ああ、見ました」

モンセニョールは灰を落とす——

「それが花婿だ。どういうドラマか——結婚式は明日だ。なのに花嫁が体調が悪い。感情が高ぶったせいだ、もちろん。要するに問題は、体調不良が今日の朝に来たわけだ、結婚式の前日に。わかるか？」

その話に残酷なおかしみを感じて、サビーノはため息をつく——

「まったく不都合ですね」

「笑えないよ！」

サビーノは深刻そのものだった。もう放尿の匂いに我慢ができなかった。

モンセニョールは両腕を広げる――

「彼らは結婚式を延期したいとまで言うんだ、どうだいきみ。あの連中はいったい頭がどうなってるんだ？　結婚式ってのは延期しないものだ。単純明快、延期はしないものだ」

〈結婚式は延期しないものだ〉というのをサビーノは自分自身に向けてくりかえしていた、強烈な勢《エラン》いをこめて。たとえ花婿が同性愛だとしても延期しない。すると急に、サビーノにはモンセニョールが異なって見えてきた。それも、モンセニョールだけではなかった。今になって気づいていた、今日の朝から、すべてが異なって見えてきていたことに。人々も、家々も、ことばも、異なっていた。ものごとすべてに、強烈で、しかも蒼ざめた光輪がかかっているようだった。

生まれて初めて、狂気ということを考えた。もし自分が狂人になってしまったのだとしたら？　突然、狂人に？　モンセニョールはその場から出ようとしなかった。ひょっとして、広間にいたときから、小便器に恋こがれていたのだろうか？

サビーノは生理になった娘の話を、尽きせぬ興味をもって聞いていた。その話のせいで、自分自身のことを考えずにすむのだった。神父は説明を続けていた――

「その子の生理はものすごく痛いらしいんだ、ねじれるような腹痛とかいろいろあって。今も広間で横になっている。で家族は、あの若者に、花嫁に触れてほしくないわけだ、彼女がそういう状態でいる間は」

サビーノは想像する、生理中の処女喪失となったらそれは虐殺現場みたいだろう。

重々しく言う――

「当然です」

モンセニョールはもう一本タバコを吸いたくなっている――

「わたしの考え方は狂ってると彼らは言うんだ。しかしだな、たとえば、結婚式だ。わたしは結婚式を何よりも上に置く。あの連中はいったい何を考えているんだ？　結婚式で重要なのは、花嫁でも花婿でもない。結婚すること、そのことが大事なんだ。性行為、いったい性行為とは何だ？」

間を置いてサスペンスを高める。今度はサビーノのほうが膀胱に重みを感じている。

モンセニョールはことばを継ぐ、狂信者のような陶酔をもって――

「性行為とは、ションベンだ！」

サビーノはその台詞が液体を跳ねちらかしているかのように後ずさりする。モンセニョールをまるで初めて見る人のように見ていた。急にそのバスク人の怪物が、庭で見かけた眼鏡の若者と同じくらい未知の人となった。

モンセニョールは結局、もう一本タバコは吸わないことに決める。サビーノの腕を握りしめる――

「結婚というのは要するにひとつの構造だ、ひとつの構築物、ひとつの……」

大きな身ぶりをした、まるで弧を描き出している人のように、そしてその弧というのが結婚であるというかのように。しかしサビーノが知りたかったのは、あの若者の態度、彼のことを知らないのにあれほど嫌悪していたあの態度はどうなのかということだ。自らの攻撃性に息を詰まらせながらも、モンセニョールは微笑んでいる――

「ああ、花婿か？　花婿は怒ってるわけだ。腹を立ててる」

「花嫁に腹を立ててるんですか？」

「腹を立ててるのが、花嫁に対してなのか、生理に対してなのか、知らん。人からの圧力は受けない、自分の務《つと》めが何なのかわかってる、とか言ってる。で、その務めというのが処女を破ることだったらどうだ？　わかるだろ？　これから父親、母親と娘は部屋を出て、花婿が入ってくるわけだ。あのあんちゃんがその超神秘的な務めというのが何なのか、話してくれるといいんだがな」

サビーノは危険を冒《おか》して言う――

「花婿はちょっと気が触れているのでは？」

相手はそれを面白がる――

「そういうとらえ方もできる。しかし、どっちでもいい、どっちでも。あれまあサビーノ！　わたしはもう行かないと。あのあんちゃんを説得してくる」

衝動的にサビーノは彼をつかむ――

「わかりました。でも、あしたはスピーチしてもらえますね？」

すでにドアを開けようとしていたが、足を止めた――

「スピーチ？」

「いや、お説教ですね？」

神父は急いでいたことを忘れ去った。笑みを浮かべながらサビーノに耳を傾けた。こちらは強調を重ねた――

「モンセニョール！　わたしも、エウドクシアもグロリーニャも、われわれ誰もが、ぜひとも願っています。絶対にです！　わたしたちはあなた様にぜひとも話していただきたく……」

相手は躊躇しているふりをした――

「本当にそうなのかい？　しかしみんな、わたしはもう時代遅れだと言うんだよ！　こないだなんか、面と向かって、わたしの使うたとえは流行遅れだとまで言ったやつがいるんだ。しかし、もしきみらがそこまで言うのなら……」

「そうですよモンセニョール、当然ですよ！」

ドアを開け、サビーノを先に通した。額を持ちあげ、目に見えない敵対者に挑戦するかのように――

「きみらにスピーチをするよ！」

サビーノは膀胱が痛む石塊《せっかい》のようになっていた。モンセニョールが先に立って、貪《むさぼ》るような大股で進んでいった。この男を前にすると、サビーノは自分がほとんど女性的ともいえる弱さからなっているように感じるのだった。

モンセニョールが広間に入っていったとき、サビーノは思う――〈トイレにもどろう〉。歩くと自分自身の振動で膀胱が痛かった。

しかし、もどろうとしかけたとき、絆創膏の神父と眼鏡の若者が自分を見つめていることに気づいた。突然恥ずかしさを感じて、こう決める――〈外でやろう〉

絆創膏の神父の横を通りすぎる――

「さようなら、ありがとうございました」

奇妙なこと！　新郎が彼に向けて、見映えの悪い歯を出して笑みを見せてくる。その予想外の真心の吐露は、とてつもなく気持ちを回復させてくれた。だから彼は、グロリーニャと同じ日に同じ教会で結婚する花嫁のことを考えた。

　花婿に挨拶する――

「いい週末を」

　しかし、その間抜けな台詞にぶしつけなものを感じてしまう。まだ火曜日でしかないのに〈週末〉と言ってしまうとは！　メルセデスは教会のまん前で待っていた。サビーノは乗りこむ。娘婿について、彼は何も言わなかったのだった。しかし、時間は無駄にはならなかった。〈結婚式は延期しないものだ〉と言うことによって、モンセニョールは、意図せずに、あるいは知らずしらずに、返事をしていたのだ。延期しないということは、キャンセルはなおさらしないということだ。

　運転手に言った――

「通りがかった最初の店屋で止めて」

　車は発進した。サビーノは膀胱に激しく刺すような痛みを感じはじめる。ああ、もしすぐに店屋が見つからなければ。

　運転手の背中を叩く――

「あそこに店があるだろ。あそこに寄せて」

　顔を歪めながら跳び下りる。シャツは汗でびしょ濡れ、首筋は浸水している。レジのところで立ち止まる――

「もうしわけない、トイレを」

　すると店長なのか、それにかわる人なのか――

「ふたつめのドアです」

通路に入りこむ。個室に入る。壁に寄りかかって、ほとんどボタンを引きちぎりそうになる。目は閉じていて、口びるをわずかに開いて、まるで祈っているかのようだ。それから彼が感じはじめるのは、絶望的なほどの歓びだ。自らの過去のすべてが映像となって、ときには重なりあいながら、ときには順次入れ替わりながら、あらわれてくる。子供時代の自分、父親の死、ごく幼い姉妹の入浴、新婚の夜、娘たちの誕生、グロリーニャのおむつ。彼のは、ロバのような、モンセニョールのような、途方もない奔流ではなかった。それでも、神父の言っていたことが納得できた。特定の臓器、特定の機能。彼もまた、性行為の終わりに訪れる唐突なノスタルジアを感じた。ボタンを閉めながら、彼はなおも馬や牛の糞のことを思い描いていた。

しかし、外に出ると、モンセニョールのように話すのは狂人だけだと確信できた。あの、バス歌手のような声が聞こえていた――〈性行為とは、ションベンだ〉。電話のところで立ち止まった。通話用コインを買わなければならなかった。コインを渡された。ダイヤルを回した、番号をまちがえないように極度の注意をはらいながら。自分自身の直通電話だった。

ドナ・ノエミアが応答した――

「サンタ・テレジーニャ不動産です、こんにちは」

「わたしだドナ・ノエミア。電話はあった？」

「ご自宅からです。ドナ・エウドクシアは伝言を残しませんでした。あとでまたかけるとのことです。それからドナ・グロリーニャは、小切手のことを忘れないようにとおっしゃってました」

復唱した――

「小切手のことね。わかってるわかってる」

しばしの間――

「ほかに何かありますか、サビーノ先生」

彼は思う――〈オレは間抜けだ。人生でいちばんの愚行をしようとしている。この女はすべてを誰彼となく言いふらすだろう。オレが金を払ったとまで言うだろう。エウドクシアにだって電話しかねない〉。自分が後悔することになるのを知りながら、そしてすでに後悔しながら、電話機に口を近づける――

「ひとつ頼みを聞いてくれるかなドナ・ノエミア？」

欲望が生まれたのだった、忽然と、モンセニョールがロバのことを話しはじめたときに。燃えるように熱く輝いている尿。彼は低い声で、唾液に濡れた口で、続けた――

「あなたにお願いしたいんだ、いやきみに、ある場所に来てもらいたいんだ、僕に会いに。個人的な用件なんだ。きみは僕の天使だよ、住所を書きとめてくれるかい？」

もう彼女のことを〈僕の天使〉と呼んでしまっていた。びっくり仰天して彼女は言う――

「ちょっと待ってください、鉛筆を取りますから」

秘書に対して憎悪を感じた、吐き気を。ドナ・ノエミアがもどってきた――

「言ってくださいサビーノ先生」

彼は通りの名前と番号を言った。どこだか知っているかい？　彼女は知っていた。そこで彼は、息がつまったような声で――

「ドナ・ノエミア、これから言うようにするんだ――今から三十分後、あなたは今、時計を見てちゃんと覚えておくんだよ、今から三十分後に、あなたはそこに来るんだ。タクシーをつかまえて来るんだ。僕はきみを待っているから」

呼びかけに〈きみ〉と〈あなた〉を混ぜて、〈僕の天使〉とも呼んでいた。ドナ・ノエミアは電話を置いたとき、ある種の眩暈《めまい》に、ある種の吐き気に襲われた。机によりかかった。まずはパンティを買わなければならなかった。

7

奥に入って身支度を整えた。もどる途中、サンドラの机のところで止まる。相手はティッシュで鼻をかむ。

ノエミアは身体をかがめる――

「聞いて」

サンドラはティッシュを丸めてカゴに捨てる。ノエミアは深呼吸する――

「あんたにお願いがあるの」

「どこか調子が悪いの？」

ため息をつく――

「ちがうの。悪くないの」

そして声をひそめて――

「出かけるの、出かけないといけないの。もしもシャヴィエルが電話してきたら、電話してくるんだけど、サビーノ先生の家に行ったと言って。シャヴィエルはグロリーニャがあした結婚することは知ってるから。あんたも忘れてないでしょ？」

サンドラは立ち上がる。机をまわって出てきて、二人はエレベーターのほうへと出ていく。ノエミアはまだこれからパンティを買わなければならないことを考える。

サンドラは訊く――

「新しい恋人？」

絶望的な思いで目を閉じる――

「知らない！　知らない！」

「あたしのこと信用してないの？」

躊躇する――

「信じてるわよ、でも、サンドラ、あたしのために祈っておいて！　あたしのために祈って！」

冷水サーバーのところで話している。ノエミアは相手の真正面に立っている――

「あたしの息を嗅いでくれる？」

サンドラの顔に息を吐く。

「だいじょぶ」

「もう行くから、シャヴィエルに伝言をよろしく」

彼女の道をふさぐ――

「誰なの相手は？　言いなさいよ」

「あとで絶対教えるから！」

「水くさいじゃない！」

約束する――

「あとで全部話すから。今は話さない、運が落ちるから」

「あたしの知ってる人？」

微笑んだ――

「誰だか言ったら、あんたひっくりかえるから」

エレベーターが到着し、ドアが開く。ノエミアはあわてて言う――

「下ですか？　下？」

乗りこむ。さよならのしぐさをする――

「シャヴィエルに言っといて。じゃあとであとで」

満員のエレベーターで下りる。係員は鐘を鳴らしながら、すべての階を叫んで通過していく――

「満員です！　満員です！」

週に一回、ノエミアはシャヴィエルと、一階に排気管と消音器の店があるサン・フェリクス男爵通りの家の二階で会うことにしていた。中に入ると彼女は、ドアの近くの床に水の入ったコップがあって、そこにイラクサの枝が差してあるのを目にするのだった。

シャヴィエルのことを考えながらエレベーターから下りる。四十五歳で、太っていて、悲しげな男だった。彼と知りあったのは、不動産会社で働きはじめる前だった。働いていた会社が倒産したところで、彼女は必死になって仕事を探していた。誰にも頼れず――母親は少し前に死んでしまっていて――、何も食べずに、あるいは朝食がわりのカフェジーニョだけで何日間も過ごしていた。あるときは中央駅のホールのまん中で、空腹から吐いてしまったこともあった。

シャヴィエルとはバスを待つ列の中で知りあったのだった。小雨が降っていて、彼が傘を差しかけてくれた。それを受け入れながら言った――

「すいません」

すると彼は、おずおずと――

「二人入れますから」

あの時期、彼女は〈おはよう〉の挨拶だけで身を任せかねなかった。二人はそこで、乗り物が来るまで会話をする。シャヴィエルは自分自身のことを話す――

「僕の人生は小説になります」

一方、彼女が自殺しないでいるのは、誰も埋葬費を出す人がいないからだけだった。ようやくバスがやってきた。シャヴィエルはなおさら悲しげになってきていて、彼女を先に乗りこませた。傘を閉じて、すぐに乗りこんだ。彼女はもし自分が死んだら、通夜もなく、何も起こらないだろうと考えていた。誰も彼女の遺体を引き取りに来ないだろう。遺体安置所の冷蔵庫の中にいつまでもとどまるだろう。

彼らは立ったまま、住んでいるリンス・ヴァスコンセーロス地区まで乗っていった。そしてその途中で彼女はまだ、感動しながら、彼が差しかけてくれた傘のことを思い出していた。シャヴィエルは質問した――

「あなたの家はどこ?」

「部屋」

ドナ・ロマーナ通りの部屋に暮らしていた。ただ、家賃を二か月滞納していることは言わなかった。そして彼女がシャヴィエルに惹かれたのは、最悪のことを経験した人間ならではの、そのくたびれたような、苦しんできた雰囲気だった。

三回めか四回めのデートで、彼は話しはじめる――

「僕の天使だから、きみには正直でいたいんだ」

彼を失うのが恐かった。シャヴィエルは震えながら続ける――

「きみは善良な、真面目な女の子だから、きみには本当のことを全部知っておいてほしいんだ」

深呼吸をした――

「僕は結婚してるんだ。わかるね？」

沈黙。シャヴィエルは訊ねる――

「何も言わないの？」

彼女は言った――

「あたしに何と言ってほしいの？」

二人はバスをつかまえるところだった。より年を重ねていて、よりくたびれていて、すべてで上を行っている彼のほうが続けた――

「僕は結婚している、でも結婚していないようなものなんだ。妻は女じゃない、以前は女だった、でも女じゃなくなったんだ、わかるかい？」

びっくり仰天して、オウム返しに言う――

「以前は女だった？　どういうこと？　どうして？」

横顔を向けて、とても遠いところを見つめていた――

「妻はあの病気を持っているんだ、あの病気、知らないかい？　あの？」

その病名を言いたくない。しかし、ノエミアが理解できずにいるのを感じとる。気弱になって言った――

「ハンセン病なんだ」

ノエミアは感染を逃れようとするかのように後ずさった。怯《おび》えながら囁《ささや》く――

「かわいそうに！」

それと同時に、ある歓喜が彼女の中に広がった。あの病気のせいで、もう一人の女は存在しないも同然なのだった。〈彼はあたしを捨てる必要がないのかも？〉すると哀れな男は勢いづいた。

ネクタイの結び目を引っぱり、息が詰まったかのように襟を緩《ゆる》める――

「彼女がこないだ、僕に何をしたか、わかるかい？　僕が家に着くと、妻が僕の服を全部カミソリで引き裂いたあとだったんだ。スーツも、ワイシャツも、パンツも、全部だ。身につけている服だけになったんだ。妻のことはすごくかわいそうだと思ってる、本当にそうだ、でも、あの日は、彼女の顔面を殴ってやりたかった！」

もう一人の女のように皮膚に傷痕がないので、彼女を擁護することができた。

「悪意からじゃないのよ。病気のせいよ」

彼は興奮してふり向く――

「なんでそんなことをしたのか？　嫉妬なんだ、僕に嫉妬してるんだ。いいかいノエミア。僕は他の人より優れているわけじゃない。他の誰とも同じように欠点がある」

（彼女はもう一人の女の傷痕のことばかりを考えていた。）

シャヴィエルは陶酔したように話す――

「僕が妻を入浴させているんだ。僕が。母親も、お姉さんたちも、姿を見せやしない、彼女が死んだって何も知らされたくないんだ。妻は一度だって汚いことばを使ったりしなかった。それが、こないだは、僕のことを売女の息子《フィーリョ・ダ・プータ》と呼んだ」

まだそのことばが空中に浮かんでいるうちに、もうノエミアのことを抱きよせていた——

「ああごめん、僕の天使。許してくれる？　思わず口から出てしまった。洩れてしまったんだ。申し訳ない」

顔をそむけた——

「あたしは汚いことばなんか、聞くのには慣れてるの」

「僕のほうを向いて。もう僕は話しすぎた。今度はきみが話す番だ」

いくらでも話したいことがあった。母親が死んだあと、自分ほど一人ぼっちの人間はほかに誰もいないほどだったこと。兄が一人いて、ノヴァ・イグアスー〔リオ近郊の町〕で商売をやっていた。しかし、その妻は彼女のことを家から追い出したのだった。おまけにこう言ったのだ——〈どうとでもなるがいい、出ていきな！〉何も食べるものがなく、着る服も、何もなかった。夜、部屋にもどっていくとき、建物までもが自分のことを憎んでいると考えるようになった。

シャヴィエルはかがみこみながら——

「わかるかい？　彼女は目が見えないんだ。盲目になった、両目ともが」

シャヴィエルの手を握りしめる——

「ねえ、何か食べさせてくれる？」

彼は時計に目をやる——

「僕の天使、それはあしたにしないか？　もう時間なんだ。僕が遅れて帰ると、妻が大騒ぎするんだ」

泣きはじめる――

「あたしが食事をしたいというのを信じないの？　あたしが食事してないというのを？　あたしは食べてないの！　食べてないのよ！」

仰天して彼は両腕を開いた――

「どうして言わなかったんだい？　どうして頼まなかったんだい？」

顔を両手の中に埋めこんだ。声に出してすすり泣いた――

「夜じゅう、眠れないの、不眠なの、あまりにおなかがすいて」

シャヴィエルは右へ左へと目をやった。すでに注目を集めていた。

声をひそめる――

「もうここを出よう。行こう」

泣きながら、連れていかれるままになった。歯ががちがちと鳴っていた。

「そのうえさらに、部屋代を二か月払ってないの。家主の息子には、今にも唾を吐きかけられそう」

二人は角のところで止まった。彼は五百クルゼイロ紙幣を彼女の手の中に押しこむ――

「持ってって。何か食べて。僕は一緒に行けないから。おかみさんの治療の時間なんだよ。いいから、もう行って」

ため息をつく――

「ありがとう」

しかし彼は呼びもどす――

「ちょっと待って。足りないかも。もうちょっと持ってて」

もう一枚紙幣を渡して、千クルゼイロになる。その翌日、二人が会ったとき、彼はこれまでになく陰気だった――

「もう終わりにしたほうがいいと思う。正直なところ」

「どうして？」

「僕と一緒じゃきみには未来がない。どんな未来もない。それだけじゃなく、僕は妻を捨てられない。病気に加えて、目が見えないんだから。ものを食べるのだって僕の手からだ。だから、終わりにしたほうがいいと思わないかい？」

ノエミアの手を握る――

「言ってごらん」

とてもしっかりと、とても威厳をもって言った――

「いいシャヴィエル。あなたは結婚してるんだから、辛抱が必要。あたしだって、あなたが奥さんを捨てるのには同意できない。だからこのまま続けましょ。あたしは受け入れるから」

一週間後、二人はサン・フェリクス男爵通りの貸部屋に行った。最初のキスのあとで、彼女は息を詰まらせながら言う――

「明るすぎるから、カーテンを閉めて」

ベッドへと引きずられていった。そしてノエミアが悲鳴をあげたとき、シャヴィエルにはわけがわからなかった――

「きみは初めてなのか？」

苦痛を顔に浮かべながら頼んだ――

「続けて！　続けて！」

なおも訊ねる――

「どうして処女だと言ってくれなかったんだ？」

「続けて！　ちゃんと続けて！」

グロリーニャの結婚式の前日、彼女はビルの入口でタクシーをつかまえた。シャヴィエルは五時に電話してくるはずだった。急に、都心に向けて走りながら、ノエミアは苦悩しはじめる。もしもサビーノ先生が彼女のことを、何でもない用事のために呼んだのだとしたら？　手紙を筆記させるために、ただのビジネス・レターを書きとめさせるために呼んだのだとしたら？　彼女はパンティを無駄に買ったことになるのだった。

タクシーの中で、バッグを開いて住所を読む――

「アドッキ・ロボ通り、ワギネル・ビル、部屋番号１００２」

ちょうどその瞬間、サビーノはエスタシオ地区の薬局に入るところだった。婦人や、子供たちがいる。カウンターの上に身を乗り出す。ほとんど口びるを動かさずに言う――

「三つ入りの小箱を」

自分を最低の存在のように感じた。すぐ横では婦人が爪に塗るエナメルを比較していた。若者は理解してくれない――

「何ですか?」

言わなければならない、歯の間から押し出すように――

「コンドーム」

阿呆は遠ざかって、もどってくる。包みを受け取り、支払いをして外に出る、釣銭を待たずに。

二年前から月に一回、最大で二回、アドッキ・ロボの部屋に行っている。部屋の主は海軍将校の未亡人で、幼い娘二人の母親だ。子供たちがいるせいで、サビーノはそこに、家庭の、家族の感覚を感じるのだった。行く前に電話していた――

「きれいなシーツを敷いておいて」

結婚式の前日に、サビーノは質問しながら入っていく――

「水は出る?」

ため息――

「そうなんです。断水してます」

ほとんど彼女を罵倒しかけた――

「そんな、ありえないじゃないか! いつだって水が出ない。なんて最低の建物なんだ!」

トイレを覗きに行った。水を貯めたバケツ。もどると、女の子二人が居間のドアから覗いているのが目に入る。我慢できなかった――

「ドナ・サーラ、子供たちを引っこめて!」

未亡人は娘たちを追い出す。上の子のほうは手のひらで叩く――

「中に入んなさい!」

サビーノはそれ以上話をしたくない。寝室に入って、すべてがちゃんとしているかどうか調べる。娘の結婚式の前日に、彼はそこで、自分が欲望してもいない女を待っているのだった。そして、娘婿は男と口でキスをしているところを見つかったんだとか？　同性愛者は女のことをうらめしく思っている男だ。一人知っていた、ときどき、妻の胸をタバコの先端で焦《こ》がすのが好きな男を。

寝室の中にいる。ベッドはいつも通り。たんすの上には花瓶があって、造花が差してある。あれは何だ？　鉛筆書きのされた紙片。それを見に行った。紙を手に取り、驚きあきれて読む――〈まんなかの引き出しは開けないでください、子供たちの洗濯済みの服が入っています〉。

廊下へと飛び出した――

「ドナ・サーラ、これがどういうことなのか、説明してもらえるか？」

ほとんど相手の顔に紙をこすりつけんばかりだった――

「奥さんあなたは、わたしに向けてこれを書いたんじゃない。わたしあて、ではなかった、わたしはお宅の引き出しなんかに興味はないんだから」

「旦那さん大声を出さないで！」

いやいやながら、それに従った――

「奥さんあなたは、他の人も受け入れているのか、ドナ・サーラ？　他のカップルを？　否定しないでいい、無駄だから。わたしは一人だけで、単独で使えるようにお宅に家賃を払っているんだ。共有でないことは絶対条件だ。単独で使うと約束したんじゃないですか、えっ、ドナ・サーラ？」

「言おうと思っていたんですが」

かっとなった――

「ここで売春宿みたいなことをやってるのなら、わたしはもう二度とお宅の部屋には足を踏み入れないから。しっかり頭に入れておくんだ」

ほとんど彼女の顔に指先を突き刺しそうだった——

「奥さんあなたのやり口は、まるで売春宿の女将みたいだ！」

初めてやり返した——

「売春宿の女将はお宅の奥さん、お宅の娘さんたちですよ！　汚らわしいことをしにここにやってきて、いい年して何に目が眩んでるのか！」

蒼ざめて、口を開いたが、声が出なかった。身体の左側に刺すような痛みを感じはじめた。女の口の端には唾液が玉になっていた——

「旦那さんあなたが払ってくれるものじゃ、足りないんですよ。娘が二人いて、ひょっとして、あたしが風でも食って生きていると思ってるんですか？　あたしは自分の家に、誰でも好きなように受け入れますよ。あなたの要求に応じる義務なんかないんですから！」

サビーノは恐怖をおぼえた、身体的な恐怖を。こう思い描く——〈彼女は僕のことを、いろいろやってる他の年寄りと同じだと思っている〉。彼はごくありきたりの性愛しか知らなかった。ありきたりの性愛は悲しくて病的だ。病的というのは、ちがうか。しかし悲しいことはまちがいない、ありきたりの性愛は悲しい。

彼女に背中を向けて言う——

「ドナ・サーラ、誤解しないでください。わたしは何も、そこまで。もしかするとわたしも言いすぎたかもしれない。わたしが言いたかったのは奥さん、もしも、もっと前にちゃんと言ってくれていれば、家賃を増額してもよかったわけで」

　未亡人は泣きはじめた――

「旦那さん、こんなことをわたしが歓《よろこ》んでやってると思うんですか？　必要だから仕方なくやってるんです。娘たちの学費がどれだけかかるか、知ってますか？」

　そこで止まったのはベルが鳴ったからだった。サビーノは声をひそめる――

「あとで話そう。わたしのほうが調整するから、いいね？　それじゃもう行って、わたしが開けるから」

　ドナ・サーラは隣にある居間に入っていき、ドアを閉める。内臓が冷えきったまま、サビーノは開けにいく。ドナ・ノエミアだった。

　サビーノは言う――

「こっちだ、ドナ・ノエミア」

　前進する。ノエミアはほとんど何もつけてないくらいの、ごくごく小さなパンティを買ってきている。その店のトイレの中ですぐにはいて、もう一方のはバッグの中につっこんできた。

　寝室に入ると、サビーノはドアに鍵をかけ、留め金も締める。

　沈黙がある。ノエミアは上口びるに汗の帯ができている。

8

ドアを閉めたときに欲望が生まれた。まず最初に言った、激しく息をしながら――

「暑いね、暑い！」

そしてノエミアは混乱したまま――

「暑さが」

彼女は考える――〈もしもここで、おなかが痛くなったらどうしよう？〉

二人は立ったまま、ドアの前にいた。そしてサビーノは、わけのわからないことを言いはじめた――

「ここは住居専用の建物なんだよ。家族連ればかりが住んでいる。あなたも、入ってきたとき、子供たちが目に入っただろう、プレイグラウンドで遊んでいるのが？」

わけがわからないまま、くりかえした――

「子供たちが」

相手はさらに続けた――

「ここの持ち主は未亡人なんだ。小さな女の子が二人いる」

息が切れて、口を閉ざした。ハンカチを取り出して、顔を、両手をぬぐう。もう他に何も言うことがない。何も言わないまま彼女にキスするべきだった、ただキスすればよかった。

ノエミアは急に泣きだす。びっくりして訊ねる——

「教えて。どうして泣くんだい?」

涙の合間で笑みを浮かべる——

「緊張してしまって」

サビーノは両手で彼女の手を取る——

「おしゃべりしよう、おしゃべり」

恥ずかしくて死にそうになって、うつむく——

「すみません」

バッグを開いて小さなハンカチを取り出す。一瞬、サビーノに背中を向けて、すばやく涙の鼻水をぬぐう。ハンカチをしまい、サビーノのほうに向き直る。

彼女の手をつかむ。そして、だしぬけに、顔を下げて彼女の腕にキスをする、何度も。ノエミアは快感に固くなって、口びるを閉じる。サビーノの強い口臭を感じる。いい匂い、シャヴィエルの口臭よりずっといい。

彼はことばに詰まる——

「こっちにおいで、さあ。こっちに行こう」

引っぱられていく。サンドラに話すときには、サビーノに触れられただけですっかり濡れちゃった、と言うつもりだ。

二人はベッドに腰をおろし、彼の手が彼女の膝に触れる。ぴくぴくと震えながら、息が切れて、彼女は目を閉じて待つ。サビーノの手が服の下をのぼってきはじめる。ノエミアは口びるをかすかに開く。パンティを買ってきている、軽くて、薄くて、自分でもつけているのをほとんど何も感じないくらいのパンティを。

首筋にキスをされて、それから顔に。サビーノは息を切らしながら――

「僕がきみのことを気に入ってるのは知ってるだろう？　知ってる？」

口と口が合わさると、二人はベッドの上に転がる。彼女は脚をばたつかせて、顔を、身体をそらす。その呻き声があまりに大きく、太い（まるで男のように）ので彼は怯えあがる。

ベッドの上に膝立ちになって、口に手をやりながら、そこにいる女を、自らの呻き声をかみ殺している女を見つめる。

言う――

「しかしそれはいったい何なんだ？　やめてくれよ！」

ノエミアはうつ伏せになって、両手で枕を握りしめている。サビーノは立ち上がり、ドアのところまで物音を聞きに行く。

もどってきて――

「ドナ・ノエミア、いいかい。あなたにはそれをやめてほしいんだ。頼むから、それはやめるんだ！　家主からも、物音を立てないようにと言われているんだ」

歯を嚙みしめる――

「我慢できなくて、我慢できなくて！」

サビーノは絶望的な気分になっている。不快な女、品のない、ヒステリーの入った女！　彼女をつかんだ――

「やめるんだドナ・ノエミア、やめろ！　ここの理事長は野獣みたいな人間なんだから！」

若い女は枕の中に顔を埋める。サビーノはタバコを引っぱり出す。ベッドの端にすわって、黙ってタバコを吸っている。この世でいちばん最低なのは、欲望が中断されることだ。苦い思いをもって確認していた――〈香水もつけてない〉。女にはいい匂いをさせる義務がある。タバコを一本、吸いきるだけの時間がある。

すると、そのときになって彼女は、固くなったまま、しかし、自分を抑えながら、訊ねる――

「まだ怒ってますか？」

金属製の灰皿の中にタバコを捨てた――

「知るもんか！」

ノエミアはベッドを回って、彼の足元の床にすわりこむ。それから頭を彼の膝の上に置く。彼の靴に手をやって、撫でさする。

低い声で言う――

「ごめんなさい、ね？」

欲望の中断を彼はけっして許せない。

声にならない苛立ちをもって答える――

「いいかい、こういうことだドナ・ノエミア。ここの理事長は、いやなやつなんだ、コンプレックスのかたまりで、建物に誰が入って誰が出ていくか、いつも見張ってる。そいつは誰彼となく難癖をつけてくる。しかも、それに加えて、ここには子供もいる。子供たちがいるんだ、わかるか？」

ため息をつく――

「おっしゃるとおりです。でも、ご存じないことがあります。あたしはあのオフィスに入ったときからずっと、この瞬間を夢に見てきたんです。先生はあたしにとって、ただの雇い主じゃないんです。雇い主以上なんです」

サビーノは関係のないことを言う――

「腹が立つのは、水が出ないことだ！」

なおも靴を撫で続けている、まるで、手で靴を舐《な》めているかのように。へりくだって、約束する――

「これからは気をつけますから」

サビーノは何とも言わない。モンセニョールのところにもどって、カマリーニャとの会話の一切を話して聞かせる必要がある。テオフィロは非を認めなかった。そこのところこそがいちばん重要な点だ。

ノエミアは思いきって言う――

「ご存じですか、サビーノ先生、あたしが先生のことを熱愛しているのを？　ほんとにほんとに熱愛していることを？」

これを彼女は悲しい愛嬌をこめて言った。彼女はそこで、彼の足元で、彼の靴を、まるで奴隷女のように愛撫していた。その瞬間にこんなことを言いたかったのだ――〈家ではしょっちゅう、自分で自分を慰めるんです、一人で、あなたのことを考えながら〉。最初の一日から、彼女は自分のことをサビーノの奴隷女のように感じていた。そして、しばしば、シャヴィエルと一緒にいながら、目を閉じると、サビーノと交わっているかのように思うのだった。

　しゃべりながら（そして彼の靴にキスしたいと思いながら）シャヴィエルとその妻に対する怒りがわき起こってきた。あの病気以外ならどんな病気でも受け入れることができた。それにしても、ハンセン病は治療で治ると言われているのではなかったか？

　夜になると、もう一人の女の傷痕のことを想像した。あるいはまた、傷から涙みたいにぽたぽたと液体が垂れるのが見えることもあった。暑い午後に、彼女とシャヴィエルは幾度も、裸で、汗と汗を混ぜ合った。病気が汗で、唾液で、あるいは単なる呼気によって、うつらないと本当に言えるのか？　サビーノは清潔だった、香りがよく、なめらかな薄手のシャツ、汚れひとつないシャツをいつも着ていた。

　サビーノは自分の膝もとに休んでいる頭を見つめる。絶対に娘を男色家に渡しはしないつもりだ。陰気に、残虐に、言った――

「服を脱げ」

　顔を起こした――

「よく聞こえなくて」

「裸になれ」

　何も言わずに、ノエミアは立ちあがる。サビーノは火をつけていなかったタバコを灰皿に置きにいく。

　彼に背中を向けてお願いする――

「ここを引っぱって?」

ジッパーを上から下へ引っぱった。自分のほうも上着を脱ぎ、椅子にかける。ネクタイもはずす。ズボン、シャツ、靴下のままで待つ。ノエミアはベッドに走っていく。パンティとブラジャーだけになっている。サビーノは彼女の隣に横になる。彼女がパンティを脱いだあとで、彼はその耳に囁く――

「ブラジャーも取るんだ」

呻く――

「ブラジャーはダメ!」

「全部だ」

ノエミアは彼の胸の中に顔を隠す――

「胸はきれいじゃないから!」

くりかえす――

「全部だ!」

そこで、悲しい従順さをもって彼女は背中の留め具を外す。ブラジャーがなくなって、乳房はしおれる。

サビーノは枕もとのテーブルから小箱を取る。

必死になって彼女は言う――

「必要ないです、必要ないです!」

「必要だよ!」

「あたしは清潔です！」　そしてくりかえした――「清潔ですから！」

彼のほうは下品だった――

「落ちつけ！　子供はほしくないんだ！」

「できたとしても、おろします、おろしますから！」

装着しながら答えた――

「用心するに越したことはない、と言ってな！　おとなしくしてろ！」

ノエミアは目を閉じる。彼女は全裸になっている。サビーノはその閉ざされた顔、読みとれない顔のうえにかがみこむ。彼女は義理の姉のことを考える。兄の妻が叫ぶのを――〈あら仕事がないの？　でもそのお尻があれば、働く必要ないじゃない！〉兄はその場にいたけれど、視線を落として何も言わなかった。サンドラのことを思い出す。もし自分が今ここに、裸でサビーノ先生と一緒にいると知ったらどうするだろうか。

目を開いた。彼は服を脱がないのだろうか？　服を着たままなのか、半裸にならないとしても、服を着たまま？

さらに強い呻き声が出る。サビーノは歯を嚙みしめる――

「大声を出すな！」

ノエミアはハンセン病の女がシャヴィエルのスーツにカミソリを当てるところを想像する。悲しい傷痕を思い浮かべる、泣いているみたいに汁が垂れているのを。

キスを交わしたあとでノエミアは我を失って言う――

「やって、やって！　愛してる、あたしの愛しい人！　やめないで！」

彼はいつも、愛の行為を何も言わずにおこなってきた。妻とでも、他の女とでも、いつもことばはなかった。夫婦のベッドで、エウドクシアが話そうとすると、それをやめさせるのだった――

「黙ってろ！　黙ってろ！」

その沈黙の快楽を妻は不気味に思っていた。エウドクシアはなぜなのかと知りたがった――

「あなたがいつイッたのか、あたしには全然わからないじゃないの」

飛びあがった――

「〈イッた〉なんて、なんて下品なんだ！　そんなことばを使うのはふしだらな女だけだ！　その種の表現を、上品な女は使わないものだ。そうだとも――使わないんだ」

夫のことを嘲笑った――

「あなた、女はこういうものだという、その偏執的な思いこみをいいかげんやめないとね。もっと言いましょうか――あなたは、女の会話というのを一度聞いてみる必要があるのよ。みんな、まる出しよ。アンジェリーナ、あんたの友達カルケージャの奥さん。超まじめでカトリック信者で、とそろってるけど。こないだ彼女、あたしたちに言ったのよ――あたしのおまんこはもうお医者六人に見られたわ、だって。聖体拝領だって、告解だって、全部やってるのによ？」

サビーノは仰天して、何と言っていいか、どう考えたらいいのか、わからなかった。なんてものわかりの悪い女なんだ、まさに阿呆だ、阿呆。何もまったくわかってないのだ。食卓で、訪問客がいる前で、〈うんち〉と、ごくごく自然に、しかもある種のおかしみをこめて口にしたりするのだった。サビーノがもっとも気が滅入る単語がうんちだった。便だろ便、うんちじゃない！

一方で、エウドクシアも夫に不満な点はあった。その黙りこくった男と、彼女もまた沈黙したままおこなう愛の行為は、共同の歓びに欠けるところがあった。

今、彼は訊く――

「ノエミア、聞いているかい？」

返事がない。

くりかえす――

「ノエミア、ねえ。ノエミア」

「聞いてます」

サビーノは彼女の顔の皮膚を濃い髭でこする――

「きみの耳の中に、小さな声でひとつ話すよ。誰も知らないこと、誰にも言ったことのない話だ」

黙る。ノエミアはひと息で言う――

「話して」

「誰も知らないことだ、誰一人として」

彼女の耳に口をつけて話す――

「あるとき、僕がまだ子供だったころ、僕ともう一人の少年で、一緒に泳ぎに行ったんだ。川で水浴びだ、トラピシェイロ川で。僕は十二歳で、彼は十四歳。その子のほうが僕よりも力が強かった。僕らは服を脱いだ。すると彼が僕をつかんだ」

快感で呆然となって中断する。これまでに一度も感じたことのない性的快感だった。ノエミアはその一瞬が過ぎるのを待つ。

小声でお願いする――

「続けて」

サビーノは泣きたい欲求を感じる――

「もう話さない！　もう話さない！」

ノエミアは何とも言わない。彼は取りつかれたように、〈誰も知らない、誰も知らない〉とくりかえす。自分の声とはわからない声で――

「きみに話すべきじゃなかった。自分でもどうしちゃったのかわからない、わからない」

間を置いてから、混乱して続ける――

「わかるかい？　言ってみて。今度はきみが言う番だ――僕とその少年の間で何が起こったか、わかるかい？　黙ってたらだめだ。言うんだ――わかるかい？」

「いいえ、わからない」

彼女の口もとを殴ってやりたい欲求を感じた――

「嘘だ！　嘘つきめ！　よく聞くんだ。ここには社長も、従業員もない。僕は男で、きみは女。本当のことを言うんだ。僕とその少年の間で何があったか、わかるか？」

「わかります」

サビーノは額の血管が破裂しそうな感覚をおぼえる。

縮みこむようにして、彼女は訊ねる――

「先生は気持ちよかったんですか？」

「あなたと呼んでくれ」

「尊敬からです。先生はあたしの上に乗ってますけど、あたしは先生を尊敬しているんです」

「ノエミア！　命令してるのは僕のほうだ！　あなたと呼ぶんだ！」

目を閉じる——

「あなたは気持ちよかったんですか？」

すぐには答えない。話しはじめる——

「それがきみの知りたいことなのか？　わかってる。きみはそう思ってるんだ。そうじゃないか？　僕が気持ちよかったと思ってる。しかしだな。もしきみが考えているんだとして、僕は、僕は、わかるか？」

自分ではない誰かが話しているみたいだ、本人ではなく、他の誰か、誰かが。

すすり泣く——

「気持ちよかった、よかった！」

自分自身の声に驚く。二人はより密着している、よりひとつになっている。彼女は感じている、このように言いながらサビーノが彼女のことをよりいっそう求めていることを。

彼はなおも低音の声（彼のではない声、暗い内臓の奥から立ちのぼってくる声）で続ける——

「でもそれは一回だけだった、その一回だけ。じゃあ答えてくれ。どっちが女の役をしたのか、僕か、それとも少年か？」

「少年」

「本当のことを言うんだ」

「先生でした」

「あなたと呼ぶんだ」

「あなたのほうだった」

サビーノの頭の後ろを手でなでる。

「すばらしいです、先生があたしの中に入っているのが感じられて！」

サビーノの耳のすぐ横で話す――

「あたしには、先生、何でも話していいんですよ、何でも。あたしのことを信用できないんですか？　先生はご存じないんです、あなたは知らない、あたしがどれほどうれしかったか、その少年との話を聞かせてもらって」

一瞬のあいだ、サビーノは死にいく人間のような平和を感じる。絶望は去った。ＣＢＤ〔ブラジル・スポーツ連盟〕はアマリウドを招集するべきだ。パラナーでは解決しないし、リナウドではなおさらだ。アマリウドが来ないとダメだ。

「どうしてあなたは服を脱がないんですか？」

サンドラに言うのだ、彼のほうから〈あなた〉と呼ぶように言ってきたことを。

サビーノは言う――

「しゃべらない。黙ってるんだ」

アヴェランジェは頭のいい男だから、アマリウドを招集するように命じるはずだ。間抜けな野郎だブーレ・マルクスは。やつの公園にはバナナの木を植えるべきだった。そのときに初めて彼はバナナの木が美しいと気づく。

ノエミアは話す、歯を噛みしめながら――

「あたしはもう抑えられないです。もうほとんど、ぎりぎりで。大きな声が出ちゃったら、止めてください」

彼は話す、クレッシェンドで――

「少年のほうが僕よりも力が強かった。顔面を殴られた。彼のほうが強かった。僕はいやだった。気持ちよくなりたくなかった、でも気持ちよかった」

ノエミアの口にキスをする。彼女は声をあげたくない。理事長は野獣だ。サビーノは口をそらす。泣きはじめる――

「グロリーニャ！　グロリーニャ！」

すすり泣いていた――

「グロリーニャ！　グロリーニャ！」

歯を噛みしめて、彼女は死にそうに感じていた、死にたかった。それからサビーノの絶望感は下降していった。涙声は残った、少年の穏やかな涙声。

「グロリーニャ、グロリーニャ」

それからはもう声が出なくなって何も言わなくなった。

ノエミアの傍らで完全に力を失って、ことばが出なかった。彼女の肩を涙と涎で濡らしていた。彼女は性器を枕で隠した。

ノエミアはシャヴィエルの妻を憎んでいる。シャヴィエルは毎日髭を剃らないうえ、手のひらに汗をかく。サビーノは今、うつ伏せになって、顔を枕にうずめている。もしもブラジルが三度目の優勝をしなければ、この国はパラグアイと化してしまう。

ベッドの端に腰をおろす。枕で性器を隠したまま、彼女は、半ば夢を見ているかのように訊ねる

「幻滅した？」

彼女に背を向けたまま、もう一本タバコに火をつけながら答える――

「頼むから、先生と呼んでくれ」

それはぐさりと来た。もう一度言いなおす――

「先生、よかったですか？」

立ちあがる――

「さてと。ひとつ、あなたに知っておいてもらいたい――わたしがあなたに話した、あの少年の話だが、あれは本当のことではない、起こったことではない。あの瞬間にわたしが作った話だ。ファンタジーだったのだ、エロチックな」。そしてその単語を、向きになってくりかえした――「エロチックな」

訊ねる――

「先生は、あたしが言いふらすのを恐れているのですか？」

彼女の顔を殴りつけてやりたい激しい欲求――

「ドナ・ノエミア、そういうことじゃない。わたしはあなたに、何の恐れも抱いていないからだ。わたしはただいくつかの点を明らかにしておきたいだけだ。あのような少年は存在しなかった。そして、もし、あなたがそれに納得できないというのであれば……」

「納得していますよ、サビーノ先生！」

「ちょっと待て。納得していようがいまいが、わたしはあなたに、わが娘の命にかけて言おう。神にグロリーニャを盲目にしてもらってもいい。わたしが何よりも溺愛している存在であるグロリーニャが、ハンセン病で死んでもいい、万が一にでも、さっきのあの少年というのがいつかどこかで実在していたのであれば」

泣きながら――

「あたしは信じます」

サビーノは靴を履いた。彼女は頼みこむ――

「あたしに靴紐を結ばせてくださいますか？」

「やめてくれやめてくれ！　ドナ・ノエミア、そんな領域には行かないでおこうじゃないか。そしてもうひとつ、あなたが知っておいたらいいことがある――わたしが他の女のもとに行くのは、妻の体調が悪いときだけだ。そのとき以外は、起こる可能性がないことだ、わかったか？　可能性がないことだ。そしてわたしが今あなたにお願いしたいのは、早く身支度をしてもらいたいということだ。ここの利用は時間が決められていて、家主の女はうるさいんだ」

サビーノは彼女が服を着る間、背中を向けていた。呆然となって、ノエミアはパンティを、ブラジャーを、ワンピースを身につける。

「お手洗いに行ってもいいですか？」

暴発した――

「なんてことだ！　ドナ・ノエミア、やっかいごとを起こさないようにしようじゃないか。こうしてくれ、いいか――この近く、すぐ近くに、喫茶店がある。あなたは下に下りてそこに行くんだドナ・ノエミア。それとも、洗うためなのか？　洗うためというなら、ここは水が出ないんだ」

うつむいて――

「わかりました」

サビーノは彼女をドアのところまで案内した――

「あなたは会社にもどるんだ。用事がすんだあとで、もう誰もいなくなったころに、わたしも寄るから。あなたと話し合いたい。とても深刻な話し合いをだ、ドナ・ノエミア」

9

サビーノ先生が不在で、経理係も早退していた（喘息《ぜんそく》の発作により）ので、オフィスじゅうがフルミネンセ対ヴァスコの試合のことを論じあっていた。机と机の間で大声が飛び交った。

マコンジスは扇状に、五千の紙幣を三枚広げてみせた――

「オレはヴァスコ側だが、引き分けに賭ける！」

ブリートが出場するのかどうか訊いた者もいた。ゼゼー・モレイラはたとえ溺れ死んでも監督の務めを果たすと宣言した者もいた。マコンジスは紙幣三枚をうち振りながら挑みかかった――

「監督が試合に勝つわけじゃないからな！」

そこにノエミアが入ってきた。彼女を目にするや、サンドラは立ちあがった――

「こっち、こっち！」

一瞬立ち止まった――

「なに？　なに？」

思いめぐらした――〈サンドラが知ったら、狂乱するわよ〉。知りたくてうずうずしながら、訊ねる――

「うまくやったの？」

声をひそめる――

「今は話せないの。おしっこしたくて我慢できないのよ」

「一緒に行くから」

ノエミアが先に行く。サンドラは隣の同僚に向けて言う――

「誰にも触らせないでおいて、ね。誰にも」

タイプライターに書きかけの手紙を残していった。鼻水をかんで、紙をカゴに投げこむ。

同僚は言っていた――

「いやオレはフルミネンセだが、サマローニのゴールなんかなくてもだいじょうぶ」

サンドラはトイレへと駆けこんだ。中に入るとノエミアが言う――

「ドアを閉めて。閉めた？　鍵もかけた？」

「閉めた。鍵もかけた。それで、どうだったの？」

誇張して言った――

「ほとんどシャワーに入らなきゃならないぐらい。その場所は水が出なくって。洗わないで出てきたの、考えてもみて。もうべたべたしちゃって」

サンドラは震えあがる――

「てことは、最後まで行ったの？」

ため息をつく、顔を輝かせながら――

「悲劇でしょ！　もっと言えば、自分でもあきれるぐらい！　自分でもそこまでは考えてなかったって、わかるでしょ?」

扉を半開きにしたままでビデの蛇口を開いた。外側から、サンドラは最後まで聞きたがる——

「じゃあ言いなさいよ——誰なの、その男は?」

「考えて。当ててみてよ」

「じらさないで。誰よ?」

ノエミアはまだ言わない。サンドラは我慢できず、扉を押して顔を突き出す——

「言いなさいよ」

「まず誓ってくれないと。誰にも話さないって誓って」

「なんだよノエミア!」

「誓って」

「あたしの名誉にかけて約束する、さあ言ったわよ」

手に水をかける——

「あんたのことはよくわかってるから。あんたは何でも夫には言うでしょ」

「誰なの?」

淫蕩な口もとをしてみせる——

「サビーノ先生」

「嘘!」

友人の驚愕にうれしくなって、くりかえした——

「サビーノ先生、サビーノ先生」

そしてもう、サビーノが彼女にトイレの使用を拒絶したことも、ほとんど彼女を追い出したことも思い出さない。サンドラは驚きあきれている——

「つまりサビーノ先生はポーズだけだということ？　あれは全部ただのポーズなの？」

顔を上げた——

「あたしに入れあげてるの、わかった？　あたしも全然、思いもしなかった、全然！」

そして唐突に、ノエミアは大きな声を出す——

「またよ、トイレットペーパーがない！　こんな不潔なオフィスは見たことがない。ねえサンドリーニャ。ひとつお願いを聞いてくれる？」

「言って」

「急いで、中にちょっと行ってきてくれる？　あたしの引き出しの中からタオルを取って、持ってきて」

サンドラは行って帰ってくる。タオルを渡す。興奮している——

「何が納得できないかわかる？　ここで誰のことも一度もまともに見ない人間よ。気づきもしない。説明して——その人がどうやってあんたを口説いたの？　あたしにはサビーノ先生が誰かを口説くところなんか、想像もできない。いきなり言ってきたの、それともどうなの？」

股間にタオルを当てながら個室から出てくる——

「あたしのことが気に入ったのか、信用してくれたのか、わかんないけど！」

小さな鏡の中で自分を見る。それからタオルをワンピースの下から引っぱりだす。パンティを見せる——

「特別に買ったの」

するとヘアピンで頭を掻きながら、相手は始める――

「ノエミア、あたしにはまったく関係のないことよ。人間それぞれだから。でもわかっといて、あたしの考えでは、あんたのやったことはまちがってる」

びっくり仰天してふり向く――

「何なの、そのお上品さは？」

「なんでお上品なの？」

「だってそうでしょ！」

「ノエミア、あんたはまちがったことをした。あたしだったらそんな勇気はなかった。あたしはいいと思わない、あたしは不倫をいいと思わない。あたしはそうは育てられなかった、わかんないけど」

両手を腰にやった――

「ずいぶんシニカルじゃないの！」

「あら、シニカルなのはあたしなの？　かわいそうなシャヴィエルを裏切ってるのはあんたのほうなのに？　あたしは自分の夫に隠れて何かやったことはないから！」

我を失ってさらに訊ねる――

「あんた、本気で言ってるの？　ええっ？　ほとんどあたしを後押ししてたのに？　あのお客さんがあたしに言い寄ってきたとき、あんた言わなかった？　言ったわよね、言ったわよ、あたしはシャヴィエルと結婚してるわけじゃないんだからって？　なのに、ここに来て、何なの、その冗談は？」

　腹立たしげな口つきをして、相手は譲らない――

「裏切るのは、いいことじゃないと思う。一度もいいと思ったことはない。結局のところ、あんたはシャヴィエルと一緒にいるんでしょ？　で、彼は誠実だけど、あんたは何をしたの？　さよならノエミア、サヨナラ！」

　出ていこうとした。相手は大急ぎで彼女を腕でつかまえた――

「待ちなさい！」

　ふり向いた――

「何すんのよ！」

　ノエミアは相手の顔に指を突きつけながら話した――

「そんなふうに勝手に出ていくんじゃないわよ。あんたにひとつ忠告しておくから。覚えておきなさい――もしも、あんたが誰かに、あたしの言ったことを話したら、もしもあんたがサビーノ先生の名前を出したら、あんたの顔をぶち割るからね。やってみなさいよ、わかった？　やってみなって！」

　蒼ざめて後ずさりした――

「あんたは誤解してる。あたしは、あんたのために言ったのよ」

「口先だけ口先だけ！　あんたは要するに嫉妬してるのよ！　でも忠告したからね、わかったわね？　この売女の娘」

　泣きはじめる――

「ノエミア、そんな言い方はないわよ。あんた、あたしの母を知らないくせに。あたしはあんたの友達なのよ、いつでもあんたのことを守ってきた！」

「友達、友達って！」

「誓って本当よ！　その理由も話した。最初は、あたしもちょっとは面白がってた。でも雇い主というのは何するか、知ってるでしょ。でもひとつ聞いておきたくない？　ホントの本音のところを？　いいことをしたわよ。彼の奥さんにはいい気味よ、ここに入ってきて誰にも挨拶もしないんだから。気づいてない？　あのドナ・エウドクシアとかいうの、まるでお尻でやってるみたいな尻をしてるでしょ。わかる？　後ろが好きな。もしも彼があんたによくしてくれたのなら、もしかしたら、どうなるか？……もしかしたら、あんたが後がまになれるかもね！」

毎度の鼻水をぬぐう。ノエミアの怒りも去った。

愛しさを感じながら、夢見るように――

「たとえ彼があたしを捨てることになっても、そのかいはあった。あの男は、一度はあたしのものになったんだから。あたしの中に入ったんだから」。そして、残酷な甘さをもってくりかえした――「あたしのものになったんだから、一度はあたしのものに。捨てられたって、かまわない！」

そして急に、もう一人の男のことを思い出す――

「どうなった？　シャヴィエルは電話してきた？」

「二百回もね！」

我慢できない様子で――

「まったく神さま勘弁してよ！」

「まったくね。あんたはもうもどらないと説明したんだよ。言ったんだけど、意味なかった。くりかえしかけてきて。まったく休む間もなかった」

リップスティックをバッグの中にしまった——

「おまけに、奥さんの細菌をあたしのところに持ってくるんだから！」

二人はトイレを出た。サンドラは呻く——

「まったくこの鼻水、いつまでも抜けなくて！」

雑用係の若者が走ってやってきた——

「ドナ・ノエミア、受付に」

シャヴィエルだった。ベッドの中で、サビーノと一緒にいたときには、一瞬たりともシャヴィエルのことは考えなかった。そのかわり、何度も、この恋人の奥さんのことは考えたのだった。彼女は夫以外の他の誰にも入浴させないのだった。夫だけが、彼女の裸体の蒼ざめた傷痕を見ることができるのだった。

受付に歩いていきながら、シャヴィエルのことを考えた。匂いが悪いのだった。酸っぱい匂い、カビの、古い汗の匂いがするのだった。

二人は話をしに冷水器の近くに行った。言った——

「あたしは猛烈に忙しいの」

苦悩しながら、控えめに話しはじめた——

「すっぽかしをありがとう」

足を踏み鳴らした——

「それでシャヴィエル、それで！」

「きみはそういうふうに返事するのか？」

「あたしは仕事が山積みになってるの！」

すると彼は――

「僕が部屋代を十コント払ってることは知ってるよね？　毎回十コント。それは僕にも必要なお金なんだよ」

「けちくさい泣きごと言わないで！」

声が大きくなる――

「きみは行かないのか、もう来ないのか？」

「まず第一に、騒ぎを起こさないで。声を下げなければ、あたしはもう行くから」

相手はハンカチを取り出す。

歯嚙みをしながら言う――

「その汚いハンカチで顔を拭くの！」

彼に横顔を向けて、腕組みをしている。卑屈に質問する――

「どうして来なかったんだい？　少なくとも、説明してもらう権利すら僕にはないと思ってるのかい？」

かわいそうになった――

「かわいそうに！　サンドラが説明しなかった？」

低い声で、荒々しく言った――

「あの堕落した阿呆女め！」

「堕落した阿呆女とはね！　あたしの友達なのよ、真面目で、誠実で、超真面目な」。そして口調を変えて――「ひとつ言っておきましょうか？　思うに、あたしたちの間では、すべてがまちがってるのよね、すべてが」

「何がまちがってるんだい？」

質問で返した――

「あなたは奥さんを捨てられる？　どうなの？」

シャヴィエルは何と言っていいかわからなかった。ノエミアは陽気な残酷さをもってくりかえした――

「答えてよ！　捨てられる？」

「僕の天使、もうきみには説明したじゃないか」

顔を突きつけて言った――

「で、あたしは説明を聞いて、はいそうですかって生きるわけ？」

ハンカチを引っぱり出そうとしたが、彼女は押し止める――

「その汚らしいハンカチを取り出さないで！　ここではタバコも吸わないでよ、あんたのあの燻蒸《くんじょう》薬みたいなタバコ。どうして、少なくともタバコの種類を変えないの？」

それを聞いて、おだやかに、傷ついた様子で口を開いた――

「僕にそれができると思うのかい？　僕が妻を放り出せると？　言ってみて。おまけに彼女は盲目なんだ。僕にはできない。あの病気で、そのうえ盲目で？　どうすればいいというんだ？　僕に妻を殺してほしいのかい？」

　ノエミアはもう一人の女の裸を想像しはじめた。彼女はまだ性器があるんだろうか。夫に欲望を抱くのだろうか？

　両腕を組んで、彼に顔を向ける（もう一人の女の傷だらけの性器のことを考えたくなかった）

――

「で、あたしは？」

　両腕を開いて――

「わかってるじゃないか、わかってない？　僕はきみが好きだってことが？」

　舌打ちをした――

「それはそれで、とっても素敵よね。でも答えて――で、あたしは？　どういう立場になるの？　要するに、あたしは若くて、まだ死んでない。夜一人で寝るのはつまらないと思ってる。一緒に寝てくれる男がほしい。聞こえた？　ほしいの、それはどうなの！　あたしは一人で映画館に行くの、あなたは家に帰る時間まで決められているから」

「僕の天使」

　怒りに駆られてふり向いた――

「僕の天使なんて呼ばないで！」

　二人は目を見交わす。絶望的になって、彼は危険を冒す――

「きみには何か解決策があるのかい？」

　背中を向けていた。ゆっくりとふり向いた――

「あるわよ」

恐怖がシャヴィエルを打ちつける――

「どういう？」

言った、ほとんど甘い調子で――

「あなたが奥さんを入院させるのよ」

仰天して後ずさる――

「入院させる？」

「そう、入院させる。施設に入っているべきなのよ。そうじゃない？」

震える両手を差し出した――

「ノエミア！」

「大声出さない！」

「きみ自身が言わなかったかい？　言ったよノエミア。二人で話しあった。そしてきみは、僕がけっして妻を入院させられないことを認めた。僕の良い人、きみはハンセン病施設というのがどういうところか知らないんだ、知ってるかい？　しかも、僕の妻の病状は隔離になるんだ。盲目でしかも隔離だ！」

「だから？　言ってみて。だから？」

「僕にも、きみにも、その権利はないんだよ」

憤怒に駆られた――

「しかも、あたしなのね、悪人なのは！」

「そうは言ってない」

「そうほのめかしたでしょ」

二人は中断しなければならなかった、誰かが水を飲みに来たので。その人が去ったあとになると、彼女はもう容赦がなかった――

「あたしたちの状況を見て。三十分前からハンセン病について話をしてる。ステキ。あたしは夢にも見たの、誓って本当だから！　自分がハンセン病になってるのを夢に見たのよ。シャヴィエル、今これを解決しましょうよ。ふたつにひとつ――あんたが奥さんを入院させるか。あたしも入院させるべきじゃないと思ってた。でも考えを変えたの。あるいは、入院させ……」

その瞬間に、ボーイが現れた――

「ちょっといいですか？」

「何？」

「シャヴィエルさん、賭けに加わりませんか？」

愕然として、ぼそぼそと――

「何の賭け？」

「フルミネンセ対ヴァスコのです」

ポケットの中に手を入れた――

「いくら？」

「五百クルゼイロです」

ノエミアは必死になって介入した――

「無駄にお金を使わないで」

相手はボーイのほうを向いて——

「僕はアメリカを応援してるんだ。もしアメリカの試合だったら、入りたいけど」

ノエミアが少年を追い返す。サビーノ先生がコンドームを使ったのは残念だった。子供が恐いのか病気がか。彼女は肉と肉との接触を感じたかった。

シャヴィエルが彼女の腕に手を置く。身体ごと逃げる——

「手をどけて！」

「何なんだそれは！」

「その手であんたが何してきたのかわかんないんだから！」

「その扱いはないだろノエミア！」

間を置いてから勇気を出して——

「受け入れられない」と言って、恋人の反応をうかがう——「受け入れられない！」

恐れることなく訊ねる——

「その手であんたは奥さんを洗ってるんじゃないの？ 奥さんを入浴させてるとあたしに言うだけの勇気があるのよね。で、それはその手でやってんじゃないの？」

驚愕のうちにシャヴィエルは自分の手を見る、あたかもそこに、その瞬間、傷痕が生まれてきているかのように。男としての怒りのすべてが過ぎ去っていく。

耐えがたいほどの従順さをもって言う——

「僕は妻をコットンで、ガーゼで洗っている」

全身を震わせる――

「なんて不快な会話なの！」

シャヴィエルはなおも手を見ている。架空の過《あやま》ちについてあやまっている人のような雰囲気をいつもまとっている。

「つまり、あんたは入院させないということ？」

「僕にはできない」

「じゃあ、解決策は終わらせることね」

口をぽかんと開く。ほとんど声が出ない――

「終わらせる？」

「当然よ！　そうよ終わらせるのよ、シャヴィエル、あんたは奥さんといなさいよ。夜も外出できない、マダムが許してくれないから。あんたと知りあったのはきのう今日の話じゃない。なんとかさんを入浴させて、そのあとでその手であたしに触れるわけ？」

驚愕に視線も定まらずに訊ねる――

「僕が何をしたんだ？」

「あたしは仕事があるの」

道をふさぐ――

「行かせないよお嬢さん。まずは、僕が何をしたのか言ってもらう。僕を非難するがいい。僕が何をしたんだ？」

もう我慢の限界に来ている――

「もうみんなこっちを見てるじゃないの。手をどけて。手をどけてシャヴィエル」

小さな声で、顎を震わせながら――

「男を侮辱しちゃいけない。僕は知りたい、何があったのか。何かが起こったんだ。たしかに起こった。嘘をつくんじゃない。何が起こったんだノエミア？」

ことばはない。彼は続ける――

「返事したくないのか？　ノエミア、きのう、きみはあんなにいい人だった！　僕にあんなにやさしかったことは一度もなかった。僕はきみの部屋の家具セットを買ってあげると話した。そしたらきみは何と言ったか、覚えてるか？　僕が、きみによくしてくれた初めての男だと言ったんだ。言ったか、言わなかったか？」

残酷な甘さをもって、ほとんど微笑みを浮かべた――

「あたしを通してくださる？」

すると彼は――

「だから僕は家具セットを買った」

「中古でしょ？」

「中古だってことはきみも知っていた。だってそれしか僕には買えないからだ。そしてそのお金は、妻の薬のために必要になるものだ。しかし僕は買った。なのにきみが急変したのは、何かが起こったからにちがいない。どんな女だって、そんなふうに急変しない。きみは何も言わないのか？」

沈黙。

話す――

「もうひとつ訊きたい。これが最後だ。そしたら僕はもう帰る」

深く息を吸う——

「もう僕らの間には何もないのか？　すべて終わったのか？」

「すべて」

彼女を通した。エレベーターを待たずに、階段を使った。僕の手を怖がっていた、まるで僕がハンセン病であるかのように。自分自身の手を、片手ではなく、両手を見つめる。ときどき、ある階と次の階の間で、立ち止まって階段に腰をおろす。そして出しぬけに、家具セットは中古品だ、と言う。売女だ。あの女、欲しいのは金だけなんだ。歩いて下りた、壁沿いに、壁をこすりながら、十階からずっと。

10

グロリーニャは十分ほど前に出ていったところだった。しかし、そこには彼女の、ごく最近の裸の気配が残っていた。

カマリーニャ先生はタバコを吸い口から抜きとり、窓から捨てにいく。平手でぶたれた息子のことを考える。ビンタがいやなのはその音だ。音の出ないビンタというのが可能であれば、侮辱感はなく、おぞましさも何もないのだ。冷房の機械を導入する必要があった。

彼はどの肥満者とも同じように、大量の汗をかいた。たえず手のひらを、首筋を、顔面をぬぐう必要があった。彼自身、大量の汗をかくというのが少なからず卑猥であると思っていた。

ある患者が訊ねたことがあった。

「先生は暑いのが好きなんですか？」

「大嫌いです」

その患者は中に入って、下着を着けてもどってくると——

「いいですか先生。先生のクリニックはとても素敵なところです。でも、ここに足りないのは冷房です」

冷房。一瞬彼は、吸い口を、タバコの差してない吸い口を歯の間にくわえたままでいた。彼がグロリーニャを呼び出したのは、邪心のない調子で、ただ情報としてこう言うためだった——〈わたしはこうこうこういうことを目にしたんだ。きみももうわかった。決断するのはきみだ〉

彼はそこで、急ぐことなく、ネクタイを外し、それからシャツも脱いだ。吸い口は黒っぽい大理石の灰皿に置いた。半裸の状態で彼は小さな扇風機のほうを向いてすわった。風を胸で、首で、顔面で受け止めた。暑い日には、彼の頭はあせもだらけになるのだった。

扇風機から送られてくる風の中に、裸体の匂いを、グロリーニャの裸体の匂いを感じた。しかし、そんな匂いというのが馬鹿げていて、空想の中にしか存在しないことはわかっていた。若い性の匂い。ふたたび音のないビンタのことを考えた。今度は扇風機に背中を向けてすわった。一分、二分、そのままにしていた。

服を着てから電話を取った。肥満したこの男には、このうえなく奇妙な幻想がある。ときどき、彼は自分がどんどん太っていって、タイヤのようにふくれあがっていると感じ始めるのだった。というか——タイヤというのはちょっとちがった、チューブともちがった。そうじゃなくて。彼は自分が、がっしりと、稠密に、犀《さい》のようにふくらんでいるのを思い描くのだった。まさにそれが、息子の死後に起こったことだった。

自宅の番号をダイヤルすると、妻が出た。彼は言った——

「わたしだ。今から出るから」

「もう食事を出していいの?」

「いいよ、出していい」

った。

――〈完全に忘れてた〉。死んだ息子のことを考えるのをやめると、いつも苦しくなってくるのだった。

ほとんど毎日、昼食の前に、息子の墓を訪ねていたのだった。急に恥ずかしく感じながら考える

「今日はやめとく。疲れた、というか。明日行くから」

迷う。勇気を出して――

「それとも、墓地に寄ってくるの？」

もう出口のところまで来たときに、電話が鳴る。冷房を導入する必要があった。クリニックは素敵なところだ、しかし冷房がない。

ドアを開けたままにして、電話に出にもどる。残酷な愉快さをおぼえながら考える――「サビーノだろうか？」

「もしもし？」

妻だった。

「あなた、まだいたの？」

あくびをする――

「みたいだね」

「聞いて。ひとつあなたに言い忘れたことがあるの」

「なんだ！　もう出るところなんだ、家で言えばいいだろ」

サスペンスを高めた――

「何なのか、あなたは知らないんだから！」

「早く言えよ。何なんだ」

「今日、朝、手術の話をしてきたの」

「何の手術だ？」

「整形、美容整形手術」

自分を抑える――

「墓地に寄っていく」

「でもあなたはどう思うの？」

大声が出た――

「もう言っただろ！　墓地に寄っていく！」

「でもあたしが訊いているのは、手術についてあなたはどう思うのかということ」

不機嫌に言った――

「息子が死んだのに、きみは整形手術の心配をしてるのか！」

向こう側で、妻が悲鳴をあげた――

「あたしに怒鳴らないで！」

「もういい！　もういい！」

「あたしのほうがずっと息子の死に苦しめられたんだから、あんたなんかよりずっと！」

すすり泣いていた。しかしカマリーニャ先生はすでに後悔していた。彼女が整形手術をしたいのであれば、すればいい。彼は何も反対ではなかった。

彼女は泣いていた――

「もちろんね、あなたはあたしが皺《しわ》くちゃばあさんだったほうがいいんでしょ。もちろんそうなのよ！」

「何を言うんだ、わが妻よ！　わたしは何も思ってない！　きみが好きなようにすればいい。いつなんだい、手術は？」

別の質問で答えた――

「お昼を出していいの？」

「僕の天使よ」と、思いやりをこめながら、忍耐強く、もう一度訊いた――「で手術はいつなんだい？」

「お昼を出していいの？」

これには苛立った――

「家にまっすぐ帰るつもりだった。考えを変えた。墓地に寄っていく」

相手は狂女のように叫んだ――

「あたしを辱《はずかし》めるために墓地に行くと言うのね！　あたしが頭のおかしい連中の中で二か月間入院していたことを忘れたの？　あたしを裸で病室に閉じこめなきゃならなかったのよ、どんな服も全部びりびりに引き裂いてしまうから、裸のまま！」

呆然となって、彼は全部聞こえているにちがいない隣近所の人たちのことを考えた。それは本当だった。カマリーニャは彼女に会いにいき、すると彼女はそこに、部屋の隅に、裸で、しゃがみこんでいて、自分の排泄物を全身に塗りたくっていたのだ。そして、彼女がどんな服でも引きはがして、噛みちぎったりしているのは、息子を失ったせいなのだった。

カマリーニャは叫んだ——

「ああ僕の大事なきみ！　言ったことを撤回するよ！　聞いてくれ、頼むから、聞いておくれ！　言ったことを撤回するから！」

すると突然、彼女はさらに大きな発作を起こす——

「あたしは魔女になった気がする！　魔女に！」

夫は彼女が、以前の狂人にだんだんと似てきているように感じた。裸で閉じこめられて、彼女はこんなふうに吠えていたのだ。医者のことを〈ママ、あたしのお母さん〉と呼んでいた。自分の排泄物を貪り食う狂女。

ほとんど声が出なくなりながら言った——

「ついでに言っとくけど、あたしは胸も整形するから」

そこで終わった。カマリーニャは電話を切り、もしも彼自身が、あるいは彼女が、このまま死んだら、むしろそのほうが、残ったほうにとっては平和でいいのではないだろうかと考える。しかし、同時に、診療所の扉を閉めながら、もしも彼女が死んでしまったら、自分は暴虐なほどの憐れみに襲われるだろうという結論に達した。死んだ女に同情をおぼえるのは簡単なことだ。同情か、それとも嫌悪か、あるいはその両方か。同情と嫌悪。多少の嫌悪。

エレベーターを下りながら、グロリーニャがなぜ検査するように求めたのか、よくわからない。彼女は診察台へと歩いていった——無邪気に、シダの葉につく小さな虫のように何の道徳観もなく。検査の間、彼女はまったく動かなかった、ほとんど呼吸もしなかった、その艶《なま》めかしさのうちににじっとこもって。

徒歩で出た。車は二ブロック先に駐車していた。彼は自分を牛のように、雄牛のように感じていた。女たちの中には、太った男に興奮するのもいるのだ。

彼の姿が見えると、見張り番の男は歯のない笑いを開いて見せた――

「どうすか、先生！　日曜はマラカナンに行きますか？」

チップを取り出した――

「サマローニがチームにいるんじゃな、勘弁してくれよ！」

紙幣を渡した。相手は笑みを浮かべながら反論した――

「しかしね先生！　サマローニはボールをしっかり守るし、ドリブルして、ちゃんとあずけることもできる。サマローニはいいですよ先生！」

カマリーニャは車のまわりを一周して、タイヤを調べてまわる。彼は子供のころからずっとフルミネンセのファンだ。靴の先端で前輪のタイヤのひとつを蹴る――

「あんたらはまちがったことを鵜呑みにしてるんだ。フルミネンセに必要なのは、センターフォワードだ。センターフォワード。サマローニは中盤だ。フルミネンセには中盤しかいない」

最後のタイヤを見ながら――

「サッカーはゴールなんだから」

発進した。相手はそのままそこに、腫《は》れた歯茎の見える笑いを浮かべたまま残った。カマリーニャは再度考えを変えた――家にまっすぐ帰る。そして、家に着いたら妻の額と顔にキスをして、許しを請うのだ。頭の中から、裸でしゃがみこんで、排泄物を自分に塗りたくっている狂女のイメージを追い出すことができずにいた。

家に向かっていたが、ボタフォーゴまで来たところで決めた――〈墓地に行く〉。パッサージェン通りに入り、ポリドーロ将軍で曲がった。家には元狂人がいるのだった。

墓地で止まったときには、ちょうど葬列が到着してくるところだった。車をうまくあやつって駐車する。ドアを閉めて車から下りる。この葬列にくっついていこう。先頭にいるのは、まちがいなく、親族と、いちばん近しい友人たちだった。カマリーニャはその小さな群衆の中に混ざりこんだ。すると唐突に、知っている声が聞こえる――

「よお」

仲間だった、エスマラガード、小児科医。二人は横に並んで、棺の少し後ろを歩いた。エスマラガードが声をひそめる――

「パウロ・フルタードの息子なんだ」

「誰?」

くりかえした、囁き声で――

「パウロ・フルタードの。あんたも知ってる。パウロ・フルタードを知らないのか?」

ああ、そうそう、パウロ・フルタード、また別の小児科医だ。そしてエスマラガードが事情を話した――

「二十一歳の若者だ。新婚。新車のＤＫＷ〔一九五六年からブラジルで製造されたドイツのメーカーの大衆車〕を運転してた。酔っぱらっていたんだろう。電柱に顔面から突っこんだ」

その言い方はカマリーニャにとっては痛かった。彼の息子のことも同じように言えるのだった――〈酔っぱらって、顔面から突っこんだ〉。顔面から突っこむ。アントニオ・カルロスは酔っぱらってはいなかった。

「さよなら。わたしはこっちに行くから」

ちがう道に入った。突然、あの声が聞こえた――

「先生、先生！」

まるで幻覚のようだった。ふり返り、呆然となる。グロリーニャが彼の前にいるのだった、かわいくて、かわいくて、しっとりと湿ったさわやかな口もと。彼に向けて笑っていて、医師は歯茎と舌の色まで見ることができた。

驚きながら質問する――

「お嬢さん、いったいここで何をしているんだい？」

あまりにも非現実的、まったく馬鹿げた美しさ、その少女が突然、見知らぬ死人たちの間に姿をあらわしたのだった。

わずかにこう言った――

「お散歩中」

「墓地の中を？」

輝きながらささやく――

「いつも来るの」

しかし、医師はそこに謎を見ずにはいられなかった――

「そんな、いくらなんでも。いったいどういうわけなんだ？　こればかりはちゃんと説明してもらわないと。結婚式の前日に、何の理由もなく墓地に散歩しにくる花嫁なんかいない」

そして急に、彼自身が思い出す――

「きみのおばあさんはここにいるんだ、ここにおばあさんがいるんじゃなかったか？」

「おばあちゃん？　もうずいぶん長いこと、おばあちゃんのお墓には行ってない。すごく遠いの。あっち側のあそこだから。あたしはこの部分、ここのほうが好き、ずっときれいだから。すぐそこにはすごいお墓がひとつあるのよ」

ふたたびカマリーニャ先生は息子のことを忘れていた。顔面から電柱に突っこんだ、小児科医の息子と同じように。なおも理解できずにいた、彼女が結婚式の前日にここに来ていることが、墓に囲まれてなおもこんなかわいらしくしていることが。

グロリーニャは訊ねる――

「先生のほうは？　あの葬列に加わっていらしたの？」

二人はゆっくりと歩いていた。彼はハンカチを取り出して首筋と顔を拭いている。髪の毛の中のあせもが燃えている。ハンカチをしまう。いちばん困るあせも、いちばん活発で苦しめられるのは、髪の毛の中のあせもだ。

こう言った――

「息子の墓を見に来たんだよ」

医師に腕を差し出す――

「なら、あたしも先生と一緒に行く」

立ち止まる――

「わたしはきみが、うちの息子と知りあったかどうか覚えてないんだ。きみはアントニオ・カルロスを知ってたのかい？」

「あれまあ、カマリーニャ先生！　ということは、あたしは先生の息子さんを知らなかったというわけ？　あのパーティ、あたしの誕生日パーティのことを覚えてらっしゃらないの？　彼も来たでしょ。あたしと踊ったの。覚えてない？　ずっとあたしとペアだったのよ先生」

「思い出した。やっと思い出した」

「そういうわけよ先生！」

　爪を立てて血が出てくるまであせもを掻きむしりたい欲求を感じた。

　急にこう訊ねる——

「教えてほしい。きみはどうして検査してほしいと言ってきたんだ？　きみは自分が処女じゃないことを知っていた。どうして検査するよう求めたんだ？　えっ、どうして？」

　顔をそむけた。カマリーニャ先生は苛立ちはじめた——

「何の理由もなくあんなことをしたというのか？　言いなさい。理由がないの？」

　固い顔を高く掲げた——

「あたしには理由があった」

「どういう？」

「歩きませんか、先生？」

「怒っちゃったのか。わたしはきみに質問をしている。わたしは子供じゃない。答えるんだ」

　墓地の正門のところで、また別の葬列の鐘が鳴っている。カマリーニャは墓石やアレゴリー像や、碑文、聖母マリア像やキリスト像と長いつきあいがある。裸の若者をかたどった天使像——背中に矢が刺さっている——があれば、いつもその前で立ち止まるのだった。同時に、彼はこの墓地には男の像ばかりがあるような気がしていた——カーニバルの山車《だし》に設置されているようなフィギュアが。

彼は葬送の銘文を次々に読んだ。誰も墓石に、偽りのない単純明快な真実を刻みつけようとはしないのだった——〈ここに一人のひどい売女の息子が眠る。彼のために祈りたまえ〉というような。暗色の大理石でできたあの天使が好きだった——背中に矢が刺さっている。グロリーニャには理由があったが、それを打ち明けたくないのだった。

訊ねた——

「きみの婚約者だったのかい？」

彼女は木の葉っぱをちぎりとって、噛みしめていた——

「いいえ、彼じゃない」

腹立たしく思っているみたいだった、まるで、婚約者が彼女の処女を奪わなかったことを責めているかのように。そして急に、グロリーニャは立ち止まる——

「通りすぎちゃった。息子さんのお墓はあそこ。あれでしょ」

二人はもどる。墓所の前に着く。そこには名前が刻まれている——アントニオ・カルロス・ゴメス・カマリーニャ。そして、下には、二つの日付、誕生の、そして死去の。電柱に顔面から突っこんだのだった。

好奇心から、ふたたび訊ねる、そのこと自体を恥ずかしく感じながら——

「きみの婚約者じゃなかったのなら、誰なんだい？」

太陽のせいで凍えているかのように震えながら——

「息子さんよ」

彼女の腕をつかんだ——

「わたしの息子だったというのか？　息子がきみの処女を奪ったのか？　アントニオ・カルロスが？」

老人らしいやさしさをこめて、身体をかがめた——

「わたしのほうを見て。顔をそむけないで。きみをちゃんと見せておくれ。彼だったのか？　わたしは知らなかった、わたしは何も知らなかった！」

少女の手をとり、そこにキスをした。そして、同時に妻のことを憐れに思った、老女としての彼女の幻想を憐れに思った。彼女はピタンギー〔一九五〇年代から形成外科・美容外科手術をおこなったブラジルの高名な医師〕がきれいな乳房をふたつこしらえてくれると想像しているのだった。彼女はハネムーンのときから、きれいな乳房をしていなかった。

「しかし、説明してくれ——どうして誰も何も見かけなかったんだ、誰も何も知らなかったのはなぜだ？　きみらはつきあっていたのか？」

「あたしが息子さんに会ったのは二回だけ。一回目はあのパーティ。その翌日、あたしたちは会って、部屋に行ったの」

しばらく黙って、それから最後を言う——

「その次の日、彼は死んだ」

カマリーニャにはわからない——

「ということはつまり、二回めでもう、すべてが起こったのか?」

少女の顔は、冷たい、意地悪な様子になった——

「カマリーニャ先生、先生にはわからないのよ、いつになっても決してわからない」

彼がぞっとしていたのは、愛のない処女喪失のせいだった。訊ねた——

「どうして、どうしてなんだ? それに、きみにはもう恋人がいた。恋人だったんじゃないのか、ほとんど婚約者だったんじゃないのか、テオフィロの?」

彼女は言った、絶望に駆られながら——

「あたしは逃げていたの。ある男から逃げていたの……。好きになっちゃいけない男から。わかる? あたしだったの、アントニオ・カルロスを誘ったのは。あたしが自分で自分を差し出したの。息子さんには何の責任もなかった」

「きみはうちの息子が好きじゃなかったのか?」

顔を下ろす——

「以前は好きじゃなかった。死んでから、好きになりはじめたの。あたし墓地にしょっちゅう来るのよ、彼のせいで。先生は墓掘りの人に聞いてみて。今日はどうしても来たかったの、あたしの結婚式の前日だから」

彼女を引き寄せた——

「天使のようなきみ、ここからもう出よう、この太陽の下から抜け出そう」

二人はいちばん近い木陰で立ち止まった——

「いいかい。わたしはきみが自分の娘だと思って話すよ。よく聞いて。きみをわたしのオフィスに呼んだのは、最近起こったあることを話すためだったんだ。あのときには、勇気がなくて言い出せなかった。きみのお父さんには知らせた、しかし、わたしは彼がただ、わからないんだが、ただ傍観するんじゃないかと疑っている。だから、きみに全部話す。そのほうがいいんだ」

息を継いだ――

「きのう、わたしはクリニックにいたんだ。何だか忘れたが、何か取りにいく必要があって、処置室に行った。中に入ると、そこで、突然、わたしはきみの婚約者が、きみの婚約者テオフィロが、わたしの助手の口にキスしてるのを見たんだ。わたしの助手というのは、あの若者だ。きみも知ってる、ジョゼー・オノリオ」

オウム返しに言う――

「キスしてる？　でも、それはどういう意味なの？　よくわからないんだけど」

「お嬢さん、明らかじゃないか。二人の男が口と口でキスをする、相手が女であるみたいに、そしたらそれはどういう意味だ？　一切疑問の余地がない。二人はホモセクシャルなんだと考えるのは誰だって当然だ」

グロリーニャはふるえだす、ふたたび太陽に凍えたみたいに。彼は続ける、息を弾ませながら

――

「こんなことを言うのがひどいというのはわかってる、結婚式の前日に。でも、うちの息子だったんだと知ったからには、わかってもらえるか？　だから、きみに話す決断をしたんだ」

顔を上げる――

「先生はあたしが結婚を解消するのを望んでいるの？　そういうことなの？」

「その通りだ。わたし自身が何かを望んでいるわけじゃない。というかつまり、それを望むべきなのはきみ自身なんだ。きみ自身だ。他の誰でもない、わかるだろう？　もし結婚したいのなら、すればいい、でも、知ったうえでだ。きみの夫が別の男を求めることがあるかもしれないと知ったうえで、別の男と口と口でキスしたことがあると知ったうえでだ。わたしがきみにぜひとも言っておきたいのは――スキャンダルになるのを恐れるなということだ。教会の中でも、判事の前でも、必要ならスキャンダルを起こせばいい」

二人はじっと見つめあう。カマリーニャが最後に言う――

「家に帰って、よく考えてみるんだ、自分がホモセクシャルの男を愛することができるのかどうかを」

唐突に言った――

「先生、あたしはもう行くわ」

彼女を呼び止めようとしたが、やめておいた。少女の中に何の驚きも、恐れも感じとることはなかった。（あるいは、ごくわずかな驚きは感じられたが、恐れはまったく感じられなかった。）グロリーニャが遠ざかっていくのを見送った。そして、そのあとで、激しい法悦を感じながら、十本の指のすべてで頭のあせもを掻きむしった。

11

墓地から出て通りを渡った。正面にはカフェがあった。その前を通りすぎて、それからもどる。

葉巻売りに訊く――

「電話はあるの？」

男はある種の懐古的な雰囲気をたたえて、マッチ棒を嚙んでいた――

「レジのところに」

そこに向かった。

「電話を貸してもらえますか？」

接続音を待ってから自宅の番号を回した。あるテーブルに、頑丈な体つきのポルトガル人がいるのを見た。色黒だが目は青い。ビールを一杯注文していた。その人物は手の甲で口を拭い、野蛮人のようなゲップをする。

グロリーニャは顔をそむけるが、不快なわけではない。見映えのいいポルトガル人というのもいる。

相手方が出る――

「ママ？　あたし。教えて――何か変化ある？」

「あんた、どこにいるの？」

「町なか」

ポルトガル人は激しい渇きをもってビールを飲んでいた。

「あんた、家に帰ってこないの？　帰ってきなさい。花婿さんから電話があったわよ、それから聞いて――大臣からの贈り物が届いたの」

「大臣から？　何だったの？」

「銀の燭台」

「素敵なの？」

「ポルトガル製の銀器よ！」

「ひどく高いんでしょうね！」

「超高いわよ！　でもあんた、もう帰ってくるの？　えっ何？　じゃまをしないでジルセ！　あんたのお姉さんが来ているんだよ。心が安まる暇もなくって」

「ママ、もう切るから」

するとエウドクシアは――

「切らないで。あんたのお姉さんが話したいって。聞いて。電話を代わるから、でも早く帰ってらっしゃい。じゃあね」

テーブルのポルトガル人は口髭を生やしていて、髭についた泡を舌で舐める。

ジルセが話しはじめる――

「ここでちょっと食いちがいが出てきたんで、あんたの口から聞きたいことがあるのよ」

「早く言って、長く話してられないから」

反対側ではエウドクシアが何か言う。ジルセがすぐに取りかえす――

「ママ、あたしに話させて、ね？　わかったグロリーニャ？　ママ、じゃましないで、ママ！　グロリーニャ、あんた、あの日のことを覚えてるでしょ？　あの日。パパが食卓で言ったのよ、あんたがナイロンのパンティを履くのは許さないって。あたしは初めて見たのよ、パパがあんたに怒ったのを。覚えてるでしょ？　言って！」

「知らないわよ！」

「答えなさいよグロリーニャ。ママはあたしが嘘をついているって言うんだから」

エウドクシアが電話に口を寄せる――

「ばかばかしい会話！」

意地になってもう一人はくりかえす――

「ホントでしょ、グロリーニャ？」

飽き飽きしてため息をつく――

「ああ、もういいかげんにして！　あたしはなんにも覚えてないから！」

「あんたはほんとにずるい、神さま勘弁してよ。パパは言ったの、言ったのをあたしは聞いたんだから。他の娘たちも聞いたんだから。まるで娘はあんた一人だけみたいなんだから。あたしたちなんか存在しないみたい。あんたはナイロンのパンティを使っちゃいけないけど、あたしたちは何を使ってもいいのよ、パンツも履かないで、裸で歩いたって、パパは気にも止めない。パパはあんただけが好きなんだから。あたしが嘘をついているって言うの？」

怒りのあまり、裏声になって話していた。エウドクシアのほうに向きなおる——

「ママ、今言った通りだってお母さんは知ってるでしょ。その通りじゃない？　何なのよママ！　ザルで日射しは遮れないでしょ〔都合の悪いことを隠そうとしても無駄、という慣用句〕。グロリーニャの結婚式はあたしの結婚式よりもずっとずっとすごいじゃない、あとの二人のよりも。お母さんはそうじゃないって言うの？　まるで比較にならないのよ」

グロリーニャはビールのポルトガル人を見る。ゲップをしたことに何も悪感情を抱いていなかった。

彼女は言う——

「ジルセ、もう切らないといけないの、電話をかけたがってる人がいるから」

相手は怒りにかられて止まらなかった——

「あんたは仮面をかぶった偽善者よ！」

陽気な残酷さをもって答えた——

「いい、聞いて。ひとつ言っておくわよ？　もしも、パパがあたしのことを余計に好きなら、あたしにえこひいきするなら、そりゃしかたないって！　石鹸でも舐めてなって！〔諦めろ、引っこめ、という慣用句〕」

電話代を払った。通りがかりに、ビールを飲んでいる屈強な若者のほうを見た。その男の裸体を思い描く。背中、胸、腹部、尻、腿、膝、脚、ふくらはぎ。足だけが気に入らなかった。踵《かかと》は格好がいいかもしれない。しかし、足じたい、足の指はだめ。コレジオ・ジャコビーナ校に通っていたころ、クラスメートたちによくこう言っていた――〈夫になる人には、靴下をはいて寝るように頼むつもり〉。

ドアのところに着く前にカマリーニャ先生が車から下りようとしているのが見えた。見られないように隠れる。

婦人科医の息子のことを考えた。グロリーニャの十七歳の誕生日、サビーノの家でパーティがあった。彼女はアントニオ・カルロスと、言ってみれば、通りすがりで知りあった。その若者の人生に関して、何が事実で何が噂なのか、よくわかっていなかった。彼はグロリーニャの女友達マリア・イネスの恋人だったことがあったが、喧嘩別れしたところだった。

マリア・イネスがそこに来ていて、グロリーニャを部屋の隅に引っぱっていった――

「彼が来るの?」

「えっ、誰のこと?」

「アントニオ・カルロスのこと」

「どうして?」

「彼があたしを辱めるためだけに来るんだって、人に言われたから」

「招待すらされてない。嘘だと思うの?」

ぞっとしたみたいに震えて言った――

「もし彼が来たら、あたしは帰る。グロリーニャ、あたしは帰るから!」

「ふざけたこと言わないで!」

相手の腕に手を置いて、驚いてみせる――

「熱が出てるんじゃない？」

腕を組んでみせて――

「大っ嫌い！」

それから十分ほどして、カマリーニャ先生と息子が入ってくる。医師は広間をまるごと横切ってくる――

「おいでグロリーニャ、こっちに来て」

少女にキスをして、ポケットから小さな包みを取り出す――

「あげるよ。どうってことない小さなプレゼントだ。ところで。妻は来られなかったんだ。ひどい風邪をひいて、熱もあるし、大変なんだ。しかし、そのかわりに誰が来たか見てごらん。知ってるかい？」

「息子さん？」

その若者はどことなくシニカルで悪ぶった感じで、ガムを嚙んでいた。

カマリーニャ先生は大柄な青年の肩に手を置く――

「世に知られたアントニオ・カルロスだ。きみと踊りたがってる」

二人はその場を離れる。サビーノが近づいてくる――

「何を飲む？　こっちだ、おいギャルソン。こちらカマリーニャ先生に飲み物を差しあげて」

医師は最初の一杯のウイスキーを手に取る。レコードがかかっている。そして、最初の一回転をしながらすでにグロリーニャは、顔を高く掲げて訊ねる――

「あたしがガムはダサいって思ってるの知ってる？」

人なつこい笑いを浮かべた――

「ほら、見てみろよ！」

少女の顔に向けて口を開いた。

「何なのよそれ？」

「見たか？　ガムなんて噛んでない」

架空のガムを噛んでいたのだった。アントニオ・カルロスは訊く――

「きみは恐いもの知らずなのか？」

「場合によるけど」

笑った――

「何によるんだ？」

「どうして訊くの？」

「答えろよ」

「何にも恐くないわよ」

「オレのこともか？」

「あんたなんか全然、何よ！」

彼女を自分のほうに引き寄せた。

グロリーニャは抵抗する――

「抱きしめたりしないで、パパが見てるから」

彼は、温和で、乱暴で、シニカルで、いろんな面があった――

「わかった。きみがひとつ、オレの質問に答える勇気があるかどうか見てみよう」間を置く。そして、質問をする——

「きみは何か性的な経験をしたことがあるか？」

「あんたに何の関係があるのよ？」

二人は見つめあう。ときどき、意図せずに彼のまねをして、彼女も架空のガムを噛む。すでに二人は二曲、三曲、四曲と一緒に踊っていた。

彼はこう言う——

「きみとはだましっこなしで行こう。オレの主義ってのはこうだ——相手は誰でもいい、ただ処女だけはご免こうむる。オレに対してお高くとまってみせたりする女は、すぐにコーナーに蹴り出してやる。一瞬だって我慢しない！」

憤激して言った——

「こっちはあんたとなんか、何にもしたいと思ってないのに、何なのよ、何うぬぼれてるの！」

サビーノは格好よかった。パパがこんなにいかしてるの、見たことがない。

「グロリーニャ。きみの名前はグロリーニャか？ 今度は本気で話そう。オレにはすごい企画があるんだ。きみも乗るか？ あしたなんだ。乗るか？」

「何の企画？ いらない、乗らない」

「なんでだ？ いいじゃないか、オレと、きみと、きみの友達で。友達を一人連れて来いよ。マリア・イネスでいい、それで決まりだ」

「あんたたち、喧嘩したんじゃないの？」

架空のガムを噛んでいた――

「今だってオレにメロメロなのさ」

マリア・イネスは別の男と踊っている。彼らの近くを通過するが、恋人から目を離さない。

グロリーニャは相手の話を続けさせる――

「ジョゼー・オノリオを知ってるか、オレの親父の助手の？　知ってる？　そうだろ。そのゼーの家でなんだ、エンジェーニョ・ジ・デントロにある」

彼女にはよくわからない――

「ジョゼー・オノリオの家で？　でも、彼はお父さんと一緒に暮らしてるんじゃないの？　聞いてよ聞いて。ジョゼー・オノリオのお父さんは脳溢血になったんでしょ。なった。状態は悪い、長くないんだって」

面白がる――

「その通りその通り。全身麻痺だ、身動きしない。オレも行ってきた。まわりの人間は、まばたきするから生きてるってわかるわけよ。まばたきするから。でも、わかるだろ？　だから、そこでやるんだ。行くか？」

彼らはサビーノがカマリーニャ先生と話をしている近くを通る。アントニオ・カルロスは思う――〈親父は完全に酔っぱらってる〉

カマリーニャ先生は〈天命のない男色、快楽のない男色〉について話している。音楽が一瞬やむと、グロリーニャはため息をつく――

「喉が渇いて死にそう。何か飲んでくる」

「待ってるよ」

若者を残していく。まず、おしっこをしに行く。そのあとで、軽食室《コパ》に一瞬立ち寄る。コカコーラを頼む。

マリア・イネスが取り乱してやってくる――

「彼はあたしについて、あんたに何て言った？　あたしのことを話した？」

「あんたのこと？」

グロリーニャの腕を手でぎゅっとつかむ――

「話したでしょ。話さなかった？」

すると相手は――

「コカコーラ飲む？」

「でも話したでしょ？」

コップの中身を半分まで飲んだ――

「何にも」

驚いた様子だった――

「女の話ばかりするじゃない、どんな女のことでも。グロリーニャ、こっちを向いて。あたしのことを話した？　言ってよグロリーニャ。あたしの友達なら、隠さないで。あたしのこと、彼は何て言ったの？」

残りを飲んだ――

「ほんとだって。誓って言うわよマリア・イネス。あんたの名前は一度も口にしなかった」

飲み物のお盆を持ったギャルソン、おつまみを持ったメイドが通過していく。また別のギャルソンは冷蔵庫へと急いだ――

「失礼、失礼しますよ？」

マリア・イネスを引き寄せる――

「ここは出ましょ、こっち」

相手は低い声で、熱に浮かされたように言っていた――

「あんた、いったい何曲アントニオ・カルロスと踊ったかわかってるの？　グロリーニャ聞いて。あんたには恋人がいるでしょ。あんたの恋人はヨーロッパにいるんでしょ」

「あんたの口ぶりだと、あたしがまるで……。あたしはアントニオ・カルロスとはなんにもないの、関心もないんだから」

「あたしに話させて」

「どうぞ」

「踊るのは普通のことよ。でもずっと同じペアで踊り続けるってのは、全然ちがうでしょ。あんたたちは惹かれあってるのよ。否定しないで」

「否定するわよ。ばかばかしい」

廊下でマリア・イネスは急に立ち止まる。壁に寄りかかって、硬直している。グロリーニャは恐くなる。

「あんた、いったいどうしたの？　何か気持ちが悪いの？」

息を弾ませて、くりかえし言った――

「あの最低の男！　あの最低の男！」

友達を引っぱっていく――

「こっちに来て、こっち」

二人は寝室に入って鍵を閉める。マリア・イネスは泣きはじめる――

「もしあんたにこの憎しみが、この怒りがわかったなら！」

「いったい何があったっていうの？」

「ハンカチある？　ハンカチを貸して」

引き出しに取りに行った。相手は涙の鼻水をかむ――

「グロリーニャ、あたしの母の魂にかけて言うわよ。あの男に触れられたことを思い出すだけで吐き気がしてくるの」

しばし目を閉じて、口びるを固く閉ざしている、まるで吐き気を抑えこむように。グロリーニャの両手をじっとつかむ――

「あんたは彼のことが好きになってきてる。好きになってるんじゃない？　嘘つかないで」

「誓って言うけど」

「グロリーニャ！　あんたの様子から、あらゆることから、わかるのよ。アントニオ・カルロスはかっこいい。気づいたでしょ？　彼、海の匂いをさせてるでしょ。気づいた？　髪の毛からも肌からも。昔からずっと、ビーチを根城にしてたから。でもよく聞いて――ひとつあんたに言っておくわよ、あんたはたしかに、グロリーニャ、たしかに彼に幻想を見てるところがあるんだから」

「幻想なんか見てない」

狂乱した女のように言いつのった――

「見てるのよ。あの野良犬男が、あたしに何をしたか、知りたい？」

彼とつきあいはじめたとき、彼女の父親は忠告した――〈あいつはダメだ！　ろくでもない！〉

父親だけではなかった。誰もがアントニオ・カルロスについて恐ろしいことを口にした、女から金をむしり取ったりしている、とまで。彼はいつも結婚する結婚すると口約束をしているのだった

――

「それともオレのことを信用してないのか？」

「信用してる」

「なら、もう疑ったりするな」

ある日、彼は少女に電話をしてきた――

「なあ。あるアパートを預かってるんだ。友達のなんだが、外国に行ってるんで。一緒に行って、レコードでも聴かないか？」

恐かったが、結局行くことにした。そして、そこに着くとアントニオ・カルロスは、少女をマットレスへと引っぱっていく――

「来いよ、いいから、来いよ」

レコードプレーヤーすら実はなかった。押しつぶした声で言う――

「静かにしないか！　この手が見えないのか」

彼につかまれると、振りほどこうとした――

「あたしは帰る！　放して、放してアントニオ・カルロス！」

立ち上がり、遠ざかった——

「オレはおまえに触らない。誓って言うから。触らない。おまえはそこにいて、オレはこっちにいる」

彼は両手をポケットの中につっこむ。

「わかっただろ？　意味もなく怖がっただけだ。さあ今度は、おまえがオレのことを好きなのかどうか、見せてもらいたい。いいか。オレのことが好きなら、おまえは服を脱ぐんだ」

後ずさりする——

「もう帰りましょアントニオ・カルロス！　行きましょ！」

「見ろよ。オレはおまえに触れてない。最後まで話を聞け。おまえは自分で、自分の手で、服を全部、脱ぐんだ。オレはおまえに手を触れない。わかったか？　オレは遠くにいる。オレはただ見てたいだけだ」

彼女は言った——

「あたしは音楽を聴くために呼ばれたのよ！」

相手はタバコを引っぱり出す——

「なら、ワンピースを脱ぐだけでいい。それだけだ。ワンピースを脱げ。さあマリア・イネス。オレはおまえの夫になるんだ。おまえと結婚するんじゃなかったか？　脱いで、オレの天使。オレがそう頼んでるんだ。それともおまえはオレのことが好きじゃないのか？　オレはここにすわってる。マリア・イネス、おれはおまえに手を触れない、ただ遠くから見ているだけだ」

椅子を持ってきて、彼女から遠いところですわる。タバコを吸いながら眺めている。

懇願しはじめる、耐えがたいほどの、少年のようなやさしさをこめて――

「脱いで、僕の恋人、脱ぐんだ。ワンピースだけ。やっておくれよ、さあやって」

激しく言い返す――

「いや！　あたしにはわかってる！　ワンピースを脱いだら、全部脱いじゃうから！　あたしはもう帰る！　あなたはここに残るの？」

何も言わずに彼は自分のシャツを一気に脱いで遠くに放り投げる。すると、今度は、彼の真似をするように、マリア・イネスはワンピースを脱ぐ。パンティだけになって（ブラジャーはつけていなかった）、両手を胸に置いた。

口をとがらせる――

「パンツは脱がないから！　それはダメ、パンツを脱いだらあたし、頭がおかしくなるから！　頭がおかしくなっちゃう！」

頭を両手で抱えこむ。そして、彼女が完全に裸になると、彼はゆっくりと、磁力で引き寄せられるようにやってきた。マリア・イネスはすすり泣いた――

「キスしないで！　キスしないで！」

しかし、自分で口を開いて、口づけを求めた。すばやく、彼は頭を下ろして、乳房の先端に、キスをして、かぶりついて、引きちぎれるほどに強く噛みついた。

歯を噛みしめて悲鳴を抑える。するとそのとき、アントニオ・カルロスは叫ぶ――

「もういいぞ！　出てこい！」

彼女は呆然となってふり向く。カーテンの陰からマリア・イネスも知っている若者が出てくる、サンパイオだ。狂女のように室内を走る。しかし彼女は取り囲まれ、取り押さえられる。なおも抵抗するが、アントニオ・カルロスが彼女をひっぱたいて押し倒す。ベッドの上に転がす。

アントニオ・カルロスがこう言っていた——

「おまえが先に行け、おまえが！」

グロリーニャは聞き入って、頭をがっくりと下ろす——

「そんな男は銃で撃たれて当然」

マリア・イネスは両手を握ったりよじったりしている——

「もう一人のほうがあたしの処女を奪ったの。アントニオ・カルロスはずっとその手助けをしてた。サンパイオが終わって、そのあとになって彼が来たの。あたしは痛くて気を失ったんだよ、わかる？」

沈黙。グロリーニャは訊く——

「それであんたのお父さんは？」

「パパは知らないの、疑ってもいない。あたしは家に帰って、何も言わなかった。それでも、パパはあたしの顔に殴られた痕があるのを見た。アントニオ・カルロスには恋人を殴る癖があるのは知っていた。これだけ言えばわかるでしょ——パパはピストルを手に取って、あのクソ男を殺しに行きかけた。おばあちゃんが跪《ひざまず》いて頼みこんで止めた」

「それで今は？」

マリア・イネスは、ほとんど声に出さずに答える——

「今は、どうなってるのか。あたしはもう何も、誰も信じられない。もうあとは死にたいだけ」

グロリーニャが何か言おうとしたが、そのとき、ドアを叩く音がして、留め金が鳴る。

「誰？」

「開けなさい、開けなさいグロリーニャ！」

エウドクシア。入ってきて、娘を叱りつける。

「あんたどこかに行って、姿を消しちゃって。あんたが誕生日の主役なのに。みんながあんたを捜してるのに、あんたはこんなところで」

ため息。

「大騒ぎしないでママ。もう行くから、もう行くから」

エウドクシアが先頭に立って出ていく。マリア・イネスはなおも訊ねる——

「泣いたのがわかる？」

「まあね」

すばやく少しだけお化粧した——

「これでどう？」

「今度はだいじょうぶ」

「ふう、行きましょ、あんたのお母さんがカンカンだから」

彼女らは広間に着く。アントニオ・カルロスが、架空のガムを嚙みながら近づいてくる——

「マリア・イネス、踊るかい？」

二人は海の匂いを感じた。マリア・イネスはほとんど口びるを動かさなかった——

「踊る」

12

アントニオ・カルロスはマリア・イネスと三曲か四曲踊った。彼のほうだけが話していた。彼女は縮こまって聞くだけで、その目つきには苦しみがあらわれていた。

グロリーニャは猛烈に冷えたコカコーラを飲んでいて、するとそこにカマリーニャ先生があらわれた。

「うちの息子はどうだ、え？　うちの息子はどうだい？」

ウイスキーがグラスに半分入っていた。ギャルソンを引き寄せた――

「おいこっちだ、若いの、こっちに来い」

激しい息づかいで――

「氷だ。ここにもっと氷を入れてくれ。氷、氷」

両目を強く閉めて、また開く。アントニオ・カルロスがマリア・イネスと一緒に通り過ぎる（二人は顔と顔をくっつけている）。うるんだ目をして、医師は訊ねる――

「ハンサムじゃないか？」と声を落として言い、その目の中にはきらめきがあった。「男の中の男！　家の電話は鳴りっぱなしなんだ。一日じゅう。女たち、女ばかり！」

〈男の中の男〉というのを、残虐な幸福感をこめて言った。さらに飲む。グロリーニャのほうに身体をかがめて――

「ちょっと酔っぱらったな。でも今日はきみの誕生日だ。きみの誕生日じゃなかったか？」

笑って――

「先生あたしにプレゼントをくれましたよ！」

酔っぱらいは大歓びして――

「プレゼントをあげたのなら、きみの誕生日でまちがいない。なら何でもありだ、わかるか？　何でもあり。おいギャルソン、こっちだ、こっち来い坊主。ウイスキーだ、ウイスキー」

ギャルソンはお盆を下におろして差し出す。

「コカコーラ、ガラナ、クラッシュです」

カマリーニャ先生は怒ったふりをしてみせながら訊く――

「おまえ、オレがコカコーラって顔をしてると思うのか？　よく見ろ。ウイスキーだ、ウイスキーを取ってこい。大急ぎでだ」

ギャルソンはお盆を持ち上げて遠ざかる。上の階の部屋に住んでいる近所の女が、娘である眼鏡をかけた女の子と一緒に来ている。分厚いレンズごしに、少女が斜視であることが見てとれる。その女は太っていて、首筋にできものができていて、こう言っている――

「グロリーニャ、もう帰るわ」

「まだ早いじゃないですか！」

「遅いわよ！」

「あたしのケーキで歌を歌っていってくれないんですか？」

太った女（手首にいくつもブレスレットをはめている）は呻き声を出す――

「無理なの、ほんと、無理、マリアジーニャは明日、テストがあって。じっとしてなさいマリアジーニャ。わかる？　マリアジーニャは早く寝ないといけないのよ」

グロリーニャはキスを交わす。ため息まじりに――

「残念だわ！」

太った女は去っていく――

「あなたの幸運を願ってるわよ」

「奥さんにも、同じように願ってます」

しかし、娘を引っぱると、斜視の少女は反発する――

「放してママ！　手を引っこめて！」

太った女は低い声で叱りつけるが、顔にはずっと笑みを浮かべてみせている――

「お父さんに言いつけるからね。あとでどうなるか」

女が動くたびにブレスレット、ネックレス、ペンダントがやかましく鳴る。カマリーニャ先生は酔っぱらいならではの無情なコメントを放つ――

「牛みたいな女！」

ウイスキーをついでもらって、さらに酔っぱらう。ふたたび、すっかりハッピーになる。彼自身がいつも言っていた――〈わたしは酔っぱらうと楽しくなる〉。身体がふらふらしていた。その往復運動のせいで、飲み物がグロリーニャのドレスにこぼれそうだった。

彼は言う――

「うちの息子は――聞いてるかい？　かなりのところまで行くぞ」。それから声を落として――「ただ、あのマリア・イネスとかいうのは好きじゃない。いやな女だし、おまけに、ノイローゼだ」

「あたしの友達ですよ」

空いているほうの手で、少女のみぞおちに指を突きさす――

「きみの友達かもしれないが、いやな女だ。おまけにだな、ケツがない。ケツのない女は好きになれない。それともわたしの言ってることはナンセンスか？　わたしはナンセンスなことを言ってるのか？　答えてみろ！」

追いこまれて、ぶつぶつと呟《つぶや》く――

「ちょっと一瞬、あっちに行ってきます」

「ここにいろって！」

「すぐもどりますから」

「それとも、わたしから逃げてるのか？　きみはわたしから逃げようとしているんだと思う。いいから聞け、聞け。わたしは酔っぱらってない。ほろ酔いってところだ。ここにいろ。ほろ酔いだ、わかるか？　アントニオ・カルロスにぴったりなのはきみだ」

「わかりました、わかりました」

力強い手で彼女の腕をぎゅっとつかむ――

「きみらの間に子供ができるのを想像してみたか？」

医師に対する憎悪をおぼえる――

「痛い、先生、あたしの腕をつぶしてますよ!」

彼女を放す——

「アントニオ・カルロスはあのマリア・イネスというのを捨てなきゃだめだ。蹴り出せ。うちの息子は最高じゃないか？　尻のない嫁なんかいらん。いらんいらん。しかし、見てみろ、アントニオ・カルロスを」

ああよかった、サビーノがやってきた。グロリーニャは恐怖と嫌悪を、ある種の嫌悪を、酔っぱらいに対して感じるのだった。パパはほとんど飲まない、ほんのわずかしか飲まない。

サビーノがグロリーニャを救い出す——

「お母さんが呼んでるから行きなさい」

少女は立ち去り、家の主がカマリーニャを連れていく。婦人科医は、友人の身体に腕を回しながら言う——

「サビーノ、わたしはきみの娘に不躾《ぶしつけ》なことを言ってしまったようだ。しかし、今日は何でもありだ。わたしは酔っぱらってない。酔っぱらってるか？」

それと同時に、周囲を見まわしていた——

「ギャルソンはどこだ？　もっとウイスキーを持ってくるように言ってくれ。ギャルソンが消えちまった」

「こっちに行きましょう、中に。こっちです」

「ギャルソンが必要なんだ」

それに対してサビーノは——

「ギャルソンはすぐに来ますよ。いいですか。ちょっとあっちの寝室で横になって」

「わたしが酔っぱらってると思ってるのか？　よく聞いてくれ。わたしはきみの娘に、尻のない嫁さんは結婚の障害になると言ったんだ。自分自身の経験からそう言ってるんだ、わかるか？　自分自身の経験からだ」

アントニオ・カルロスがグロリーニャの隣にいる――

「うちの親父がみっともないことになってる。飲んじゃだめなんだ。しかしどうなんだ？　きみは乗るのか乗らないのか？　例の企画に？」

「諦めて。あたしは、あんたとは全然関わりたくないんだから」

「きみが考えているようなことじゃ全然ないんだ。まったく純真な企画なんだ」

「でもあんたは行くの？　行くんでしょ？」

「行くよ」

「あんたが行くなら、あたしは行かない、決定」

彼は強情で、押しが強く、ときには、子供のような笑い声をあげた（海の匂いがするのだ、すべてに加えて彼は海の匂いがするのだった）――

「わかる。誰かがきみに毒を吹きこんだんだ」

「毒なんか誰も」

低い声で、彼女から目を離さずに言った――

「嘘をつくな。マリア・イネスだろ。マリア・イネスじゃなかったか？」

グロリーニャは家具の上からカシューナッツを三つ四つ手に取る。ひとつめを嚙む――

「アントニオ・カルロス、あたしは誰とでもつきあえるけど、あんただけはダメ」

彼は口もとを手の甲でぬぐう――

「これで確信した。マリア・イネスの阿呆だったんだな。そう興奮するなって。チャオ」

グロリーニャを残していった。彼はハンサムだった、しかし、ときどき、狂気を漂わせた。彼が靴下をはかずに靴を履いていることに彼女は気づいていた。そして不快になった。アントニオ・カルロスの足だけでなく、誰の足でも。かっこいい足というのは存在しない。結婚したら、夫には靴下をはいて寝てもらわなければならない。それから、足に、とくに足の指の間に、タルカムパウダーをつけてもらって。踵には不快をおぼえなかった。しかし、足の指と足の底は、嫌悪感なしに見ることはできなかった。それが誰であっても。

「グロリーニャ、聞いて」

エウドクシアだった。娘に対して声をひそめる――

「カマリーニャ先生が全部吐いちゃったのよ、ひどいわね」

「どこで？」

「仕事部屋で。お父さんと一緒にあそこにいるの。飲んじゃだめなのよ。飲んだら、おしまい！ほんとに大問題！」

エウドクシアは指示を出しに行ってからもどってくる。声をひそめて、叱りつける――

「お行儀よくしてグロリーニャ！」

びっくり仰天して、ふりかえる――

「でもあたしが何をしたっていうの？」

「そんなに大声で笑わないの」

呟く――

「笑ってないのに」

「気の触れた女みたいに大笑いしてるわよ」

グロリーニャは困惑して、傷つけられて、口ごもった。急に泣きたい気持ちになった。自分自身の笑い声は聞こえていなかった。パパ、どこにいるのパパ？　パパがどこにもいない。アントニオ・カルロスの足。かっこいい足なんかどこにもない。

ケーキの前で誕生日の歌を歌うために彼女を呼びに来た。絶望的な気持ちになって訊ねる――

「パパは来ないの？」

「カマリーニャ先生と一緒にあそこにいるんだから。さあこっち、グロリーニャ」

ケーキが終わるとマリア・イネスがやってきた――

「あんたにひとつお願いがあるの」

「言って」

「アントニオ・カルロスと出かけるから」

「ここに泊まっていくんじゃないの？」

周囲に目をやる――

「こっちに来て。あの女が聞いているから。ここに泊まるのよ。ちょっと出かけてくるだけだから。二人でちょっと散歩するの……わかった？」

グロリーニャは勢いづく――

「あんた、いったい何をしようとしてるの！　あたしに説明してみて。あたしにあの話を聞かせて、さんざんあいつの悪口を言って、それで散歩に行くって？」

呻く――

「あとで説明するから。わかってわかって。今は話していられないの。アントニオ・カルロスがこっちを見ているから。遅くはならないから。で、もしも叔母が電話してきたら、何か話を作っておいて。あたしは踊っているところだとか。おなかが痛いというのはダメ、びっくりさせちゃうから。じゃあ、あとで」

マリア・イネスをつかまえて――

「間抜けもいいかげんにして。あんた、目が見えなくなってる。あの男は狂人よ。彼があんたにしたことは許されない。男のとるべき行動じゃない」

同じことをくりかえした――

「あとで説明するから。遅くならないから。じゃあとで」

行くにまかせた。そして、そのあとでグロリーニャは怖くなりはじめた。招待客に囲まれて、招待客に笑顔をふりまきながら、怖かった。

エウドクシアが通りかかった。彼女をつかまえた――

「ママ、パパはどこ？」

相手は囁き声で――

「カマリーニャ先生と一緒にあそこ。カマリーニャ先生は聖人だけど、酒を飲ませると！　行っちゃだめよ、わかった？　行くんじゃないの。あらゆる罵詈雑言を口にしてるんだから。あたしが聞いたことのないようなひどいことばを」

エウドクシアが新しく到着したカップルを迎えにいくと、グロリーニャはもう抑えられなかった。父親の仕事部屋は廊下の一番奥にあった。女友達に、小声で言った――

「おしっこしてくる、すぐもどるから」

廊下を端まで進んだ。ドアに寄りかかると、カマリーニャ先生の泣き声が聞こえた。医師はこう言っていた――

「サビーノ、聞いてくれ。ブラジルの女が世界で一番なのは、ケツがいいからだ。なのに、オレはケツのない女と結婚しちまった」

グロリーニャは父親の声を聞いた――

「カマリーニャ先生、そんなこと言うもんじゃない。いいですかカマリーニャ。家には女性陣も、若い娘たちもいるんです。そぐそこにいる人たちが聞いてますよ！」

相手はとめどなく泣いていた――

「サビーノ、オレはろくでなしだ！　オレがろくでなしだ、と世界じゅうに言いふらしてくれ！」

グロリーニャはパーティにはもどらなかった。アントニオ・カルロスの足のことを考えていた。足先。そして、しばらくしてエウドクシアがやってきたときには、もうネグリジェを着ていた――

「もう寝るの？」

口を開けて――

「疲れきっちゃって」

「じゃあ寝なさい寝なさい」

戸口のところで、母親はふと訊ねる——

「で、マリア・イネスは？」

「踊ってるの。祝福してママ」

「神さまの祝福を。明かりを消して」

朝になって、ごく早い時間に、マリア・イネスが彼女を起こしに来る。ベッドの上に飛び乗る
——

「何なの？　何なの？」

「グロリーニャ、ねえ！　グロリーニャったら！」

腹が立って、もう一度横になる——

「邪魔しないで！　嫌がらせしないで！」

反対方向に身体を向ける。相手は彼女を揺さぶる——

「グロリーニャ、あんたと話したいことがあるの。聞いてよグロリーニャ。生きるか死ぬかっていう問題なんだから」

ベッドの上にふたたび起き上がる——

「あんたもほんとに最悪なんだから！」

「聞いて」

頭を掻く——

「寝たのはすごく遅かったんだから。今何時？　八時？　あんた、よくあたしを八時に起こす勇気があったわね？」

マリア・イネスは泣いている——

「あたしなんか、まったく寝てないの、一睡も。タバコを一箱吸っちゃった。夜じゅう、まったく寝なかった！」

ベッドに身を投げる。うつ伏せになって、泣き声を押し殺すためにハンカチを嚙んでいる。グロリーニャは黙って見つめている。鼻が痒《かゆ》くなって搔く。

訊ねる——

「何がどうしたの？　何があったの？　話してマリア・イネス！」

相手はすすり泣いていて答えない。グロリーニャはベッドから出る——

「いい、すぐにもどるから。口をゆすいでくる」

顔を洗い、歯を磨き、歯ブラシの柄で頭を搔いた。寝室にもどった。マリア・イネスはベッドの端っこにすわっていた。立ちあがった——

「グロリーニャ、あんたにやってもらいたいことがあるの。あんたが本当にあたしの友達なのかどうか、見たいの、それとも」

途中で口をはさむ——

「落ちついて。まずあたしに話させて。いい——あたしはあの男を嫌悪してるのよ」

「あんたは全部知ってるわけじゃない。あたしが理由を説明するから」

「何も説明しないで。いったい何をあんた、説明しようというの。何の説明もつかないのよ。説明なんかまったくできない」

「あたしに話させてくれないの？」

するとグロリーニャは――

「あんた、インモラルになったわけ？　前はそうじゃなかったじゃない。聞いて。あんたたち二人だけの間なら、あんたたちだけなら、まだいい。男と女の間では、何でもありだから。でも、あいつがやったのは何？　別の男を部屋に入れた。別の男にあんたの処女を奪わせて、それを眺めていた。あんたがヴァージンだって知ってたのに。最低、最低！」

相手は話しはじめる、控えめな態度をとりながら――

「あんた、あたしのことを信じてる？　信じる？」

「何なのよマリア・イネス、いいかげんにして！」

「あんたに事情を話すから」

「それくらいはしてもらわないと」

「待って。事情を話すのは、あんたがすべてをわかってないからよ」

獰猛な動物のように立ちあがった――

「何だって？　あいつがやったことは、やったことでしょ。なのにあんた、どういう根性してるの、あいつを擁護するなんて、あの野良犬を？」

狂信的な信者のようだった――

「擁護するわよ、擁護する！　よく聞いて――彼が全部全部説明してくれたの。マリファナをやっていたのよ、聞こえた？　マリファナのせい。その状態では、人間、自分の父親を殺したり、母親、子供を殺したりしちゃうのよ、自分が何をしてるのかわからなくて。グロリーニャ聞いて。あの瞬間、あたしはあたしじゃなくて、彼も彼じゃなかった。後悔している様子をあんたも見たらわかる。

あたしとひとまわり歩きながら、彼、泣いたのよグロリーニャ、泣いたの。彼があたしに何て言ったかわかる？　自殺する、自殺するんだって！」

グロリーニャは枕もとのテーブルから爪やすりをとって、爪をこする——

「それであんたはもう全部忘れたっていうわけ、すべてを？」

「許したの」

「すばらしいわね！」

すると突然、グロリーニャの両腕をつかむ——

「あたしのお願いを聞いてグロリーニャ。神さまにかけてのお願い。あんたにお願いしたいの、この世でいちばん神聖なものにかけて——一緒に来て、あたしと一緒に！」

後ずさりした——

「あんたと一緒にどこへ？」

「ハンカチある？　鼻水が出てきちゃって。ハンカチを一枚貸して」

「取ってきますよ」

マリア・イネスは鼻をかむ。そして話す——

「あんたにお願いしたいのはこういうこと。アントニオ・カルロスはあたしがあんたに全部話したってことを知ったの。じっとあたしのことを見つめていた。絶望的な気持ちで。だからあんたと話をしたいって言うの、説明するためにグロリーニャ」

しばし黙る。鼻水をぬぐう——

「行ってくれる、くれるでしょ？　彼はあんたと話したいの、あたしを納得させたのと同じように。

この世に彼ほど不幸せな人はいないの。あんたを連れてくるって約束したのよ、あたし。あたしのために、来てくれるでしょ、ね、グロリーニャ?」

タバコを探しにいった。ライターはいったいどこにあるんだっけ? あそこだ。タバコに火をつけた。阿片はアメリカのタバコのように軽いにちがいなかった。

「わかったわ。あんたと一緒に行く。でも言っとくわよ——これはあんたの一生で、いちばん大きなまちがいになる」

マリア・イネスはグロリーニャの手を取ってキスをする。あとになって、昼食後、二人はアヴェニーダ・アトランチカとシケイラ・カンポス通りがぶつかる角に出かけていった。アントニオ・カルロスはすでにそこをぐるぐる、何度も通過していて、今また、クラクションを鳴らしながらやってきた。

縁石に寄せて、前のドアを開ける——

「ここに乗りなグロリーニャ」

ためらう——

「でマリア・イネスは?」

「あたしは後ろに乗る。あんたたちが話できるように」

ルノー・ゴルディーニが発進する。アントニオ・カルロスはうれしくて緊張している——

「どうだい。きみら、何か食べるかい? ジャンガデイロスに行こう」

「お昼を食べたばっかり」

すると彼は——

「じゃあ、ラゴアを一周回ってみよう。走りながら話ができる」

青い縞の入った薄手のシャツを着ていた。流れに乗ると、彼が話しはじめた——

「グロリーニャ、オレは事実関係をちゃんと説明しておかないと気がすまなくて」

話をさえぎる——

「あたしには、何も説明する必要なんかないの。マリア・イネスはあたしの考えがわかってる。それだけじゃなくて、あんたも時間を無駄にするだけよ。あたしはあんたのことを信じてないから」

マリア・イネスは困りきっている——

「あんたは彼が何を言うつもりなのかわかってないんだから！」

グロリーニャは不快を示す口つきをしてみせた——

「あんた、この間抜けな女に、自殺するって言ったそうね。いい、マリア・イネス。自殺とか言って、口先だけだから」

アントニオ・カルロスは自分を抑えて（蒼白になって）言う——

「続けて、続けて」

視線を落とす——

「もう話し終わった」

彼は車を止める——

「わかった。グロリーニャは自分の意見を言った。だからきみらはここで下りろ」

グロリーニャの膝の上を越えて腕を伸ばし、ドアを開ける——

「下りろグロリーニャ、下りていい。きみもだ、マリア・イネス。下りて、僕の天使」

混乱して、訊ねる――

「でも、下りるって、なんで？　下りないでグロリーニャ！　あんたには言いたいことがあるんだから。そのままグロリーニャ、そこにいて！」

背後から男に抱きつく――

「あたしのかわいい人、ひとまわりしましょうよ。何で下りるの？」

彼のほうはステアリングの上で腕を組んでいる――

「彼女はオレのことを疑ってる、疑ってないか？」

腕をほどいてふり向き、狂人の目つきでグロリーニャに向けて――

「オレが自殺なんかしないと言いたいんだな、えっ？　オレが口先だけだと。ならオレは自分がどんな人間なのか見せてやる。誰もオレのことがわかってない。オレがこれから何をするか、見てろ」

グロリーニャに向けて話していた――

「きみらは下りろ。そうしたらオレは……あそこにあるあの電柱が見えるか？　あそこにある、あの最後の？　オレは車であの電柱に全速力で突っこむ。百二十キロで。聞こえたか、グロリーニャさんよ？　おまえさんがあとになって、オレのことをインチキ野郎だって言うかどうか、見てみたいもんだ。しかし、その前に、自殺する前に、いくつか、おまえさんには勝手なことを言わせてもらうぜ、この仮面女。いいか、尻軽女さんよ。おれはおまえのことを尻軽女って呼んだよな？　でもおまえは文句も言えない、なぜなら、おれは死ぬ前におまえのその顔をかち割ってやるからだ。オレには、女だからって言い訳は通じない。男は殴る、女だって殴る、誰だって殴る。それから、おまえが処女だってのもちゃんちゃら信じない。さあ下りろ、下りておまえを産んだ売女のもとに帰れ」

グロリーニャは凍りついて、身動きしない。マリア・イネスは若者にしがみついた――

「なら、あたしもあなたと一緒に行く。行くったら行く。行くわよアントニオ・カルロス。あなたと一緒に死ぬのは怖くない」

すすり泣いていた――

「行きたい！」

「オレと一緒に死ぬ人間はいない。オレは一人で死ぬ。一人ぼっちで。誰にも一緒に死んでほしくない。誰にも」

マリア・イネスはグロリーニャに向けて叫ぶ――

「あんたは悪人よグロリーニャ、あんたはダメ。で、どうなの？　これで信じた？　言いなさいよ、さあ！」

縮みあがりながら答える――

「アントニオ・カルロス、あたしはあなたのことを信じる。今では、あなたのことを信じる」

13

美容院にはこう訊ねながら入った――

「今何時？」

マニキュア担当のアデライジが腕時計を見る――

「二時」

「あそこには二時二十分ってあるけど」

誰かが答えた――

「あの時計は狂ってる」

するとそのときになって、奥からヴィセンチ（ゲイだった）が出てきた。グロリーニャの前でまっすぐに立って、それから急に身体をかがめて彼女の手に、長々とキスをする。

囁き声で言う――

「すごく急いでいるの！」

面白がって驚いてみせた。結婚式の前日に急いでいるんだって？　説明した――

「ふざけないで。これからパパに会うんだから。聞いてるのヴィセンチ？　ちゃんと聞いて聞いて」

するとと相手は、聖者のように蒼白い顔をして緑の瞳で——

「あんたの頭にあたしの大傑作を作ってあげるから」

「でも教えて。いつ解放してくれるの？　本当のところを言って」

計算した——

「今何時？　二時何分？　十分？　じゃ五時に解放してあげる。五時きっかり」

すわった。髪をやってもらいながら、同時に爪もやってもらった。

夢見るように——

「パパと最後の散歩に行くんだー」

しかし、考えているのはアントニオ・カルロスのことだ。彼はゴルディーニに乗っている、彼女とマリア・イネスと一緒に、モンテネグロとラゴアの交差点のすぐ近くで。彼は固くて格好の悪いサンダルを履いている。

グロリーニャのほうをふり返る——

「きみは信じるか？」そして、恐い顔でほとんど斜視のようになってくりかえした——「オレのことを信じるか？」

怖くて固くなってくりかえした——

「信じるってば」

顔を下げると彼の巨大な足が、突き立った親指が見えた。アントニオ・カルロスはグロリーニャから視線をそらさず、その目は透きとおって悲しげだった。

こう言った――

「ここに手を出して、さあ」

彼女の手を握りしめて、そこに口をつける――

「きみがオレにどれだけいいことをしてくれたのか、きみには一生わからないだろう！　きみはオレを救ってくれた。いいかい。オレはふざけてたんじゃない。誓って言う、マリア・イネスにはわかってる。オレは本気であの電柱に突っこむつもりだった。名誉にかけて言う。きのうは、マリア・イネスがオレを救ってくれた」

ふり向いて手で恋人の頭をなでる――

「今日は、きみが救ってくれた。毎日、誰かがオレを救ってくれる。誰かに救ってもらわないといけないんだ、わかるか？」

両手でステアリングを握りしめていて、まるで引っこ抜こうとしているみたいだ。肺をふくらませて、息を吐き出す――

「オレは阿呆だ！」

グロリーニャは苦しくなってくる――

「ここから動かない？」

「どうして？」

そこで彼女は、動揺しながら――

「あそこの警官がこっちをずっと見てるの」

ガラスごしに様子をうかがって――

「オレにあいつの顔をつぶしてきてほしいのか？」

女の子たちはあわてふためく――

「狂ってるの？　別の場所に行きましょ！　さあ行きましょアントニオ・カルロス！」

エンジンをかけた――

「警官を殴るのは好きなんだ。あるとき、こうやって手刀で、軍警の首筋を叩きつけてやったんだ。相手はその場でばったり倒れた。殺しちまったのかどうか、わからない。たぶん殺したと思う、知らんけど。どっちでもいい」

力強い笑い声をあげる。車は八十キロに達している。マリア・イネスが頼みこむ――

「ねえ愛しい人、スピード出す必要ないのよ。スピード出さないで」

グロリーニャが訊ねる――

「それでもしその軍警が死んでたとしたら？　あんたは後悔しないの？」

車は高架を走っていた。アントニオ・カルロスは興奮して言う――

「きみはわかってない、誰にもわかってもらえない。でもいいか。聞いてるか？」

片手だけで運転しながら、本当に震えているもう一方の手を差し出した――

「ときどき、場合によって、壁を叩いたり、電柱を倒したり、誰かを殴ったりしないと収まらないときがあるんだ。わかるか、きみにはわかるな？」

後ろでマリア・イネスが頼んでいた――

「どならないで、愛しい人、どならない」

わめいた――

「オレはどなってない！　いったい誰がどなってるってんだ？　いいかげんなことばかり言いやがって！」

しかしグロリーニャは必死になって食いさがった――

「ということは、あんたは、腹が立ったときには、人を殺せるというの？」

「待て待て。場合によるだろ、知らんけど。しかし、オレは一度、なったことがある、どうなったか、きみらに話してやる。まだ子供のころだ。あるとき、学校で、女の子が発作を起こすのを見たんだ。列に並んでいて、突然、倒れた。そういえば、あれはきみの従姉妹《いとこ》だグロリーニャ、きみの従姉妹だった。シレーニ。きみのお母さんの姪っこだ」

縮みあがった――

「シレーニ、従姉妹よ」

「癲癇《てんかん》だ。学校の校庭で、手足をついて倒れた。しかし倒れる前に叫び声をあげたんだ。グロリーニャ、それまで一度も聞いたことがないような叫び声だった、〈あー〉って、何ともたとえようのない声だ。でもまだ先がある。彼女の目の色が変わったんだ。茶色だっただろ、従姉妹の目の色は？」

「緑」

するとは彼は、首を絞められたような声で――

「茶色が青に変わったんだ。青、まっさおな青」

グロリーニャは悲鳴をあげる――

「話題を変えて！　話題を変えて！」

相手は一瞬、黙る。マリア・イネスが囁く――

「興奮しないで。落ちついて、落ちついて」

彼はまだ黙っている。訊ねる――

「きみが質問したのは何だったっけかグロリーニャ？　ああ、そう、オレが人を殺せるかどうかだ」

話しだした、クレッシェンドで――

「オレが思うにはだ、ある日、遅かれ早かれ、オレにも同じような発作が起こるんだ。きみらはオレが倒れて四つん這いになって、目が青くなっているのを見ることになる。誰も一度も見たことがないような真っ青な。自分で話していても怖くなる。でもオレはいろんなことを感じるんだ、頭の中に光があったり、ここのところに圧力があったり、熱が出て髪の毛を這いのぼっていく。夜中に、オレはずっと考えてる――〈今始まるぞ〉って。今度シレーニに訊いてみる、発作の前に何を感じているのか」

女たち二人は黙りこんでいる。マリア・イネスはハンカチを手にとって、恋人の顔と首筋を拭う。ハンカチはびしょ濡れになった。

グロリーニャが訊ねる――

「もう帰らない？」

彼はスピードを落とす――

「よく聞けグロリーニャ。きみは今ではオレを信じているという。信じるんだろ？　なら、例の企画に行こうじゃないか」

「行かれない」

ふたたび興奮しはじめた――

「グロリーニャ！　オレは悪人じゃない」

「あんたが悪人だなんて言ってない」

くりかえした、必死の形相で――

「たしかに変なことをすることがある、しかしオレは悪人じゃない。オレには自分がわかってる。悪人ではない」

マリア・イネスがふたたび汗に濡れた首筋を拭おうとした。猛り狂ってふり返る――

「おまえまで余計なことをするんじゃないマリア・イネス！　いいかグロリーニャ。オレはきみに来てもらう必要があるんだ。それに、きみは一人じゃない。マリア・イネスも一緒に来るんだから」

「でも何の企画なの？　何の企画なのかさえ知らないんだから。いったい何なの？」

「オレが言っちゃったら、面白みがなくなる。サプライズだから面白みがあるんだ。賭けてもいい、きっと気に入るから、まちがいない。行くな？」

アントニオ・カルロスは怖がっている。あの青い目が頭から離れないからだ。四つん這いになった少女と、その青い目。

マリア・イネスが言う――

「行くわよ絶対、行くでしょグロリーニャ？　あたしのために。そうしてよ、あたしのために」

アントニオ・カルロスも全部約束した――

「何時に家にもどらないといけないんだ？　七時？　七時半？　七時半にはきみの家の前で下ろすから。約束する。七時半か、もっと前かもしれない」

囁き声で言う――

「行くわよ、それでいいでしょ。七時半に、最悪でも家に着きたいから。何も怖いわけじゃない。あたしが怖いのは父親だけ。でも先に言って、いったい何なの？」

「秘密だって。きっと気に入るってもう言っただろ。マリア・イネスも知らないんだから。エンジェニョ・ノーヴォであるんだ」

グロリーニャはエンジェニョ・ノーヴォに行ったことがない。雨に降られているサトウキビのプランテーションを思い浮かべた〔エンジェニョはかつてのサトウキビ農園のことで、各地に地名として残っている〕。ゴルディーニが戦争省の建物前を通りがかったとき、彼女は庶民の群れを、憐れみも関心もなく見やった。群衆には、そのゆっくりと流れる様子に川の流れを思わせるところがあった。午後の中を中央駅に向けて流れていく、生気のない青、みすぼらしい青。

プラサ・オンゼ、ブラーマの時計台、マンギの通り。アントニオ・カルロスがグロリーニャに向けて笑ってみせる――

「売春街《ゾーナ》はあそこだ、あそこ！」

顔色を変えてふり向く――

「どこどこ？」

三人ともがその方向を見やる。グロリーニャは舌打ちをする――

「全然見えないじゃない」

マリア・イネスはあわてて、アントニオ・カルロスの肩に手を置く――

「通ってみない、行きましょうよ？　でも止まらないの、通るだけ、止まらないで」

その気になって、彼は腕時計を見る――

「遅くなる」

「じゃあ、帰りに通りましょう」

「帰りに通る」

立体交差がすぐ近くだった。グロリーニャはなおもふり返って、急に名残惜《なごり》しくなったようにゾーナの方角を見やった。

「みんなどんな格好をしてるの？　女たちは？　裸で立ってるって本当なの？」

「パンツにブラジャー、でなきゃ水着」

囁き声で言う――

「小さい子供のころからあたし、ずっとゾーナを見てみたいと思ってきたの。ものすごい盛りあがりなんでしょ」

するとアントニオ・カルロスは急に、グロリーニャのほうに向き直る――

「きみはまだオレが質問したことに答えてなかったな」

「覚えてないけど」

マラカナン・スタジアムに沿ってまわりこんでいく。

「パーティでオレがきみに質問したのは何だったかな？」

「タバコを一本くれる？」

「マリア・イネス、そこのブルゾンから取ってくれ。そのポケットから取って」

相手はタバコをグロリーニャに渡す。マリア・イネス自身が火をつける。グロリーニャは息を吐く――

「性的な経験が何かあるのかどうかって訊いたわね」

「あるのか？」

「知らない」

「きみはミナスの女なのか？」

「なんで？」

「ミナスの女ってのは、本当のことを白状しない人間のことだ。裸で男と一緒にベッドに入っているくせに、裸になったのかと訊かれれば、最後まで否定する」

腹を立てたふりをして言った――

「笑えない」

すると彼は――

「笑えるもなにも。いいかグロリーニャ。つまらない女のふりをやめて、〈イエス〉か〈ノー〉かはっきり言えよ。さあ。きみはまだ処女膜つきか？」

少女はタバコを窓から投げ捨てる（が、捨てた途端、また一本吸いたくなっている）――

「言っとくわよアントニオ・カルロス。それからあんたマリア・イネスにも」

彼はかまわずに――

「きみは処女膜つきか？」

大声を出した――

「あたしにそういうことばを使わないで！」

笑って――

「〈処女膜つき〉って言ったから怒ったのか？」

「よく聞いて。あんたたち、あたしのことを知能に障害があるとでも思ってるの？」

男はふたたび、狂人の目つきをしている――

「売女の息子って言ってみろ。試しにだ。売女の息子って言えよ」

悲鳴をあげた――

「この野獣！　あんたの言うことは、何から何まで最低。あんたたち、あたしをうまくだましてるつもりなの？　あたしがこの企画に行くのは、自分で行きたいからだし、自分で何をしてるのかわかってるからよ。それがまずひとつ。それからもうひとつ――あたしはある男から逃げてるの、その男ってのは、これはたしかに、あたしの失敗だった」

息を弾ませてうつむく。マリア・イネスが訊ねる――

「あんたの恋人のこと？」

激しく言い返した――

「待って待って！　あたしの恋人はまた別よ」

「言いなさいよグロリーニャ。それでその男とは？　最後まで行ったの？」

目を閉じたまま話す――

「ある日、あたしは家を出た。パンツもブラジャーもつけずに、身体にじかにワンピースを着て。

その男のオフィスに行った。そこに着くと、彼が電話に出るために向こうを向いていたすきに、あたしは服を一気に脱いだ。彼は電話が終わると、完全に裸のあたしを見た」

「それから？」

「それだけ」

取りつかれた人のような笑い声をあげた――

「それ以上何もなかったって、あたしを説得してみてくれる？　それで終わったの？」

ふたたび目を閉じて、くりかえした――

「それだけ」

「その男は結婚してるの？」とマリア・イネスが訊いた。

ドキッとなった――

「結婚してるよりももっとたちが悪い。でも聞いて。あたしはもう驚かないの、何にもあたしは驚かないんだって、二人ともわかっておいて」

そしてさらにくりかえした――

「あたしは逃げてる。逃げてるの」

アントニオ・カルロスが訊ねると（〈きみは結局、処女膜つきなのか、ちがうのか？〉）、憤激をぶつけた――

「そういう言い方をしてると、顔をぶん殴るから！」

マリア・イネスはしばらく間を置いてから――

「あたしの大事な人、まだ先は長いの？」

彼はすでにスピードを落としていた――

「もう着くところだ。あの家が見えるか、下のほうのあの家？　あそこだ、見ろよ、あそこ」

「テラスにシダ植物が茂ってるあの家？」

「シダに草葉に、ムカデだらけ、すべてが太古の昔みたいなところだ。一八〇〇年にできたとか、もっと前だとかなんとか」

車は少し前で止まった。三人とも車を下りた。

アントニオ・カルロスはこう言いながら進んだ――

「自然にしてればいいぞ、みんな。ここの近所の人間はみんな超親切だ。さあ、行こう」

マリア・イネスはグロリーニャにしがみつく。声を絞り出す――

「怖いよ、怖いよう！」

グロリーニャは立ち止まる――

「何言ってんのよ！　さんざんあたしに来るように言っておいて、今になって怖いって？」

アントニオ・カルロスがもどってくる。低い声で言う――

「きみらは目立ってるぞ！　あそこの、あの女がこっちを見てるだろ！」

グロリーニャはまた言う――

「何をここでするっていうの？」

男は周囲に目をくばる――

「グロリーニャ頼むから！　きみらは騒ぎすぎだ。そんなにしゃべるな。中に入ろう。こっちだ。中で説明するから」

門を開けて、近所の女にも聞こえるように大きな声で話す――

「親父さんもお客さんが来たって歓《よろこ》ぶぞ」

女の子たちは中に入り、アントニオ・カルロスもすぐに続く。門を閉める。声を低めて――

「きみらはテラスで待ってろ、オレが一瞬だけ中に入るから。いいな、時間はとらないから。ほら、あそこにすわればいい」

テラスの奥には木でできたベンチがあった。アントニオ・カルロスはドアのところで三回ベルを鳴らす。彼女ら二人は腰をおろす。

マリア・イネスは囁き声で言う――

「この家には誰もいないわ。全部閉まってる。空き家でしょ」

アントニオ・カルロスはもう一回鳴らす。女の子たちに向かって微笑んでみせる。中から誰かが訊ねる――

「誰？」

「オレだ」

「一人なの？」

「開けてくれ」

わずかに時間がかかる。ドアが開き、アントニオ・カルロスは中に入る。グロリーニャは相手の腕をつかむ――

「帰ろう、帰らない？」

マリア・イネスは声をひそめる――

「もしあたしが帰ったら、彼に殴られる。彼が言っていたことを聞いたでしょ？」

「聞いてない。何て？」

「あたしのことをよく殴るって」

「ならあたし一人で帰る」

「お願いだから！」

するとグロリーニャは声を落として――

「もうたくさんよマリア・イネス、もうたくさん！　もういいかげんにして！」

ドアが開いてアントニオ・カルロスがやってくる――

「聞いてくれ。こういう事情だ――ゼーのやつ、きみの前では恥ずかしいって言うんだグロリーニャ」

「あたしのことが？　いったい何で？」

「やつがゲイだってことは知ってるか？」

「誰のこと？」

「ゼー・オノリオだ」

「ゲイ？」

「全然そう思わなかったのか？」

「そんな、ありえない。ゼー・オノリオが？」

彼は全部話した――

「時間の無駄はやめよう。ゲイだ、オカマというならオカマだ。知ってる人間は少ない、たしかに。

オレの親父はまったく疑ってもいない、そのほうがいい！　でもわかるか？　マリア・イネスに対しては別に恥ずかしがってない。きみのことは恥ずかしいらしい、サビーノ先生の娘だからか、知らんけど」

　少女は顔を上げて言う――

「あたしはもう帰りたい！」

　すばやく彼女をつかまえた――

「帰ったら、首枷《くびかせ》の刑だ！」

「腕を放して！」

　すると彼は――

「放さない、放さないさお嬢さん。最後まで聞け。オレがあいつを説得した。わかったか？　やつがゲイであることを、きみが前から知ってたって話したんだ。だから中に入っていい。こっちだ」

　壁際に沿って、マリア・イネスはこう言いながらやってきた――

「長くはいられないから」

　アントニオ・カルロスはドアを押して――

「さあ、早く早く！」

　二人は押されて中に入る。ゼー・オノリオが広間の一番奥に、飲みかけのコップを持って立っている。極小の水着を着て、あとは裸のままだ。

　視線を下げたまま言った――

「こんちわグロリーニャ」

微笑もうとする。

「こんちわ」

それからアントニオ・カルロスが話しはじめる――

「こっちだ、こっちに来てごらんグロリーニャ」

壁には楕円形の額に入って、ずいぶん古い女性の肖像がかかっている。ゼー・オノリオの母親だった人にちがいない。これほど明らかに死んでいる女はほかにどこにもいなさそうだった。

アントニオ・カルロスは続ける――

「グロリーニャ、ここでゼー・オノリオに言ってやってくれ。きみは彼がゲイだと知らなかったのか、知ってたのか？」

視線をそらしながら答えた――

「知ってた」

するとアントニオ・カルロスは――

「聞いただろ？　そういうわけだ、おまえ。ゼー、ひとつだけ問題があるんだ。この二人はちょっとばかり急いでるそうだ。すぐに例のやつを始められるか？」

14

ゼー・オノリオはアントニオ・カルロスを引き寄せる――

「ちょっとこっち来て」

二人は隣の部屋に移動する。ゼーはひそめた声で――

「最悪じゃない」

「誰が？　グロリーニャか？」

「知らない！」

すると相手は――

「シニカルないつものおまえはどうした？　おまえはいつも、シニカルで平気じゃないか！」

「だよね。でも今は感じるの、どうしてだか、馬鹿みたいな気後れを！」

アントニオ・カルロスは彼を引っぱっていく――

「飲め、飲め！」

二人が戻ると、グロリーニャはすわってタバコを吸っている。立ちあがる――

「アントニオ・カルロス、もう何時だか見て、わかってる？」

どなり声をぶつけた――

「余計なこと言うな！　静かにしてろ！」

恐れることなく立ち向かった――

「あたしに向かってどならないで！」

若者は彼女に指先を向けた――

「きみはオレが帰るときに帰るんだ。黙ってろ！」

グロリーニャはタバコを灰皿で押しつぶした。ゼー・オノリオは部屋の隅で、黙って飲んでいた。

しかし、常軌を逸した恨めしさをこめてグロリーニャのほうを見ていた。

アントニオ・カルロスは友人のほうに向き直る――

「どうだ？　例のことをそろそろ始めるか、始めないのか？」

アントニオ・カルロスはゼー・オノリオの背中を叩く――

「飲め、どんどん飲め！」

ゼー・オノリオはウイスキーの残りを飲みほし、グラスをテーブルの上に置く。アントニオ・カルロスが訊ねる――

「気後れはなくなったか？　今日のおまえはずいぶん元気がないじゃないか、おい、ゼー！」

すると出しぬけにグロリーニャが言う――

「あなたのお母さんなの？」

相手は意味がわからない。呆然となって、周囲を見まわす、まるでそこに母親がいてすべてを見ている可能性があるかのように。手を腿の間に、蔦《つた》の葉のようにはさむ。口ごもりがちに――

「母親？」

指さす――

「そのポートレート」

相手は目を上げて楕円形の額に向ける。それからまたグロリーニャにもどる（口びるの端に唾液の泡がついている）――

「母親の話なんかしたくない！」そして自分の胸を叩いて――「話したいのは父親のことだけ！」

アントニオ・カルロスは腹を立てて言う――

「ゼー、俺たちは帰りの時間があるんだ！　そろそろ、さっさと問題を片づけようじゃないか！」

相手の腕をつかもうとしたが、相手はそれを激しくふりほどいた。部屋のまんなかでこう話した――

「これから話すから！　手を放してアントニオ・カルロス！　彼女たちには知ってもらわないと！」

若者は間を埋めようとした――

「手短にオレが説明しとくから。グロリーニャ、きみは知ってるだろ、ゼーの父親を、知らないか？」

父親。実証主義派《ポジティヴィスタ》で、以前は郵便電信公社の局長だった。みんなに〈顧問〉と呼ばれていたが、なぜ顧問なのか誰も知らなかった。グロリーニャは彼を三回か四回、何かの折に見かけたことがあった。彼ほど姿勢がよくて、おまけに清潔で、まったく非の打ち所のない老人は他にいそうもなかった。いかにも現実離れしていて、女の人の楕円形のポートレートと同じくらい古めかしかった。

　しかしゼー・オノリオが同時に話しはじめた――

「全部話すのはあたしのほうだから。黙っててアントニオ・カルロス！」

　アントニオ・カルロスは席にすわる――

「じゃあ話せ」

　ゼーは手で唾液をぬぐう――

「話というのは要するにこういうこと。ある日、父親がいつもよりも早く家に帰ってきた。早く着いて、あたしの部屋に顔を出した。突然入ってきた。あたしは十二歳。入ってきて、あたしが少し年上の男の子と一緒にいるのを目にした。二人とも裸だった。あたしは相手の子に対する女役だった。親父は靴を脱いで、男の子を靴で叩いて追い出した」

　グロリーニャが質問する――

「お母さんは生きていたの？」

　ゼーは一瞬、壁の肖像に目をやる。憤怒に駆られる――

「もう言っただろ、母親の話はするなって！　母親の話はしないで！」

　アントニオ・カルロスは酒を飲む――

「続けろよゼー、中断するな」

　相手は頭に手をやる――

「それから親父は鞭を手に取って、本物の、革紐で編んである鞭で、あたしを叩いた。あたしは泣くことが許されなかった。彼は打ちつけながら、こう叫んでいた――〈泣くんじゃない、涙を飲みこめ！〉あたしが泣くと、彼はさらに打ちつけた」

部屋の中を歩きまわりながら話した――

「脚を、腿を、背中を打ちつけた。泣かないようにと命令しながら。翌日も、まったく同じこと」

グラスを手に持ってアントニオ・カルロスは笑う――

「親父さんは燃えあがったな！」

ゼーはもう中断しなかった――

「三十日間、鞭で打たれ続けた。親父はずっと言っていた――〈泣くんじゃない、涙を飲みこめ！〉あたしもしまいには上達して、ため息ひとつつかずに打たれるようになった。一か月が終わると、彼はあたしに言った――〈あれをまたやったら、おまえを殺すぞ、殺すからな！〉」

若者は自分の話にくたびれ果てて黙った。しかしグロリーニャは三十回の鞭打ちが理解できなかった。誰も少年を救いにあらわれなかったのか？いつでもいるはずだろう、母親が、叔母さんが、義理のお姉さんとか近所の人とか、誰かが、誰かが。

アントニオ・カルロスは彼にグラスを差し出した――

「残りを全部飲め」

相手はそれをひと口で飲みほした。ふたたび興奮しはじめる――

「親父はそれ以来、あたしへの締めつけを緩めなかった。あるときには、食卓でひっぱたかれた。〈女々しい話し方をするな。男らしく話せ！〉」

ゼー・オノリオは中断し、グロリーニャを、マリア・イネスを見やり、衝動的に吐き出す――

「あたしは男なんかになりたくなかった！子供のころから、男になりたくなかった！」そしてグロリーニャの顔に接近しながらくりかえした――「あたしは男なんかになりたくなかった！」

グロリーニャは食卓でひっぱたかれた少年のことを考えていた。でも他の人たちは？　他の人たちは何もしなかったのか？　ただ見ていたのか、ただ傍観していたのか？

アントニオ・カルロスが女の子たちに向けて話す――

「話を短くするために言うとだな、その親父は今、上の階にいる。ひどい脳溢血を起こして、髪の毛一本動かせない。頭から靴まで、全身麻痺だ」

もう一人は胸に手を置く――

「あたしの番が来た。復讐のときが来るのを十五年待った。そして今日が、その待ち望んだ日だというわけ。あたしの報復のとき」

グロリーニャは立ちあがる――

「あんたたちはいったい何をするつもりなの？」

マリア・イネスが彼女を引きもどす――

「じっとしていて！」

ゼーは大きな声で言う――

「あたしはすべての手はずを整えた。看護師には『マイ・フェア・レディ』を見に行かせた。上映時間は三時間。料理人はカシーアスに、女中はニテロイに帰った。つまり、障害はすべて取り除かれた。真夜中十二時まで、あの老人はあたしのもの」

錯乱したような笑い声をあげた。アントニオ・カルロスが呼びかけた――

「上に行こう。さあグロリーニャ」

少女は後ずさる――

「あたしは見たくない」

もどってくる――

「何だ、そのお上品ぶりは？」

震えはじめた――

「これは悪事よ。アントニオ・カルロス、あたしは行かない、無駄なことよ。あんたがここに残るというなら、あたしは一人でも帰る」

すばやく、若者は彼女をつかまえる――

「ばかなまねはやめろ、さもないと……」

少女は頭を下げて彼の手に嚙みつく。彼女をひっぱたいた――

「歯を折ってやるぞ」

階段の途中からゼーが呼びかけていた――

「あんたたちは、来るの、来ないの？」

跪いて、アントニオ・カルロスの脚にしがみついて、グロリーニャは静かに泣きだしている。マリア・イネスは恐怖にひきつっている――

「彼女をぶたないで！　彼女をぶたないで！」

ゼー・オノリオは駆け下りてくる――

「大声を出しすぎ！　近所に聞こえるじゃない！　近所の人に気をつけて！」

するとアントニオ・カルロスはグロリーニャを起こしながら――

「おいで、さあ、歩いて。もう泣くな」

連れていかれるのに身を任せた――

「パパに知られたくない、ここに来たことを。パパには永久に知られたくない。あたしは悪い子、あたしは悪い子」

マリア・イネスは後ろに続く――

「グロリーニャ、あたしがここにいるから、一緒にいるから」

すると突然、アントニオ・カルロスが彼女を抱き上げる――

「これでどうだ。オレの首につかまって。さあ泣くのをやめな」

頭をハリウッドの描かれたアロハ・シャツの広い胸にもたせかけた。彼女は父親のことを考えている。サビーノのパジャマ姿を一度も見たことがなかった、いまだかつて。

上にあがると、グロリーニャは呟く――

「あんたたちはいったい何をするつもりなの?」

彼女を床に下ろす――

「黙ってろ」

寝室に入る。月明かりのような薄暗がりで、背景は海中のようだ。グロリーニャは縮みあがって、マリア・イネスの手を握る。壁の中央には聖母の入ったガラスケースが、ベッドに向けて設置されている。そしてそこには、ロウソクの光のような、ごく小さな悲しい電球がついていた。年代物のベッドに病人がいた。ごくごく薄い皮膚で包まれた骸骨だった。残された生命は両の瞳の驚きの中にだけあった。

そして突然、ゼー・オノリオがスイッチを押した。強烈な、残酷な光が寝室を満たす。そして、光とともに、苦しみと死の匂いがより明確になってまとわりついてきた。

アントニオ・カルロスとグロリーニャとマリア・イネスは隅の一角に寄りそった。痩せて水着一枚のゼー・オノリオが、ゆっくりとベッドのまわりを一周する。(死の際《きわ》の苦しみには排泄物の匂いがある。)

老人は目を閉じる。死人と同じような、ヤシの繊維のような睫毛《まつげ》をしている。

息子は両方の手をベッドの縁にのせる。

締めつけられた声で言う――

「目を開けろ、おい、おまえ」

反応しない。グロリーニャはパジャマ姿を見たことがない父親のことを考える。靴下を脱いでいるところすら見たことがない。父親の足を知らないのだった。サビーノは靴下をはいて寝るのだった、まるで、自分の足が自分にふさわしくないと思っているかのように。

老人は目を閉じたままだ。

そのことに息子は腹を立てる――

「おい老人、あんたは寝てない。寝てないし、死んでもいない。おまえが見ているし聞こえていることはわかってる。だからよく聞け。あたしがこれから言うことをよく聞け。あたしはこの瞬間を十五年間待ってきた。聞いてるか、えっ老人?」

彼はベッドの上に、病人の隣に横になる。その耳の中に向けて話す――

「ここには女の子が二人来ている。あたしは一度も、昔から一度も、男になりたくなかった。この一生ずっと、この子たちのように、すべての女の子たちのように、おまんこが欲しかったんだよ。

この先もよく聞いておけよ」

間を置いてから、息を弾ませて続ける――

「これからあたしは、おまえの目の前でやる。おまえのまん前で、バスの運転手を相手に、あの男の子とやったことをやる。この部屋の中でやる。おまえが見ている、見て聞いている前で」

死に瀕した老人は、死人のような凍りついた横顔をしている。アントニオ・カルロスがベッドに近づく――

「死んでんじゃないのか？」

息子は飛び起きる――

「ちがうちがう！　死んでるなんて！」

そして父親に向けて話す――

「おい老人、あたしのことはあんた、だませないからな。あたしはあんたを知ってるから。さあ、目を開けるんだ、開けろ。開けないのか？」

アントニオ・カルロスと女の子たちのほうをふり返る――

「こいつが目を開くのを見たくないのか？」

ふたたび、父親の耳に向けて話す――

「目を開けないなら、睫毛をこのライターで燃やすぞ」

グロリーニャは肛門まで縮みあがりながら、驚愕の目が開くのを見た。その目はゼー・オノリオに始まり、アントニオ・カルロスへ、それからマリア・イネスへと移り、今度はグロリーニャに注がれて止まった。

ゼー・オノリオは異常な状態になっている――

「他の人たちを見るんじゃない。あたしのほうを見ろ。あんたの実証主義はどうなったんだ？　あんたの実証主義は役に立ったのか？　あたしのほうを見ろ、あたしを見るんだ」

アントニオ・カルロスは架空のガムを噛んでいる。我慢しきれずに言う――

「どうしたゼー？　時間を見てくれ、頼むぜ！」

マリア・イネスは両脚に力が入らない――

「おなかが痛くなってきちゃう」

ゼーは小走りに行ってドアを開く。下の階に向けて叫ぶ――

「ホマーリオ、ホマーリオ！　来ていいよ！　早く来て！」

そのときになってグロリーニャはゆっくりとベッドに近づく。マリア・イネスは頼みこむ――

「もどってきて、もどって！」

グロリーニャは死に瀕した老人へと身体をかがめる。一瞬、死に向かう苦しみの顔を見やる。紫がかった口びる、その上の口髭は、よごれた雑巾のような白髪《しらが》だ。すると急に彼女は後ずさる。アントニオ・カルロスに、すすり泣きながら抱きつく――

「泣いてるわよ！　泣いてる！」

若者は彼女の両手首をつかむ――

「気が狂ったのか？　静かにしてるんだ！」

マリア・イネスも涙がこぼれているのを覗きに行く。

グロリーニャは抵抗する――

「やめさせてアントニオ・カルロス！　やめさせて！　あんたが男なら、あの異常者をぶちのめしてやって！」

「ヒステリー起こしてるんじゃねえ！」

言いつのった――

「ぶちのめせないなら、あんたも彼と同じだからよ、彼と同じオカマだから！　あんたもオカマ！」

ゼー・オノリオがホマーリオを連れてもどってくる。がっしりしたムラートで、輝く肌に、卑猥な鼻の穴をしている。口を開いて、目を輝かせながら入ってくる。その腿は、しなやかで、柔軟で、生命力に満ちている、馬の臀部《でんぶ》のように。

ゼー・オノリオは驚きあきれて言う――

「泣いてる！　泣いてる！」

アントニオ・カルロスはグロリーニャを放す。彼女はすばやく彼をひっぱたく。彼女は逃げようとするが、彼が取り押さえる。彼女は歯の間からことばを押し出す――

「あんたは彼よりももっとひどい！　あんた最低！」

再度、彼は彼女を放し、再度、彼女は彼をひっぱたく。だらりと両腕を垂らして彼はぶたれるままになる。すると少女は、狂ったように、全身を彼の身体に預けて、その口にしゃぶりつく――

「見たくないの！　一緒に連れてって！　あたしは見たくないの！」

マリア・イネスがつぶやく――

「やめてグロリーニャ、やめて、なんてことなの！」

ふたたびアントニオ・カルロスは彼女を抱き上げる。我を失って、彼女は彼の首筋に、彼の胸にキスをする（彼は海水の汗をかいているようだ）――

「あなたのものにして。あたしが好きな男は、あたしのものにならないんだから」

彼の胸を噛もうとした。海の汗をかいた肉の上を歯はすべっていく。アントニオ・カルロスは彼女を寝室から連れ出し、マリア・イネスもあとからついてくる。

グロリーニャは抵抗する――

「あたしはあなたのものになりたいの、でも一人だけで。マリア・イネスに見られたくない。一人でやって、愛しい人」

しかし、相手はどなる――

「来いマリア・イネス、来い！」

足でアントニオ・カルロスは隣のドアを押し開ける。グロリーニャをベッドの上に投げ出し、ドアを閉めにもどる。鍵をかける。グロリーニャは指さす――

「出てってマリア・イネス！　あんたに見られたくないの。あっちに行って！」

アントニオ・カルロスはシャツを脱いで、遠くに投げ飛ばす――

「さあ全員裸になるんだ！　服を脱げマリア・イネス！　脱げグロリーニャ！」

グロリーニャはベッドの上で転がって、反対側に下りる――

「彼女に出ていくように言って！　彼女が出ていかなきゃイヤ！」

アントニオ・カルロスはベッドを飛び越えて彼女をつかむ――

「誰も出ていかない。そこにいろマリア・イネス」

彼は首を垂らして目を閉じる。しばらくそうしている、まるで祈っているかのように。そして、それから頭を両手で押さえる――

「あれがまた来た、あの感覚が。あの発作だ」

グロリーニャの前で膝から崩れて、彼女の脚に抱きつく。小さな子供のように泣きだす――

「グロリーニャ、グロリーニャ、この発作が来るのをずっと願ってきたんだ！」

少女は驚いて、彼の頭を手でなでる。彼女は死に向かっている老人の目を思い描いている。すべてを見ている目、すべてを知って、すべてをわかっている目。サビーノは靴下をはいて寝る、まるで自分の足に嫌悪をおぼえているかのように。

アントニオ・カルロスは立ちあがる。マリア・イネスは裸になっている。横たわって、目を閉じて、裸。アントニオ・カルロスが自分でグロリーニャを脱がせる。彼女は両方の乳房を手で覆う。

若者は彼女を押しやる――

「ベッドに行け、マリア・イネスと一緒に。いつの日か、きみらはオレが倒れて四つん這いになるのを見る。そのとき、オレの目は青くなる」

深く息を吸いこみ、獰猛な陶酔に沈潜する――

「さあこれから、きみらはオレの前でキスをするんだ。口と口で。始めろマリア・イネス。口にだ」

少女は身体をよじって逃れる――

「あたしはあなたとしたい！　グロリーニャは女だから！」

相手はどなる――

「マリア・イネス、オレが命じる通りにしろ！　おまえはオレの奴隷だって言わなかったか？　オレのために女を見つけてくることだってできる、と言わなかったか？　なら、グロリーニャの口にキスをしろ！」

　マリア・イネスはグロリーニャに近づく。そして急に、友達の上に乗る。グロリーニャは顔をねじって、口をそむける——

「やめて、やめて！」

　もう一人の女は彼女の顎に、顔に、鼻に、首にキスをする。

　アントニオ・カルロスは燃えあがっている——

「舌を使ってキスするんだ」

　二人の女は転がり、争い、呻き声をあげ、泣きだす。一瞬、グロリーニャが解きほぐれて、一人で、呆然と、じっとしている瞬間がある。激しい口が、むさぼるように彼女の舌を吸ってくるのを感じる。すると彼女は、熱く燃える身のこなしをもって、もう一人の上に乗り移り、相手にキスをしながら噛みつくようにむさぼりはじめる。

15

マリア・イネスが口と口の間から言う――

「愛しい人！　あたしの愛しい人！」

グロリーニャは相手の唾液を飲みこむ。

アントニオ・カルロスがマリア・イネスを焚きつける――

「彼女の顔をひっぱたけ！　ひっぱたいてやれ！」

彼女は上半身を起こし、グロリーニャをひっぱたく。それから顔を下ろして、彼女の口にキスをする。グロリーニャは顔をそむけて、すすり泣きながら――

「叩いて！　あたしを叩いて！」

ふたたびひっぱたく。グロリーニャはなおも懇願し続ける――

「もっと！　もっと！」

アントニオ・カルロスがマリア・イネスの頭に手をやり、髪の毛で引っぱる――

「もういい、どけ！　どけマリア・イネス！　オレの番だ！」

相手は抵抗する――

「だめ、だめ！」

グロリーニャの乳房を嚙みたがっている。しかしアントニオ・カルロスが彼女を押しのける。マリア・イネスは反対側へと転がる。グロリーニャは父親の足を、やはり靴下をはいている足を夢見ている。サビーノの足には匂いがない。

ベッドにうつ伏せになってマリア・イネスはシーツを嚙んでいる。グロリーニャが目を開く。アントニオ・カルロスの巨大な顔が見える、顎骨の力強さが。彼女は欲望しつつ、恐れてもいる。うめくようにして——

「だめ、アントニオ・カルロス、やめて！」

しかし若者は先に進もうとしていない。ベッドの上にすわりこむ。手で自分の顔に触れて、口をぬぐう。動物のように熱い息をしている。

グロリーニャには背を向けて、顔は胸の上に垂らしている。彼女は膝立ちになって、彼を後ろから抱きしめる——

「来て。あたしはやりたいの、あたしはやりたいの」

彼の背中にキスをし、その背骨に沿って舌を這わせる。アントニオ・カルロスは身体を離す。両手を握りしめ、歯を嚙みしめている——

うめくように——

「まただ！　また来た！」

いつもと同じ緊迫、陶酔だった。

マリア・イネスは腕の小さな時計に目をやる——

「まずい、もう六時！」

ベッドから飛び起きる。しゃがみこんで、床から服を拾っていく。知らせる――

「グロリーニャ、六時よ！」

パンティをはく――

「すごく遅くなっちゃった！」

グロリーニャはアントニオ・カルロスを待っている。もう一人は彼女に呼びかける――

「グロリーニャ、服を着ないの？　もう時間だよ。グロリーニャ――六時！　いや、もう六時五分！」

・

アントニオ・カルロスは部屋のまん中で膝をつく――

恐怖で泣いている――

「あれだ、またあれが来た！」

訳がわからなくなってグロリーニャはベッドから下りる。両手を頭にもっていって、髪の間に指を通す――

「床で、床でやりたいの？　あたしがやってって頼んでいるのよ」

マリア・イネスは服を着たが、まだ靴ははいていない。片方を手に取り、もう片方をベッドの下に捜している。友達のほうに向き直る――

「グロリーニャ、あたし、叔母に約束したの、絶対って。七時までには帰るって言ってきたの。グロリーニャ、もう時間なんだよ！」

グロリーニャは裸で立ちつくしている。アントニオ・カルロスは四つん這いでベッドのまわりを周回して、頭を揺らしながら口を歪めて話している——

「きみの従姉妹は四つん這いになった。こういうふうに。四つ足に。みんなが国歌を歌っているときに彼女は悲鳴をあげて倒れた。そして、目が青くなった。あんなに青いものは一度も見たことがない。馬の目は金色がかった栗色だ」

グロリーニャのほうに向き直る——

「それから涎だグロリーニャ、こういうふうに垂れていた、ほら、こういうふうに。なんてこった、オレはいったいどうなってるんだ？　頭が狂うのが怖い。いちばんひどいのは頭の中の麻痺だ、頭の半分が麻痺してしまうこと」

もどってきても、まだ四つん這いのままだ。グロリーニャの横に来て、頭を垂れる。顔を彼女の脚の上に乗せる。床の上に横たわる。うつ伏せになって、彼女の両足を唾液で濡らす。

我を失ってグロリーニャは彼の髪をつかんで引っぱる——

「ねえ！　したくないの？　あたしが自分を差し出しているのに、あなたはしたくないの？」

髪をとかしながらマリア・イネスはまだ言っている——

「グロリーニャ、どうしてくれるの！　もうこれが最後だったのに。叔母さんが許してくれない」

時計を見ると絶望感はさらに高まる——

「六時二十分！　叔母さんに言われたの——〈七時を過ぎるんじゃないよ！〉って」

床に落ちているグロリーニャの服を拾いに行った——

「ほら、これ！　グロリーニャ、お願いだから！」

グロリーニャは何も聞いていない。アントニオ・カルロスに同じことを言ってはくりかえしている――

「キスして、あたしにキスして！」

彼が肩にキスをすると、グロリーニャは内臓が凍るみたいに感じる。それから彼女は担がれて運ばれた。彼に引き裂かれたがっている。

焦燥に涸れた声で、男のような声で言う――

「痛くして！　痛くして！」

彼女はドアを叩く音を聞く。呼んでいる声――

「アントニオ・カルロス！　アントニオ・カルロス！」

マリア・イネスが駆け寄ってくる――

「開ける？　開ける？」

アントニオ・カルロスの背中を叩いた――

「開けていい？　ゼー・オノリオが！　開けるの？」

向こうはさらに叩く――

「やばいことになった！　やばい！」

狂女のように、マリア・イネスはドアへと走り、鍵を回す。ゼー・オノリオが中に駆けこむ。そのすぐあとに、輝く巨大な黒人がやってくる。一瞬のうちに、そのムラートの汗が空気の中で腐敗する。

ゼー・オノリオはベッドの前で、驚愕して立ち止まる。

ほとんど声を失いながら言う――

「アントニオ・カルロス、アントニオ・カルロス」

グロリーニャは喘ぎ声を抑えて――

「続けて、続けて！」

すると相手は大声で――

「父さんが死んだんだアントニオ・カルロス、父さんが死んだ！」

マリア・イネスは再度、腕時計を見る。最大限の声で――

「もう七時二十分前！　遅れて着いたらパパに殺される！　グロリーニャ！」

ムラートもオウム返しに――

「六時四十分！　オレはもう行くぞゼー！」

激しい勢いで駆け寄って――

「で、あたしは？　で、あたしは？」

黒人は腕をはらいのける――

「オレももう時間なんだ。七時からシフトに入る。やっかいごとが降りかかったら困るんだ」

ホマーリオのあとを追う――

「父さんが死んだんだ。一緒にいてよ。ホマーリオ一緒にいてよ」

彼をつかまえようとした。ホマーリオは相手を遠くに突きとばして、走って階段を下りる。するとゼー・オノリオは寝室にもどる。ベッドの横で膝をついている――

「アントニオ・カルロス、聞いてよアントニオ・カルロス。父さんが死んだんだ。聞いてるの？」

マリア・イネスはアントニオ・カルロスの背中を殴りつけはじめる――

「帰ろうよ！　もう帰ろう！」

息がつまったような声で答える――

「邪魔するな！」

彼女はさらにぶつ。若者は一瞬だけふりかえって――

「ひっぱたくぞ！」

少女は部屋の中を歩きまわりながらすすり泣く――

「あたしは叔母さんに何て言えばいいの？」

ゼー・オノリオは聞いてもらえる期待も虚《むな》しく、同じことをくりかえしていた――

「父が死んだ。死んだんだ、で、どうしたらいい？」

アントニオ・カルロスはグロリーニャの耳もとで話す――

「ゼー・オノリオを見てみろ、すぐそこにいる。オレらを見てる」

「見ればいい」

そこでアントニオ・カルロスは――

「他の人のいる前でこれをするのは気持ちよくないか？」

「すごくいい」

「黒人のやつもきみを見たぞ」

「それもいい」

そして、今度はグロリーニャが、彼の耳もとで言う――

「あたし、あなたにやってあげたいことがあるの、やっていい？」

「何だ？」

息を弾ませながら話す――

「昔からいつも、足は、あたしたちの足っていうのは、気持ち悪いもの、イヤなものだと思ってきたの。でも、あなたに関しては、イヤじゃない。全然。あたしにやらせてくれる？　どいて、あなた、どいて。横になって。こういうふうに、横になって」

そこでグロリーニャは、自分も若者の両脚に向かってうつ伏せに横になる。ゼー・オノリオがまた始める――

「父さんが死んだんだよアントニオ・カルロス」

マリア・イネスはベッドへと駆け寄る――

「ほら、あんたの服を取って」

グロリーニャはアントニオ・カルロスの足先に顔をくっつける。マリア・イネスは泣いている

――


「あんた、まだ終わってないの？」

グロリーニャは一本一本の指にキスをして、軽く、親指を噛む。父親は靴下をはいて寝る、まるで足が人間の罪であるかのように。しかし彼女はもう、嫌悪を感じなかった。その瞬間には感じていなかった。

陶酔して若者のほうに顔を向ける。頭を彼の胸に乗せる――

「気持ちよかった？　気持ちよかった？」

少女をひっくり返す。グロリーニャはわれを失っている――

「あたしを罵って！　悪いことばで呼んで！　愛しい人、ああ、あたしの愛しい人！」

傍らでゼー・オノリオは黙って、悲しい待機をしている。そして、その一瞬、鏡の前で、マリア・イネスは櫛の取っ手で気持ちよさそうに頭を掻いている。

グロリーニャは血が出てくるまでアントニオ・カルロスの肩を噛む。愛してる、愛してる。父親の顔を見る、父親の口、薄くてやわらかい口びる、聖人のような、透きとおった手を見る。若者は彼女の肌を、野獣の熱い息で焼く、馬の、牛の息で。グロリーニャは片方の乳房の下に汗をかいている。彼女は右の乳房の下のほうが余計に汗をかく。二人の間に燃えあがるような平穏が下りてくる。

アントニオ・カルロスはベッドの上にすわる。ゼー・オノリオは彼を激しくつかんで——

「父さんが死んじゃった！」

胸を掻く——

「ほんとに死んだのか？　たしかなのか？」

「死んだ死んだ、そうよ、死んじゃった」

マリア・イネスはワンピースをグロリーニャに渡す。靴を取りにいく。グロリーニャはワンピースを着る。

「あたしのパンツはどこ？　あたしのパンツは？」

枕の下を探しにいく——

「こんなところにあるなんて」

もう一人のほうは必死になっている——

「早くはいて、早くはいて」

グロリーニャは訊ねる――

「トイレはどこ？」

マリア・イネスは恐怖の面持ちでふり返る――

「これからまだおしっこするの？」

「洗ってくる」

もう少しでグロリーニャを殴りそうだった――

「何も洗ってる暇なんて！　グロリーニャひっぱたくわよ。行きましょアントニオ・カルロス。あたしはもうあと一分だって待てない。パンツをはいてグロリーニャ。もう帰るから」

ゼー・オノリオはアントニオ・カルロスのもとに駆け寄る――

「あの二人は帰っていい。でも、あんたはダメ」

「何ふざけてんだ？」

相手は泣きはじめる――

「彼女らはタクシーをつかまえればいい。簡単なこと。タクシーで。あんたは残るんだよアントニオ・カルロス。あたしを今、放っていかないで」

アントニオ・カルロスはベルトを締めた――

「行かなきゃならない。女の子たちを連れて帰らないといけないんでな、おっさん！」

ゼー・オノリオは友人の襟をつかむ――

「あんたは行かせない！　行かせない！」

「手をどけろ！」

「あたしは一人ぼっちになりたくない」

「手をどけろ！」

それに従う。アントニオ・カルロスはシャツのボタンをとめる――

「おまえさんの男は逃げたのか？」

「逃げた」

ガムをまた噛んだ――

「やつが逃げたんなら、オレが残るわけがあるかこの阿呆？」

「なら、ひとつお願いを聞いて」

「言え、急いで。早く」

「聞いて。聞いて。中に入って、親父が本当に死んでるのかどうか、見てきて。それだけやって。お願いだから」

「時間を見てよ」とマリア・イネスが言った。

しかしグロリーニャは心が動いて、迷う――

「行ってみる？」

後ずさりして――

「あたしは死人が嫌いなのよ。この一生で、死人を見たことは一度もないの。棺に入った母を見る勇気もなかったんだから」

「じゃあオレが行く」とアントニオ・カルロスは決める。「一瞬だけだ」

行って、もどってくる――

「それで、それで！」

「死んでるの？」

「完全に死んでる」

息子のほうは怯えあがって、さらに訊いた――

「疑いないの？」

「あれ以上に死んでるものなんてこの世にない。行こうグロリーニャ、行こうマリア・イネス」

ゼー・オノリオも後ろからついていく――

「アントニオ・カルロス、考え直して！」

相手は立ち止まって――

「よく聞けよ、この破廉恥なオカマ！」

一歩後ろに下がる――

「あたしたちは友達じゃないの」

不快そうに笑った――

「友達？　いつから？　友達なんてのは、首枷の刑だ。これがひとつ。もうひとつは――おまえさんは一人で立ち向かうんだ。一人ぼっちで、わかったか？　おまえの父親はあそこにいる、目をかっぴらいて。そのときに閉めなかったんだな、今じゃもうどうしようもない。それからさらにだ――おまえは、そう、おまえさんは人殺しだ」

「ちがうちがう。あたしはこんなこと、予想してなかった、想像もつかなかった。誓って言うから。

わかっていたら、あたしは絶対に、絶対にやらなかった。あたしは人殺しじゃない」

アントニオ・カルロスは女の子たちを呼ぶ——

「行こう」

ゼー・オノリオは三人についていく——

「あたしは後悔してる。冗談じゃなく、後悔してるの。でも、近所の人たちには顔を合わせられない。近所の人は呼べない、誰も呼べない。アントニオ・カルロス、彼女らはタクシーで帰って、あんたはあたしと残って」

「そこをどけゼー・オノリオ」

彼らは門のところにいた。

くりかえした——

「そこをどけ、そして、これからオレを見かけることがあったら、道の反対側に渡ってくれ」

グロリーニャは何も言わなかった。しかし、その痩せた海水パンツの男を憎悪していた。いつまでも海水パンツだけの。思わず見てしまった性器の大きさに腹が立った。

アントニオ・カルロスが門を開いて、女二人が外に出ると、ゼーはすっかり変わった顔つきで、声をひそめて——

「あんたは死ぬわよアントニオ・カルロス、あんたは死ぬ！」

同性愛者にしか不可能な憎悪をこめて言った。

町にもどっていきながら、マリア・イネスはお願いだからと頼みこんだ——

「急いで、急いで、アントニオ・カルロス」

「死ぬのが怖くないのか、えっおまえ？」

「怖いのは叔母さんだけ。それからあたしの父親」

「おやおや！」

すると彼女は――

「当然でしょ！　あたしは家に着いてなきゃいけなかったんだから、七時には。叔母さんにクソミソに言われる」

冷たい憤怒にかられて、彼はスピードを落とす――

「いいかマリア・イネス。どんな汚いことばを使ってもいいが、それだけはダメだ。女は〈クソミソ〉とか言うな、〈クソミソに言う〉なんて、言うな。イヤな気持ちになる。おまえは〈母親は売女〉とか〈デカチン〉とか、何でも好きに言えばいい。ただし、〈クソミソ〉とか〈クソミソに言う〉はこの世の終わりだ」

マリア・イネスは言い返す――

「あんたたちはあたしのことなんか考えてくれない。あたしなんだから、ひどい目に会うのは」

「いいか、よく聞け。ひとつ教えてやろうか？　おまえはな、マリア・イネス、オレがこれまでに会った中で、一番不愉快な女だ。不愉快、不愉快」

アントニオ・カルロスはグロリーニャのほうに顔を向ける――

「見ただろ？　この女、自分はオレの奴隷だとか言う。しかし見ろよ。叔母さんのことしか考えてない、叔母さん叔母さん！　マリア・イネス、おまえにはホント気持ち悪くなる！」

「あたしがやらされたことよりも？　あんたが言ったのよ〈グロリーニャの口にキスしろ〉って、

だからあたしはキスした、あんたを歓ばせるために。それとも、あんた、あたしは女が好きだと思ってるの？　やったのは、あんたがそうしろって言ったからよ」

　ばかにして言う――

「ひどく歓んでたくせに！」

「あたしが歓んだって？　あんた、頭がおかしい。あたしは男が好きなの。男が」

「どうだか！」

「アントニオ・カルロス、あんたはふざけてばかり。でも聞いて。あたしの父親は、あんたを銃で撃てるような男よ」

　獰猛な笑い声をあげた――

「おまえの父親の銃で撃たれるって？」

　笑うのをやめる――

「おまえの父親が、あるいはグロリーニャの父親が、オレを銃で撃ってくれたら、オレはむしろ感謝したいくらいだ。ふざけてるんじゃないぞ、全然ちがう。オレは誰かに撃ってもらえるのを期待して待ってるんだ。こうすればいい。おまえの父親に話すんだ。オレがおまえと3Pで乱交したと言うんだ。ああ、おまえの父親に殺してもらえたらな！」

16

グロリーニャは一人、車内の隅っこに一人ですわったまま、黙っていた。しかし、車がガス工場のところにさしかかると、泣きはじめた。声に出して、激しく。

アントニオ・カルロスはわけがわからない――

「今度はいったい何なんだ？　なんで泣いてるんだ？」

すすりあげながら――

「かわいそうで、かわいそうで！」

「何が？　言えよグロリーニャ！　いったいどうした？　鼻をかめ」

「ハンカチある、マリア・イネス？」

相手はバッグを開く――

「ひー、ない。あそこに置いてきた」

アントニオ・カルロスはミラーごしに、後ろでクラクションを鳴らしている車を見やる。

「オレのシャツでかめばいい」

彼女は身体をかがめて、彼のシャツを引っぱり、鼻をかむ。車は信号で止まる。

アントニオ・カルロスはガムを噛むのをやめる——

「それじゃ言ってみろ」

グロリーニャは深く息を吸いこむ——

「あの老人のことがかわいそうで、かわいそうで！」

「ゼー・オノリオの父親のことか」

「そう、あの父親」

笑いだす——

「今ごろになって？ 今になってか？ あそこではちがった。なのに、二時間たってからかわいそうになるのか？ いいかげんにしろ」

「かわいそうになっちゃったんだもん」

ガスタンクを見やっていて、彼女は急にタイミングのずれた慈悲に、遅効性の激しい同情に襲われたのだった。

車は立体交差の下を通過していた。アントニオ・カルロスはグロリーニャのほうを向く——

「ゾーナに行ってみるか？」

マリア・イネスは発作を起こす——

「あんた狂ってるの？ あたしは家に帰りたいのよ！」

彼のほうも叫び返す——

「口をはさむなマリア・イネス。オレはグロリーニャに訊いてるんだ。彼女が嫌がるかどうか見てみろ。行きたいかグロリーニャ？」

マリア・イネスは彼女を引っぱる――

「グロリーニャ。行きたくないと言って、言ってよグロリーニャ！」

グロリーニャはほとんど口びるを開かずに――

「あたしに話しかけないで！」

「怒ってるの？」

「マリア・イネス、あんた少しでもまともな分別があるなら、あたしに話しかけないで！　あんたとはもう話したくないんだから」

これには憤激した――

「偽善はやめて！　あんたこそ、なんであそこで、老人に情けをかけなかったの、えっ？　あんたこそが偽善者でしょ、聞こえてる？」

そして叫びだした――

「止まらないでアントニオ・カルロス、止まらないで！」

忍耐が切れた――

「信号だってば、この阿呆」

マリア・イネスは破裂したようにすすり泣きしはじめた――

「叔母さんにいったい何て言ったらいいのよ？　ああ神さま、二度と同じことはしないって、誓います！」

信号が変わって、アントニオ・カルロスは発進する――

「あの野郎！　オレにどうしてほしいんだ、えっ？　他の車の上を乗り越えていけっていうのか？」

「あんたスピードを落としたの？」

急に歓喜に舞いあがって訊ねる――

「おまえ、スピードを出したいのか？　なら、スピード出すぞ。ぶつかったら、それもいい。あの車にぎりぎりまで寄せてやる！」

狂人のように、二台の車の隙間に入りこむ。歩道から人が叫ぶ――

「調子に乗るな！」

すると、このときになってグロリーニャの顔つきが変わる――

「ぶつけろ、ぶつけろ！　あんたが男なら、ぶつけなさいよ。あのバスの進路をふさいでやれ」

バスの前を横切り、アエロ・ウィリス〔六〇年代にブラジルで生産されたセダン車〕に幅寄せする。スリップして、傾いて、縁石をこする。タクシーが進路を変えなくてはならず、ほとんど、ほとんど、歩道に乗り上げそうになる。

歩行者が悲鳴を上げる――

「オカマ！　オカマ！」

グロリーニャはアントニオ・カルロスを焚きつける――

「死んじゃおう！」

くりかえす――

「死ね！　死ね！」

そして足先のことを考える、彼女がキスをした足先。突然、嫌悪感が消えたのだった、少女のころからずっと感じてきた嫌悪感が。サビーノはいつも靴下をはいていた、まるで足が人間にとって恥辱であるかのように。そして彼女はそれにキスをしたのだった、彼女はアントニオ・カルロスの足に欲望をおぼえたのだった。

マリア・イネスはアントニオ・カルロスの頭を殴りつけている——

「止めて、止めて！　あたしは下りる！　下りる、下りる、下りる！」

彼は答える——

「なら下りろ、下りろ！　ドアを開けて跳び下りろ！」

そのときになって、グロリーニャは自分がキスをした足先に嫌悪感を覚えていた。しゃれた足先なんて、誰にもない、しゃれた足なんかない。

突然、マリア・イネスは恐怖で嘔吐しはじめる。アントニオ・カルロスはスピードを落とす——

「何だ何だ？　車の中に吐くんじゃない。外に向けて吐け！」

マリア・イネスは蒼白になって、ほとんど窒息しかけながら呻く——

「死にたくない！　あたしは死にたくない！」

アントニオ・カルロスは車を脇に止める。見る——

「車じゅうに吐いたのか。とんでもねえ！　なんでそういうことになるんだ！」

彼女は手をおなかに乗せて横になる——

「ああ神さま！　ああ神さま！」

グロリーニャが言う——

「もう帰ろう、帰ろう」

アントニオ・カルロスは発進する前に、こう忠告する――

「気持ちが悪くなったら、外に吐くんだ、頼むから」

グロリーニャは後ろに頭をもたせかける。彼女の陶酔感は完全に醒めてしまった。アントニオ・カルロスの足にキスをしたのだったが、サビーノは靴下をはいて寝ているのだった。

マリア・イネスは時計を見る――

「七時半よ。グロリーニャ、あたしと一緒に下りてくれるでしょ、ね？」

目を閉じたまま、答える――

「もうあんたとは口をきかない」

「でも聞いて、聞いて！　下りて、叔母さんと話をしてよ」

「いや」

必死になって――

「お願いだからグロリーニャ！　お願い！」

低い声で、抑揚もなく言う――

「あたしは嫌悪感でいっぱい、自分に対して、あんたに対して」

侮辱するように言った――

「あたしに対する嫌悪感って、あんた何様のつもりなの？」

アントニオ・カルロスは面白がる。

「シニカルに嘘をつくのもいいかげんにしろよ、聞いてるかグロリーニャ？　オレはあそこでちゃんと見た。きみは歓んでやっていた。マリア・イネスの上に乗っかって、舌をからませてキスしてた」

　同じことをくりかえし言った――

「聞きたくない、聞きたくない。返事もしない。あたしに話しかけないで。誰とも話したくない」

「じゃあいくらでも聞かせてやる」

　グロリーニャは耳をふさぐ。歌を歌ってみせる。マリア・イネスがその腕を引っぱる――

「聞きなさいよ！」

　グロリーニャは言い返す――

「あんたの顔をぶち割ってやるから！」

「あたしがあんたのことを恐れてると思うの？」

「もうたくさん」

「もうたくさんなのはこっちよ。あんたに嫌悪感をおぼえたのはあたしのほうなんだから。ありがたいことに、あたしは女好きじゃない。あたしはちゃんとした女なんだから！」

　若者はあくびをしながら――

「二人とも最低だな！」

　ついに彼らはマリア・イネスの通りに入る。彼女は叫ぶ――

「止まって止まって」

「もっと先じゃないのか？」

「ここで下りるから」

　脇に寄せた。マリア・イネスはグロリーニャの腕に手を置く――

「来てくれないの？　来てよグロリーニャ。叔母さんと話して。彼女、あたしの言うことは信じてくれないから」

「その手をどけて。どけて！」

「わかった。このお礼はするからね」

マリア・イネスは下りる。細かい早足で、塀沿いを歩いていく。アントニオ・カルロスはもどる方向に車を操作する――

「あの馬女、オレに挨拶もしないでいきやがる。きみらはホント、どうしようもないな、クソったれ！」

車を止めた、というのも、バックミラーにマリア・イネスが走ってもどってくるのが見えたからだ。車の前をまわって、息を弾ませながら若者に向けて言った――

「あたしのいい人、聞いて。あたしは女は嫌いなの。あんたが命令することをするだけ。あんたのことが大好きだから。電話してね、電話してくれるでしょ？」

「どうだか」

「怒ってるの？」

するとと彼は飽きあきして――

「またなまたな」

「キスして」

口を差し出した。彼はきつかった――

「おまえなんか、悪魔に運んでってもらえ！」

マリア・イネスは呆然となって後ずさりした。アントニオ・カルロスは発進する。車は勢いよく進んだ。

アントニオ・カルロスは話しはじめる——

「ときどき、オレも女には嫌気がさす。人間、女は使うだけ使って、あとは蹴り出してやるべきだな」

グロリーニャはため息をつく——

「あたしも女は嫌い」

若者はステアリングを殴りつける——

「きみは女が嫌いだ。オレも女が嫌いだ。誰もが女は嫌いだ。しかし、ひとつだけ、質問したいことがある」

グロリーニャはそれをさえぎって、激しく言う——

「女は、男よりもずっと汚らしいのよ。女は生理になる。何のため？　生理になるのが好きだからら？　まったく気持ち悪いったらない！」

空いているほうの手で彼はタバコを取る——

「ひとつ訊いていいか？」

「知らない」

「そこのマッチを取ってくれ。どこにある？　取って、ここに火をつけて」

マッチを擦る。彼は煙を吸いこむ——

「オレがきみに訊きたかったのは、こういうことだ——それで、もしも妊娠したら、どうだ？」

身体を固くする――

「妊娠？」

「したらどうする？」

彼女は苦悶しはじめる――

「でも、あたしたち、一回しただけだし」

「だから？　一回で十分だ。それで、グロリーニャ。もしそうなったら、きみはどうする？　言えよ」

目を閉じる――

「そんなこと、考えたくない」

アントニオ・カルロスは食いさがる――

「当然、堕ろすか？」

返答に困る――

「堕ろすかというなら、堕ろさない。わからない。パパが怖い。母や姉たちは怖くない。パパだけは、怖い」

信号で止まる。信号機を見ながら言う――

「知ってるか、オレ、きみのことが好きになってきたって？」

「なんで？」

青信号になり、彼は発進する――

「知らんけど。マリア・イネスはろくでもない間抜け女だ。きみはちがう。きみはなんというか、わからないなあ」

タバコに火をつけていた——

「あたしはダメな人間」

笑った——

「オレもダメな人間だ。でも聞いてくれ。冗談じゃなくて、きみはオレの子供を産みたいか？」

「あなたの？」

「オレのじゃないのか？」

手を自分のおなかの上に置いて言った——

「あたしの、あたしのよ。でも、いいこと知りたい？」

彼女はしばし間を置いてから——

「要するにこういうこと。あたしは子供はほしくない。誰のであっても。妊娠しちゃったら、堕ろす。いや、ホント、ゲロいや！」

「また口が悪くなった！」

すると彼女は——

「その通りよ。あたしは口が悪いの。それにね、アントニオ・カルロス」

「ふしだらな女！」

「ふしだらなのは……」

彼女が〈あんたの母親〉と言ったら、若者は彼女の口もとを殴りつけるつもりだった。しかしグロリーニャは途中でやめた。下を向いて——

「もしかするとあたしはそうなのかも、自分でもわからない。もう何にもわからない。あたしが今日やったことも。あたしのやったことは……。あたしは頭が狂うのが怖いんだって知ってる？」

「口からでまかせばかり！」

「ホントだってば！」

「きみはまったくいんちきだ！　オレが言ったことをくりかえしてるだけだ、おれがきみに、ついさっき言ったことを。かっこいいと思って、オレに言って聞かせてる、まったく笑えるよ」

他の車すべてに追い越されていった。アントニオ・カルロスは今では、散歩するようなスピードになっていた。彼女に目を向けることなく、こう話した――

「オレはホントにそうなんだ、自分が気が狂うのが怖い。たぶん自分の母親から受け継いでいるんだろう、知らんけど。オレの母親はいつでもぴりぴりしている、ものすごく。で、精神病院に入れられることになるのを恐れてるんだと言う、叔母の一人のように。オレには今なお精神病院に入っている叔母がいるんだ。もう四十年ぐらい。歯は全部抜けちまってる。完全な狂人だ、なのに死なない」

彼が黙ると、グロリーニャは懇願する――

「話を続けて、いいから続けて」

「もう終わった」

彼女が話しはじめる――

「もしかしたら、あんたは狂人なのかも？」

愕然となってふり向く――

「何だって?」

「あんた、キチガイみたいなことをするから」

言い返そうとしたが、悪罵は喉もとで消えた。怒りもなく言った——

「ゼー・オノリオの家で、老人が泣きはじめたとき、〈オレは狂人だ!〉と思った。わかるか?

あの瞬間、オレは自分が狂人だと感じたんだ」

びっくりして、彼を見やった——

「あんた、かわいそう」

「腹が立つじゃなくて?」

「かわいそう」

腹を立てて——

「つい今さっきまで、腹が立つと言ってたじゃないか!」

グロリーニャは両手で頭を押さえる——

「あたしは他の女たちとはちがう! 他の女たちとはちがうの!」

堰《せき》を切ったように泣きだした。彼は車を止める——

「グロリーニャ、オレと一緒にこうしないか?」

顔を上げて——

「また鼻をかまないといけないみたい、またあんたのシャツで」

「かんでいいぞ」

彼女も涙の合間で笑っていた——

「まったく不潔！」

「かまうもんか」

質問を返した――

「何をするの？」

彼女の手をつかむ。グロリーニャは息をのむ――。

「あんたの手は火照《ほて》ってる！」

アントニオ・カルロスは深く息を吸いこむ――

「今さっき、ヴァルガス大統領通りで、きみはオレに突っこむようにと言った。そうやって死にたがった。どうだ、オレたち、電柱か壁に顔面から突っこまないか、百キロぐらいで？」

「何のために？」

「壁か電柱に全速力でぶつかれば、人間何も感じない、なんにも。一瞬で、その場で死ぬ。グロリーニャ、オレのほうを見て」

少年の純真な魅力をもって訊ねた――

「オレと一緒に死にたくないか？　オレたち、一緒に死なないか？」

身体ごと逃げた――

「いや、いや。何なのそれ？」

興奮して――

「きみは言った、死にたいって言った。オレは悪人じゃない。きみはオレが悪人だと思うか？人々はオレに関して偏《かたよ》った考えをもってる、しかしオレは悪人じゃない。よく聞け。オレが子供だったころ……」

彼女は怖くなりはじめた――

「もう帰りましょう、アントニオ・カルロス」

「でもオレに話させてくれ」

「途中で話してよ。あたしも時間制限があるんだから。もう何時だか見て」

若者はエンジンをかける。

「オレが四歳だったときだ。この年齢を覚えておけよ。ある日、四人の盲人が、ヴァイオリンを弾きながら角っちょにあらわれた。ふつう、盲人はハーモニカを吹くものだ。しかし、この連中はヴァイオリンを弾いていた。わかるな？　そして、そのせいでオレは悲しみに打たれたんだ！　悲しさで、かわいそうで、オレが寝込んだなんて、信じられるか？　まだ四歳のときに！　そんな人間が悪人であるときみは思うか？　言ってくれ」

彼女はきつかった――

「知らない、知らない」

アントニオ・カルロスはしばらく何も言わない――

「聞いてくれグロリーニャ。きみに頼みたいことがある。やってくれるか？」

静かな苛立ちをもって言った――

「何の頼み？　何かによるでしょ、それがわからないと。言ってみて」

彼女は自分がなぜアントニオ・カルロスの足にキスをしたのか、もうわからなかった。

若者はこう話している――

「きみにしてほしいのは、こういうことだ」

そして、再度、車を道端に止める。彼女は怯える――

「何をするつもりなの？　大声を出すわよアントニオ・カルロス、大騒ぎするから！」

苦しみのこもった謙虚さをもって話しはじめた――

「グロリーニャ！　きみには何なのかまったくわかってない。聞くんだ、聞くんだ。オレはきみには何もしない。誓ってもいい。わかったか？」

彼女は待った。すると若者は、ゆっくりと、彼女から目を離さずに――

「オレがきみにやってほしいのは……」

顔を差し出す――

「オレの顔に唾を吐くんだ」

口ごもった――

「どうして？　どうして？」

彼女の両腕をつかんだ――

「オレがそうしてほしいからだ！　オレが命令してるからだ！」

呆然となって、すぐ近くにある、そのくしゃくしゃになった顔を見る。アントニオ・カルロスは待っている。そして、彼女をようやく放したのは、グロリーニャが、泣きながら、彼の口もとに唾を吐いてからだった。

二人はそのまま、道のりを続けた。それきり、二人の間にはもう何もなかった。

彼女を自宅の入口で、ひと言も発することなく、下ろした。

17

家に入りながら質問した――

「パパは帰ってきた？」

エウドクシアが顔を見せた――

「あんた、どこ行ってたの？」

「帰ってきたの？」

「遅くなるって電話してきたわよ」

すわって、雑誌を手に取った――

「映画に行ったの、マリア・イネスと」

ありがたいことに、サビーノはいないのだった。ラッキー。エウドクシアは家具の下から何かを手に取った――

「映画、どうだった？」

あくびをしながら――

「まあまあかな。悪くない」

再度、あくびをしながら、前の週の『マンシェーチ』誌をめくった。チャーリー・チャップリンがソフィア・ローレンと一緒に写っている写真を見た。雑誌を脇に置いた。伸びをした。エウドクシアが手を伸ばした――

「『マンシェーチ』を貸して」

雑誌を渡して、トイレに行った。鍵を締めて、パンティを調べた。血は全然なし。しばし、パンティを手にしたまま、どう考えたらいいのか、わからなかった。パンツをはいた。従姉妹のアナ・イザベウ、サビーノの姪のことを思い出した。アナは三か月前にルイス・アドウフォと結婚していた。ちなみに彼はグロリーニャのもと恋人だった。

サビーノは新婚の二人にメルセデスを貸したのだった。彼らはペトロポリスに、ハネムーンで出かけた。ルイス・アドウフォはイタマラチ〔外務省〕の資料室で働いていて、すごくいい若者だった。頭もよくて、デリケートで（デリケートすぎるとも言える）。

午前二時に電話が鳴りだす。エウドクシアが、何か悪いことが起こったのかと考えながら電話に出る。実際、悪いことだった。

ルイス・アドウフォはすすり泣いていた――

「アナ・イザベウが死にそうなんです！　アナ・イザベウが死にそうなんです！」

エウドクシアは理解したくなかった――

「でも誰が？　誰？」

電話の向こう側では、若者が叫んでいた――

「かわいそうで！　かわいそうで！」

サビーノはガウンを縛りながら寝室から出てきた——

「何があったんだ？　言いなさい、エウドクシア！」

彼女は我を失っていた——

「ルイス・アドウフォなの。何なのか、あたしには全然わからない。回線が悪くて。ルイス・アドウフォ、もう一度言って」

相手はくりかえした——

「すぐに来てください！　今すぐに！」

電話は切れて、エウドクシアは金切り声をあげた——

「もしもし？　もしもし？」

グロリーニャが傍らにいた、ネグリジェに裸足のまま。訊ねた——

「アナ・イザベウが死んだの、死んだの？」

エウドクシアは激しく叱りつけなければならなかった——

「誰も死んでません！　さあもう寝なさい！」

サビーノが最初に思ったのはこうだった——メルセデスが！　アナ・イザベウが死にそうだというのなら、街道で車がぶつかったにちがいなかった。大惨事であるにちがいなかった。寝室でネクタイを結びながら、車の修繕には一千万ぐらいかかるだろうと考えた。彼とエウドクシアはタクシーを呼び、往復の交渉をした。天文学的な金額になった。

トイレのドアを誰かが叩いている——

「あんた、時間かかるの？」

「もう出るから」

用もなくトイレに入っていた（おしっこもしていなかった）ので、水を流した。不思議なことに、そのときになってからおしっこがしたくなった。しかし、こう決めた――〈ママが出たあとですると
からいい〉。ドアを開けた。エウドクシアが中に入りながら、知らせた――

「お父さんはもうじきよ。もう着くって」

グロリーニャは居間にもどった。『マンシェーチ』を手に取ったが開かず、アナ・イザベウの結婚式のことをまだ考えていた。道中でサビーノは妻にこう言った――

「損害はどうでもいい。大事なのは、身体のほうだ、命のほうだ！」

到着しても、サビーノにはメルセデスが見当たらない。ということは、ぶつかったにちがいなかった。ありがたいことに、アナ・イザベウは回復していた。花嫁は、蒼白な顔に、死人のような口びるをして、低い声でこう言った――

「ああ伯母さん、もう死ぬかと思った！」

新郎はそのかたわらで、懇願した――

「しゃべらない、しゃべらない！」

サビーノは一瞬、医師とともに席を外す。事情を知りたくてうずうずしていた。医者はタバコを取り出した――

「初夜にはびっくりするようなことがあるものです。静脈に当たったんです。そういうこともあります」

サビーノは驚きあきれて――

「ということはつまり……」

メルセデスが無事であることを考える。そして、残酷な歓びに全身が満たされていることを恥ずかしく思う。片腕で医師を抱きよせて、感謝と歓びを伝える。相手は――

「処置はすんでます、処置はすんでます」

サビーノはなおも、重々しく、ほとんど陰気な調子でコメントした――

「かわいそうに、かわいそうに！」

新郎が病室から出てきた。間抜けのように恥じ入っていた。サビーノは廊下の一番端まで行って、彼の背中を叩いてやらなければならなかった――

「そんなふうになるなよ。きみが悪いわけじゃない！」

首を垂らして――

「僕は野獣だ、馬だ」

それからおよそ十日後、新婦がサビーノの家にあらわれた。折しも、エウドクシアは不在で、グロリーニャだけだった。彼女はアナ・イザベウをつかまえて――

「全部話して聞かせて、全部よ」

そこで相手は、出血を自慢するように話しはじめた――

「そうなのよ、血が出はじめて、止まらなかったの」

「でも、誰でもそういうふうになるものなの？」

ため息をついて、うれしそうに――

「他の人は知らないけど。あたしは、そうだった」

グロリーニャはもっと知りたくてうずうずしていた――

「で、痛いの？　痛い？」

「すごく痛い！」

「で、あんたどうしたの？」

笑いだした――

「あたしが大声出したか知りたいの？　大声を出したわよ。痛いんだもん！」

グロリーニャはそれ以来ずっと、その観念で凝《こ》り固まっていた――初体験は血まみれのものであるという観念で。そして、自分の場合は全然ちがっていたことを考えた。雑誌を首もとに抱いて、残念さと、ある種の屈辱感とともに自分にくりかえしていた――〈ほぼまったく血が出なかった〉

エウドクシアがトイレから出てきた――

「またおなかを壊してるの。スイカを食べるとダメ」

「スイカを食べてもどうにもならないよ」

「あたしはなるの。スイカを食べると、もうすぐにダメ」

グロリーニャはサビーノの前で自分がどうふるまうことになるのか、興味があった。びくびくすることになるのだろうか？　母親と会話をしなくていいように雑誌を開いた。こう言った――

「ここのところをちょっと読むからママ」

しかし、じきに父親が入ってきたので『マンシェーチ』は放置した。駆け寄って、その腕の中に飛びこんだ――

「あたしのパパさん！」

キスをし、キスをされた。サビーノは訊ねた——

「このかわいい娘さんは誰の娘なんだい？」

「パパのよ」

「で、このみっともないお父さんは？」

「あたしのよ」

すべていつもと同じだった。何も変化していなかった。彼女は処女でなくなっていたが、びくびくしていなかったし、全然、全然、怖さを感じていなかった。エスコーラ・ジ・サンバに所属しているかっこいいムラートの男が、彼女の初体験を見ていたのだった。そして、処女を失う前に彼女は、別の女とも交わったのだった。ついさっきも、トイレに入ったのに、自分を洗おうということを思いつきもしなかった。彼女は考える——〈トイレに行って洗わなくちゃ〉

娘のその内なる声が聞こえたかのように、サビーノが言う——

「手洗いに行く。食事を出してくれエウドクシア」

手を清潔にすることが彼の妄執だった。手を洗って、そのあとで、また匂いを嗅ぐのだった。彼がトイレに行ったので、グロリーニャは廊下の反対端で歌を口ずさんでいた。しばらくすると、放出の音が聞こえた。父親もまたおしっこをするのだと彼女は思い描いた。放尿の音は、サビーノにとっては、腹立たしいことであり、恥辱でもあった。

夕食のテーブルにつく前に、彼は娘とじゃれあった。彼女に恋人のようなことを言った。彼にキスされたとき、彼女は父親の息の匂いを感じた。サビーノは、若い女のような、女の子のような香《かぐわ》しい口をしているのだった。

サビーノは訊いた――

「きみのお父さんはひどい不細工だろ、な?」

「すてきよ」

エウドクシアは本気で言った――

「あんたのお父さんは、痩せていたころのロドウフォ・マイエル〔ブラジルの俳優。四二年にネルソン・ロドリゲスの最初の演劇作品『罪のない女』の初演を演出し、出演した〕にそっくり!」

サビーノの首に抱きついて、グロリーニャは反論した――

「比較しないでママ、比較しちゃダメ」

グロリーニャは笑ったり、おしゃべりしたり、ふざけたり、まるで何も起こらなかったかのようにふるまった。〈もしも、あたしがマリア・イネスと愛しあったことをパパが知ったなら〉。彼らは夕食のために席につく。

サビーノはナプキンを開く。

「グロリーニャには話したのかい?」

エウドクシアはスープを試す(熱すぎる)――

「あなたが話して」

サビーノが話しはじめる――

「かわいい娘よ、話したいことがあるんだ。このスープは火傷《やけど》しそうだな。こういうことだ――あの若者には気をつけるんだぞ、カマリーニャの息子には」

エウドクシアも熱い調子で加わった――

「カマリーニャ自身は聖人よ」

カマリーニャが酔っぱらって、大声で汚いことばを口にしているのを見て以来、サビーノはもう彼のことを前ほど寛容には見られなくなっていた。しかも、女の尻に対する婦人科医の執着は腹立たしかった。

しかし同意した――

「カマリーニャは聖人だ」と言ってから、多少の制約を匂わせた――「ほとんど聖人だ。しかし、息子のほうに関しては、いろいろかなり不愉快な話を聞くんだ。たとえば、きみの友達のマリア・イネスは、彼の映画代を払ってるという。しかも彼はそのことを全然気にしてないそうだ。平然と受け止めている」

彼女は、まるで何もなかったかのように(初体験も、レズビアン体験も、ゼー・オノリオの父親も)、驚いたふりをしてみせた――

「でもパパ、あたしはカマリーニャ先生の息子とは何の関係もないのよ。昨日初めて会って、それまで知り合いですらなかったんだから。何もないのよパパ」

サビーノは口びるをナプキンで拭いた――

「もちろんだもちろんだ。しかもきみにはしっかりとした恋人もいるしな。きみは何もしないだろう。僕はただアドバイスしているだけだ。悪癖がたくさんある若者なんだ、マリファナまで吸ってる。そうだろエウドクシア?」

妻はため息をつく――

「マリファナはそう、吸ってる。カマリーニャ先生だけ、気づいてないの」

それで話は終わった。グロリーニャは死んだゼー・オノリオの父親のことを考えていた、見開いたままのその死んだ目を。夕食後、グロリーニャがついに、ようやく身体を洗いにいこうとしていたとき、カマリーニャ先生が現れた。

サビーノは両腕を開いて迎えた――

「死人があらわれたか！」

エウドクシアも、笑顔でつけ加えた――

「今、先生の話をしていたところなんですよ」

するとカマリーニャは、グロリーニャにキスしたあとで――

「死んだのはゼー・オノリオの父親なんだ」

エウドクシアは死者を弔《とむら》うのは嫌いじゃないと話しはじめ、それから急いで訂正した――「冗談ですよ。神さまのお許しを」。色めきたって訊ねた――

「いつですか？」

「今さっきだ。死んだばかりだ」

すると故人をよく知っていて（高く評価していた）サビーノが重々しく言った――

「あれは善良な人間だった！」

カマリーニャは混ぜっ返す――

「善良な人間とは、美徳の密売人だな」

その台詞は思わずこぼれたものだった、何も事前に考えることもなく。しかし、その響きが気に入った。〈善良な人間とは美徳の密売人〉。ばかげた思いつきだろうか？　しかしこれは、女たちのいる広間で口にされると、それなりの効果があるのだった。

サビーノは戸惑いながら訊ねた――

「先生、そう思うんですか?」

カマリーニャは背筋を伸ばした――

「わからん。もう私には何もわからない」

前の台詞を疑問に思いはじめていた。もしかすると、より正確なのは、そして、より気取りがないのは、〈善良な人間とは密売人だ〉という言い方だったかもしれない。そのほうが、〈美徳〉という単語の強調を避けられる。

婦人科医はサビーノの肩に手を置いた――

「私はそのためにここに来たんだよ。ゼー・オノリオが私の家にあらわれて。ほんとにかわいそうだった。あいつ、父親のことが大好きだったから、すっかり焦燥してる」

「想像できます」

「そうなんだ」とカマリーニャは続けた。「それでゼー・オノリオが、埋葬費用を私に貸してくれと言ってきた。しかしそれが結構な額なんだ、わかるだろ? なのに、私は小切手帳の最後の一枚を使ってしまったところで、もう一冊発行してもらうのを忘れてた。そこで今日のところ、この窮地を救ってもらえないだろうか?」

サビーノは模範的だった――

「なんだ、先生、水くさいじゃないですか! 先生のためなら。いくら?」

計算をした――

「私も手元に現金で二百ばかりはある。ゼー・オノリオはすでに三百集めた。こうしてくれないか――四百の小切手。どうだい？」

サビーノはテーブルのところにいて、小切手帳を開いた――

「それだけ？　それで足りるの？　もっと必要じゃないんですか？」

「十分。明日、もし必要だったら、私が銀行でもらってくるから。素晴らしい若者なんだ、ゼー・オノリオは！」

サビーノは訊ねた――

「今日は何日？」

「十七日」

小切手に日付を入れながら同意した――

「若者の鑑《かがみ》だ！」

グロリーニャはエウドクシアにこう言っていた――

「ママ、あたしもたしかゼー・オノリオのお父さんに会ったことがあると思う。身だしなみのいいおじいちゃんじゃなかった？」

「痩せてて姿勢がよくて」

サビーノも思い出して――

「とてもまっすぐな人で」

「知ってる、知ってる」

そして、それと同時にこう考えていた――〈どうしてあたしはこんなことを言ってるんだろう?〉医師のキスを受けるために顔を差し出した。カマリーニャはサビーノに手を差し出した。

「じゃあもう行くよ。ありがとうサビーノ。それじゃまた、ドナ・エウドクシア」

出て行った。翌日の朝、かなり早い時間にグロリーニャに電話がかかってくる。叫び声――

「男から、それとも女?」

「男です」

考えたのは、ドキュメンタリーを作っているシネマ・ノーヴォの知り合いだろうということだった。応じるために出てきた。母親がちょうど通りがかって言った――

「すけすけのパジャマに、パンツもはかないまま?」

「自分の家にいるんだから」

「お父さんはよく思わないわよ」

よくない態度をとった――

「オウムみたいに同じこと言わないでママ!」

アントニオ・カルロスからだった――

「グロリーニャ、きみにはわからないだろう、顔に唾を吐いてくれたのが、オレにとってどんなにいいことだったか。口の中だったんだ。口だったたって知ってた?」

彼女は何も言わなかった。彼はその沈黙を不審に思った――

「もしもし?」

「聞いてるわよ」

「もうだいぶ前から、錠剤を飲まないと眠れなかったんだ。でもきのうは飲まなかった。それでめちゃぐっすり眠れた。つい今さっき起きたところなんだ」

頭を掻く――

「アントニオ・カルロス、ひとつお願いを聞いてくれる？」

「言ってみな」

「もう電話しないでくれる。あんたとはもう関係したくないの、興味ないの」

燃えるように自制しながら言いつのった――

「グロリーニャ聞いて。きみのことが好きになりそうな気がするんだ」

「げー、恐ろしい！」

「冗談はさて置いて。きみは、他の女たちとはちがう。オレもたいがいの野郎よりもましなほうだ。答えてくれ――きみはオレのことを悪人だと考えているのか？　正直なところ、そう考えてるのか？」

まったく何の慈悲もなかった――

「アントニオ・カルロス、あんたには治療が必要なのよ。いい。あんたにとって一番いいのは、精神科医を見つけることとよ。どうしてあんたのお父さんは医者なのに、あんたがちょっとおかしいって、ネジが一本足りないんだって、これまで不審に思わなかったのかしらね？」

相手はしばしの間を置いた。訊ねる――

「それだけなのか、きみがオレに言えるのは？」

「めんどくさいこと言わないで！」

「繊細さはないのか！」

答えた――

「あたしは繊細じゃないの、繊細になんかなりたくない、それだけ！」

「忘れないでくれ。聞けよグロリーニャ、聞け。オレのせいで妊娠してるかもしれないことを忘れるな。わかったか？　この瞬間、きみはオレの子を妊娠してるかもしれない」

怖くなった――

「あんた、どこからかけてるの？」

「家だけど」

声をひそめた――

「この阿呆、人が聞いてるのに、あんた、そんなふうに話すの？」

「みんなゼー・オノリオの父親の葬式に行ったよ」

グロリーニャは周囲に目をやる。母親は部屋の中にいる。受話器に口を近づけて――

「アントニオ・カルロス、よく聞いて。あたしは、一度も、あんたのことが好きだなんて言ってない。言った？　正直に言って。あたしは一度でも、あんたのことが好きなんだと思わせるようなことをした？　あたしはあんたのことを、昨日知ったばかりなんだし」

「おとといかも。おとといだとしても。あたしは結婚間近なの。テオフィロがもどってきたら、あたしは花嫁になるの。いろいろやらなければならないことがあるの。チャオ」

「おとといだ」

電話機を叩きつけた。その午前中は、父親がくれた『チャップリン物語』を読んで過ごした。エウドクシアにこう訊ねたときもあった――

「ねえママ。お母さんは『チャップリン物語』はあんまり面白くないと思わなかった？　最初のほう、幼少時代はいいんだけど、そのあとは、なんだか面白みがないの、そうじゃない？」

読書をして、自分の初体験については考えなかった。処女でなくなったのは、自分ではなく、別の人であるような感じだった。また、マリア・イネスに身を任せたのも別の人のようだった。マリア・イネスのキス、舌、唾液、マリア・イネスのおなか。そのあとで、アントニオ・カルロスの足のほうに向きを変えて、そこに口をつけて、親指を嚙んだのだった。

昼食後に、エウドクシアが叫ぶ――

「電話よグロリーニャ」

「誰？」

マリア・イネスだとわかると、自分の部屋の戸口まで出てきて――

「ママ、あたしとマリア・イネスは喧嘩したの。あの間抜け女とは話したくないの」

「なんて言ったらいいの？」

「わかった、あたしが話すから。話すわよ、あああめんどくさい！」

エウドクシアはこぼす――

「どうでもいいことで喧嘩するんだから！」

電話機を取った。〈もうあたしに電話しないで〉と言うつもりだった。しかし、相手が叫んでいた――

「グロリーニャ？　グロリーニャ？」

そして知らせを伝えた――

「誰が死んだかわかる？　誰がさっき死んだか？　アントニオ・カルロスよ、グロリーニャ！」

壁によりかかった——

「誰？」

すすり泣いていた——

「アントニオ・カルロスよ！　アントニオ・カルロス！」

グロリーニャも大声を出した——

「そんなはずない！　ありえない！　今日、あたしと話をしたんだから！」そしてくりかえした——「今日、あたしと話したんだから！」

「死んだのよグロリーニャ！　大事故！　車が電柱にぶつかったの！」

「怪我したんじゃなくて？」

「死んだのよ！　死んだの！　よく聞いてグロリーニャ聞いて！　みんながアントニオ・カルロスを見たのよ道路で、ロウソクが供《そな》えられていて！　見たの！　地面に倒れて、ロウソクが置かれていて！」

グロリーニャはもう何も聞きたくなかった。

電話を切り、膝から電話の下に崩れ落ちた。両手の中に顔をうずめて、男のように太い呻き声を出した。

エウドクシアが駆け寄ってきた——

「何なの？　何があったの？」

娘は床に倒れこんだ——

「アントニオ・カルロスが死んだのよママ。死んだの」

「アントニオ・カルロスって誰？　話して。カマリーニャの息子の？」

倒れこんで、うつ伏せになって、彼女は握りしめた拳で床板を叩いていた。

18

　彼女は電話機の下で吠えていた。その憤怒のさなかで、もしも倒れて四つん這いになったら、癲癇のある従姉妹のように自分も目が青くなるのだと考えていた。

　握りしめた手で床を叩き、自分の唾液を噛みしめていた。母親と女中の手で抱き起こされた。エウドクシアは言っていた――

「支えて、支えてやって！　放さないで！　ちゃんと持って！」

　足をばたばたさせた。頭を壁にぶつけたかった。それが罰だった、罰なのだった。前の日に、彼女は今日死んだ死人によって処女を失ったのだった。そしてほとんど血が出なかったのだった。ゼー・オノリオはカーニバル団体の、エスコーラ・ジ・サンバの、ムラートに身を任せたのだった。それもすべて、父親のベッドの上で、父親の目の前で。黒人男の汗がシーツの上で、枕カバーの上で悪臭を放ったのだった。

　グロリーニャはその弱った老人の目を、二度と忘れることがないはずだった。母親とメイドの腕の中で――しかも叫び声をあげながら――少女はその目つきを思い出していた、その目つきだけを。透きとおった目だった、たしかに、絶望的な気持ちにさせるほどの清澄《せいちょう》さだった。そのようにして痩せた実証主義者の老人は息子とムラートが交わるのを見たのだった。

混乱して、エウドクシアはメイドに言う――

「そこにいて、あたしはサビーノ先生に電話するから！　放さないで、放さないで！」

立ちあがるところまでいった。しかし、グロリーニャは身を振りほどく。エウドクシアは再び娘を抱きとめる――

「いったい何なのグロリーニャ？　聞いてちょうだい！」

娘は驚愕しながら、自分の悲鳴を聞いていた。苦しむというのは何と気持ちがいいのだろうか。そして、その絶望感は彼女にとって、あまりにも大きな、あまりにも激しい気持ちよさをもたらしているのだった！

なおも足をばたつかせていた――

「放して！　あたしを放して！」

そして急に、女中の手に噛みつく。相手は飛びのく――

「痛っ！」

エウドクシアは息を弾ませている――

「気にしないで。誰かがドアを叩いている。誰だか見てきて、さあ行って！」

黒人女は走っていく（料理人は市場に行ってしまっていた）。近所の人たちだった。台所のドアから入った人も、玄関から入った人もいた。通りの人たち全員が、ほとんど全員が、叫び声を耳にしていたのだった。

エウドクシアは懇願した――

「ここを支えていて！」

娘はどなった――

「行かないでママ！」

「行かないわよ。ここにいるから、あたしはここにいるから！」

周囲に向けて説明していた――

「グロリーニャのお友達が死んだんです！」

グロリーニャは呻いた――

「ああ神さま、ああ神さま」

エウドクシアは近所の女のほうをふり向いた――

「お願いしてもいいかしら？　夫に電話をして。番号は……。ここにいるわよグロリーニャ。22、31」

相手はもうダイヤルを回していた――

「奥さまが、話しますか？」

「無理、無理。奥さんが話して。グロリーニャが様子が変だと言ってください。急いで家に帰ってくるようにって。大急ぎで」

サビーノは恐怖にとりつかれてやってきた、死や悪魔を念頭に置きながら。電話をかけた隣人女性が玄関のところで彼を迎えた――

「大丈夫ですよ、サビーノ先生、大丈夫です！」

相手は両腕を開いて――

「どうして大丈夫なんです、もしも、もしも……」泣きだした。娘の寝室に入ると、グロリーニャはベッドの中で、痙攣していた。サビーノは飛びついた――

「かわいいわが娘、わが娘！」

娘は彼の胸の中ですすり泣いていた。エウドクシアが低い声で言った――

「カマリーニャの息子さんが死んだんだって」

娘を抱きしめながら、彼には理解できなかった――

「だから何なんだ？」

娘の激情を理解できないままだった。彼が死んだ、だから何なんだ？

グロリーニャは息を詰まらせながら話す――

「アントニオ・カルロスが死んだのよパパ！」黙るとすすり泣きがもれた。「死んだの！」

娘を胸に抱きしめた――

「泣かないでグロリーニャ、泣かないで。わかるかいわが娘よ？　泣かないで」

エウドクシアに向けて声を潜《ひそ》める――

「ちょっと出ててくれ、グロリーニャと二人だけにしてくれ！」

戸口から近所の女性二人が覗きこんでいた。そしてエウドクシアがやってくると、その一人が訊ねた――

「何か必要なものがありますかドナ・エウドクシア？」

ため息まじりに――

「いいえ結構」

すると相手は――

「何か必要になったら、どうぞ。遠慮なさらないで」

エウドクシアはその二人と一緒に部屋の外に出た。サビーノがドアを閉めに来た。もどってベッドの上にすわる――

「娘よ、お父さんに話してごらん、話して」

今では涙を流さずにすすり泣いて、歯をカチカチ鳴らしていた。サビーノは彼女の髪を撫でた
――

「言ってごらん、さあ」

「ああパパ！」

「わが娘よ、説明しておくれ。わたしにはわからないんだ。つまり――きみはその若者と、誕生日に知りあったんだ。きみの誕生日じゃなかったかい？」

目を伏せている――

「だった」

「おとといだ。つまり二日前だ。それからきみは、もう彼に会わなかった。一度会っただけだ」

「かわいそうに！」

自分の両手で娘の手を取る――

「きみはほとんど彼を知らなくって、きみにとって何でもなかったのなら、どうしてきみはこんなふうになっているんだい？」

彼女は目を上げた——

「パパ、彼は生きていたのよ！　生きていたのに、死んじゃったの！」

それがずっと頭の中にあった。何日間も、彼女はくりかえすことになった——生きていたの、生きていたの！　頭を父親の胸に預けながら言った——

「死ぬ前にあたしに電話してきたの。あたしと話したの。彼が話をした最後の人間はあたしだったの」

アントニオ・カルロスの声を聞いていた——

〈きみはオレに唾を吐いた、オレの口の中に唾を吐いた！〉降霊術師が魚の口の中に唾を吐くように、彼女はアントニオ・カルロスの口の中に唾を吐いたのだった。考えた——〈彼は死のうとしていて、だからあたしに口の中に唾を吐いてくれって言ったんだ〉

父親から身体を離した——

「パパ、あたしは遺体安置所に行きたいの」

「何だって？」

サビーノの手を握りしめた——

「一緒に遺体安置所に行ってくれるでしょパパ？」

恐ろしくなって立ちあがった。ばかげたことであると説得したかった——

「きみは遺体安置所がどういうところか知っているのかい？　遺体安置所に行ったことがあるのかい？　言ってごらん」

「一度も」

「そうだろう。ひどい、ひどいところなんだ！　どんなところか、誰も知りたくないようなところなんだよ！」

ベッドから出て、サビーノに抱きついた――

「パパ、あたしは行かなくちゃいけないの！　行く必要があるの！」

オウム返しに――

「必要がある？　でもなぜなんだ、えっ、なぜ？　いいかいグロリーニャ。こういうふうにしようじゃないか――一緒にチャペルに行けばいい、それですむ」

「パパ、チャペルはまだ先でしょ。あたしは今すぐに行きたいの、わかった？　今すぐ！　お父さまもあたしと一緒に」

「グロリーニャ、わたしは行けないんだ。大事な取引をしている途中なんだ、マンションの販売だ。ここに来るために一瞬抜け出してきたんだ。みんながわたしを待っているんだよ。もどらないといけないんだグロリーニャ」

足を踏み鳴らした――

「じゃあママと行く。ママは行ってくれる。でもお父さま、あたしのことが好きなんだと言ってなかった？」

「大好きだよ」

「好きなんだったら、これを禁止しないでパパ」

娘にキスをした――

「わかった、わかった。きみのお母さんと話をしてくる。ここで待ってて」

エウドクシアと廊下で話をしにいった――

「グロリーニャは、その若者を遺体安置所で見たいと言ってる」

「そんなばかな！」

グロリーニャはドアに近づいて、会話を聞いていた。

「言い争うのはやめようエウドクシア！」

「何なの！　ほとんど知らない人を見るために遺体安置所に行くなんて！」

「エウドクシア、人の感情というのはいつでも大事にすべきだ、わかったか？　ついでに告白するが、グロリーニャを見て嬉しかったんだよ」。そして咳払いをしてからつけ加えた――「少なくとも、僕が死んだら泣いてくれる人がいることがわかった。これには心が慰められた。彼女を連れていってやっておくれ、僕は仲介業者との会議がある」

その少しあとで、グロリーニャはエウドクシアと出かけた。タクシーの中では、穏やかになって、静かにしていた。すると急に、娘は母親のほうを向いて――

「ママ、マリア・イネスはどうしてるだろう？　彼女が何かばかなこと、変なことをするんじゃないか、心配なんだけど？」

「何もしないわよ、どうして？」

囁き声で――

「アントニオ・カルロスに夢中だったから。熱狂的に崇拝してたの。何でもしそうなのよ」

法医学院で下りる。グロリーニャは固くなって、夢遊病者のように進む。エウドクシアは周囲を見まわして――

「どこかしらね?」

ひとつのドアから中に入る――

「そこで待ってて、あの男の人に訊いてくるから」

その男は、小さな事務机の前で『スポーツ日報』を読んでいた。エウドクシアの話を聞くために眼鏡を外した。

耳が遠かった――

「どうしました? 何か?」

くりかえした――

「こんにちわ」

「こんちわ」

「教えてください。若い男なんです、自動車事故を起こしてしまった。若者です」

グロリーニャはエウドクシアのすぐ隣に来ていた。役人は眼鏡をかける――

「いつです?」

「今日の、午前中」

「黒人ですか?」

「白人です」

相手は『スポーツ日報』のページを見た――

「あそこにいるのは黒人です」

途方に暮れて、エウドクシアはグロリーニャのほうに向き直る――

「ほら、わかった？」

娘が訊ねる――

「でも、ほんとに確かなんですか？」

男は新聞を読んでいた。顔を上げる。彼女は勢いこんで続ける――

「がっしりした、金髪の若者は？」

眼鏡を外した――

「若者？」

激しい怒りをこめて訊いた――

「ここに送られてくるんじゃないんですか？　ここが遺体安置所じゃないんですか？　全員、ここに来るんじゃないんですか？」

役人は顔を上げる――

「あそこにいる同僚を呼びます。わたしは今、交代したばかりなんで。ベゼッハ、ベゼッハ！　ちょっと一瞬、こっちに来てもらえるか？」

やってきたもう一人は、ウエストの締まった上着に蝶ネクタイをつけていた。もう何年も前から、グロリーニャは蝶ネクタイを見ていなかった。

ベゼッハはグロリーニャに目をやり、エウドクシアの前で身をかがめる――

「おっしゃってください」

エウドクシアは微笑む――

「こんにちわ。車に轢《ひ》かれた若者なんです」

グロリーニャが口をはさむ――

「ママ、車に轢かれたんじゃないの」。そしてベゼッハに向けて言う――「衝突事故です。その若者が運転していて。ぶつかったんです」

「アントニオ・カルロス・カマリーニャ」とエウドクシアがつけ加える。

最初の役人はふたたび『スポーツ日報』を読んでいた。ベゼッハは最初、疑問に思っているが、やがてそれが解けて、嬉しそうに――

「ああそうだ、わかりました。ソウザ・アギアール病院から来たんです。名前は何と言いましたっけ？」

「アントニオ・カルロス・カマリーニャ」

満足げに言った――

「解剖室です」

すると突然、その場にカマリーニャ先生その人が入ってくる。彼女ら二人のかたわらを通るが、彼女らに何も言わない。グロリーニャは、ほとんど声に出さずに言う――

「ママ、ママ、見て、カマリーニャ先生！」

エウドクシアは二歩、三歩と踏み出す――

「カマリーニャ先生！」

驚愕して振りかえった。エウドクシアを見て、まるで盲人のように訊ねる――

「どなたですか？」

恐怖に打たれながら言った――

「マリア・エウドクシアです」

相手は彼女をじっと、まるで初めて会う人であるかのように見つめる。エウドクシアは手を差し出す――

「お悔やみ申し上げます、カマリーニャ先生」

その手は空中に放置された。婦人科医は背中を向けると、電話をかけに行った。エウドクシアはなおも話そうとしたが、グロリーニャがその腕を押さえた――

「ダメよ、ママ、ダメ」

カマリーニャ先生はダイヤルを回し終えて、返事を待っていた。彼女ら二人に目を向けているが、誰も目に入っていない。息子が死んで以来、誰にも会っていなかった。誰も目に入らない、あるいは、誰も認識できないのだった。

電話の向こうで返事があった。カマリーニャ先生は口を開く――

「セテンブリーノか？　わたしだ、カマリーニャ。わたしの息子が死亡したところなんだ」

エウドクシアとグロリーニャから目を離さなかったが、彼女らが見えていなかった。話を続けた――

「息子のアントニオ・カルロスが死んだんだ。今日だ。お悔やみなんか言う必要はない。悲しんでいるのはわたしで、わたしだけだ……。あんたは何も悲しくないし、誰も何も悲しくない。ちがう、ちがう、セテンブリーノ。わたしの悲しみだけで十分だ。聞いてくれ」

息つぎをする――

「息子が死んでから、わたしは誰彼となく、知らない人にまで電話している。何も言うなセテンブリーノ。しゃべるのはわたしだ。電話しているのは、すべての人に、わたしが最低の売女の息子だということを告げるためなんだ。何？　ちがう、あんたじゃない。よく聞け。売女の息子というのはわたしのことで、あんたじゃない。あんたは何でもない。最後まで聞いてくれ。きのう、わたしは息子の顔を殴りつけた。死ぬ前の日に、息子は顔面を殴られたんだ。彼は男だった、男らしかった。わたしに殴られて、抵抗しなかった。わかるか？　息子としてのまやかしの敬意ゆえに、息子はわたしの顔面を殴りかえさなかった。もしも彼がわたしを本気で一発殴ったら、わたしは死んでいた。死んだと言ったら言いすぎかもしれない。しかし、顔面をかち割られていたはずだ。そしてわたしの息子は死んだ。死んだんだセテンブリーノ」

グロリーニャは魅入られたように聞いていた。医師は声に力を入れる――

「わたしの頼みを聞いてくれるか？　みんなに言いふらしてくれ、わたしが最低の種類の売女の息子だと」

『スポーツ日報』の役人がやってきて彼の背中を叩く――

「旦那さん、旦那さん」

カマリーニャ先生はセテンブリーノに別れを告げているところだった。若い男は言う――

「汚いことばを使いすぎですよ！　ここには婦人がたもいるんですから！」

医師は電話を切る。役人のほうへと向き直る。動揺することなく答える――

「お若いの、あんたはまさにそういう売女の息子と話しているんだ。失礼するよ」

背中を向けて電話を手に取る。相手は引き下がらない――

「ここの中で汚いことばを使っていただくわけにはいかないんです」

カマリーニャは電話機を放す――

「あんたは父親か？　子供はいるのか？」

役人は眼鏡を胸のポケットにしまう――

「それとは関係ないです」

「いいかお若いの、今、わたしの息子は検死を受けているんだ。午前中に死んだんだ。まだ息があるうちにソウザ・アギアールに運びこまれて、手術台の上で死んだ。そして、今、検死されてるんだ」

彼をさえぎろうとして――

「礼儀に反するふるまいをしてはいけません」

「いけなくないんだ。悪いが、いけなくないんだ。大事なのは検死のほうだ。わたしの息子は骨が粉々になっているんだ。検死というのが何か知っているか？」

間の抜けたようにくりかえした――

「婦人がたがいますから」

「しかし、わたしは誰かのことを売女の息子と呼んだわけじゃない。売女の息子はわたしだ」

職員を見捨てて、エウドクシアに話しかけた――

「奥さん、どうかご勘弁を」

エウドクシアは震えながら言った――

「エウドクシアです、サビーノの妻です」

「妻でも、奥さんでも。構いません、どちらでも。あなたのご意見を聞きたいんです奥さん。こういうことです。きのう、つまり今から二十四時間前、わたしは息子を殴ったんです。そして息子は今日、死にました。そこで奥さんは、わたしがどうしようもない売女の息子かどうか、どうか言ってください」

エウドクシアはあとになって、地中に埋まって姿を消したかったと言うことになる。

ぼそぼそと言った――

「カマリーニャ先生、お悔やみ申し上げます」

重々しく頭を下げた――

「どうしようもない売女の息子です、何なりとお申し付けください」

エウドクシアの神経にとってはもう限界だった。彼女は医師が通り過ぎるのを見送って、いちばん近くにあった椅子にすすり泣きながら崩れ落ちた。そこでは、グロリーニャだけが、この猥褻なほどの苦痛の光景に見入っていた。職員は、震えながら『スポーツ日報』を手に取った。激しい調子で言った――

「もう誰もここに入って来るなよ、誰も電話をかけてくるな」

グロリーニャはエウドクシアを納得させようとする――

「自然なことよママ、自然なこと！」

すすり泣いていた――

「カマリーニャ先生はああいう人じゃない。酔っぱらっているときだけ、でも、今、彼は酔っぱらってないのに」

二人は家に帰った。グロリーニャは帰宅して、マリア・イネスに電話をする。本人が出る。こう言う――

「急いで話して、叔母さんは近所に出かけただけで、すぐに帰ってくるから」

泣きたい衝動をおぼえながら訊ねる――

「何時にチャペルに行くつもり？　一緒に行きましょ」

相手は声をひそめて――

「あたしは行かないの。父が、もしあたしが行ったら、棍棒で殴りつけるって言ったのよ。そうなのよグロリーニャ。わかった？　電話しているところを叔母さんに見られたくないの」

唖然となって訊ねた――

「お葬式に行かないの？」

すると相手は――

「グロリーニャ、あたしには決める自由がないの。もう切らせて。行かれないの、もう言ったでしょ。あっ、叔母さんが帰ってくる。じゃあね、じゃあ」

グロリーニャは歯を噛みしめる――

「雌犬！」

マリア・イネスはすでに電話を切っていて、これを聞かなかった。

夜になって、彼女らはサビーノと一緒にチャペルに行った。共通の友人の一人が、すでに警告してきていた――〈カマリーニャは混乱しておかしくなっている〉。さらに、妻と娘もその日の様子をすべて報告していた。道中でサビーノは何度も言った――

「きみたちはカマリーニャに話しかけるんじゃないぞ」

そしてチャペルでは、医師を一人にしておくように手をつくした。サビーノとあと二、三人が、戸口に立って、やってくる人たちに忠告した――

「カマリーニャには話しかけないように」

故人の母親は一昔前のお通夜であったような発作的行動を見せた。ときどき彼女は、一九二〇年とか二一年ごろ、葬儀がまだ自宅でおこなわれていた時代の母親たちのように、急に悲鳴をあげたりした。夫婦の両方が奇妙だった。一方で、今ふうでない発作を起こして大声をあげる母親、他方で、ただひとつのこと、何にも動じることなくたったひと言の雑言をくりかえしている父親。

その傍らでは、参列者がそれほど多くないまた別のお通夜がおこなわれていて、そこでは、ほとんど誰も涙を流さず、呻き声すらも上がっていなかった。そして、そっちの側からはときおり、カマリーニャ夫人の発作の様子を盗み見るために誰かがやってくるのだった。グロリーニャはこう言ってしまいたい衝動をおぼえた、母親に、あるいは父親に――〈彼があたしの初体験の相手なの。死ぬ前に、彼があたしの処女を奪ったの。それで、もしかするとあたしは妊娠しているかもしれないの〉

彼女はサビーノに言いに行った――

「あたし、最後までここに残りたい」

「寝ないつもりかい？」

手で父親の腕をつかんだ――

「ダメだって言わないでパパ！　いい？」

その瞬間に、アントニオ・カルロスの母親が再度発作を起こした。三人か四人の人に抱えられながら、取り憑かれたような痙攣を起こして暴れているように見えた。エウドクシアが要望する――

「お水を一杯。お水を一杯お願い」

水が届いた。彼女はベンチの上で荒い息をしていた。コップを両手で受け取る。水を見つめて、息を弾ませながら訊ねる――

「浄化水？」

みんなが言った――

「飲んで、飲んで」

飲みはじめた、すると、あまりに渇きが激しいので、水があふれて、涎のようにしたたった。

朝、棺を閉じる時間になって、カマリーニャは息子にキスをしにいく。彼は言った――

「おまえの父親はどうしようもない売女の息子だ」

19

訊ねた——

「時間を見てる、ちゃんと？」

ヴィセンチが彼女の髪をいじっている——

「まだ早いって」

ため息をついた——

「パパと出かけなきゃならないの」

まだ四時半だ。

「五時には出られる？」

顔をまるでグロリーニャにキスをするかのように近づけた——

「出られるって。五時には出られる」

彼女は髪と足の爪を同時にやってもらっていた。手のほうはもう終わっていた、花嫁の手。するとそのときになって、ヴィセンチはサルバドール・ダリのキリスト像について話しはじめる。その絵を説明した。イエスを上から下に向けて見ている。正面からでも横顔でもなく、上から見下ろしている。そして、頭は胸に向けて垂れているので、顔は見えないのだった。

　グロリーニャの髪の中に指を差し入れたまま、大声で言った――

「天才的、天才的！」

　その狂った賛美にとって〈天才的〉なのは、顔がないことだった。他の誰かなら、モデルの間抜けな顔を書きこんだにちがいなかった。そう、一時間いくらで雇われた汚らわしいモデルの顔を。しかし、そこに天才がやってきて、キリストに顔がないこと、もともと顔がなかったことを発見するのだ。しかも、全然痩せて骨ばった神じゃない、飢えて死んだわけじゃない。ちがう。ダリのキリストは水泳選手のような筋肉をしているのだった。そこにまた天才的な発見があるのだった――水泳選手としてのイエス。

　グロリーニャはしばらく時間をおく。そして言う――

「あたしはドゥルモンが好きなの」

　相手はオウム返しに言う――

「ああ、ドゥルモンね」

　そしてふたたび、美容師は彼女にキスをするかのように頭を下げる――

「ならフェルナンド・ペソアはどう？」

　フェルナンド・ペソアはグロリーニャのグループの中ではしじゅう口にされていた。ドキュメンタリー映画の監督はその詩の一篇を暗唱できた。

　ヴィセンチが言う――

「あたしが神さまに、ドゥルモンかフェルナンド・ペソアか、どっちが余計に好きかと訊かれたら、議論の余地はないわね」

答は決まっていた――フェルナンド・ペソアだ。サルバドール・ダリのことを考えながらくりかえした――

「当然、当然。余計に詩人だから」

彼女はアントニオ・カルロスのことを考えていた、両腕を開いて、裸で、頭を垂れていて、上から見られている。顔のないアントニオ・カルロス。

その瞬間に、サビーノはメルセデスに乗って不動産会社のオフィスに向かっているところだった。突然、考えを変える。運転手に言う――

「いいかい。こうしよう。方向転換だ、方向転換」

「どうするんです？」

「パウロ・ジ・フロンチン通りにちょっと寄っていこう」

「教会にですか？」

「その通り、その通り」

モンセニョール・ベルナルドのところに寄っていくことに決めたのだった。しかし、自問していた――〈なぜ、何のために？〉厳密に言えば、はっきりとした具体的な理由は何もなかった。まったくばかげた光景を想像した――自分が聖具室に入っていって、跪く、いきなりモンセニョールの足もとに跪くところ。すると相手は、かならずこう言うだろう――〈立ちあがって、立ちあがって！〉彼のことを〈わが子よ〉と呼びながら、巨軀のバスク人はこう訊ねるだろう――〈どうしたんだ？何があったんだ？言いなさい！〉

彼は呆然となって答えるだろう――〈わからないです、わからないです〉

真実はその通りだった――彼は何もわからなくなっていた。わかっているのはただ、娘の結婚式の前日に自分が、激しい罪の意識を感じながら目を覚ましたことだった。

教会が目に入ると、怖くなった。もどったほうが、逃げたほうがよかった。運転手にほとんど言いかけた――〈方向転換、方向転換〉。しかし、口びるを閉ざした。そして考えていた、翌日に男色家と結婚することになる娘のことを。

車は教会の前で止まる。息をついた――

「待っててくれ」

相手はふり向いて――

「聞こえませんでした」

爆発した――

「耳が聞こえないのか、おまえ？　何なんだ！　待っててくれ。ここなら駐車できる。それとも、歩道に上がったほうがいいのか？　歩道に乗り上げろ、フェンダーにぶつけられたりしないように」

下りる。教会の中を通っていくことにした。額を高く上げて、半裸の聖人たちの列の間を歩いていった（聖人たちは服を着ていたが、彼は半裸だと空想していた）。

聖具室にはあの絆創膏の神父がいて、分厚い帳面に何かを書きこんでいた。サビーノは同じことが反復されるような感覚を抱いた。モンセニョールが彼に対応しにここに出てきて、二人で便所に行って、バスク人が言うのだ――〈性行為とは、ションベンだ！〉

神父が視線を上げた――

「もどられたんですか？」

赤くなって言った――

「モンセニョールと話す必要があるんです。いらっしゃいますか？」

「一瞬お待ちを」

相手は立ち上がる。サビーノは言い足す――

「ほんのひと言だけです」

神父は出ていった。サビーノは書き物机に寄りかかる。あの男は、おそらくあの絆創膏のせいで、エサ〔・デ・ケイロス、十九世紀ポルトガルの写実主義小説を代表する作家〕の書いた教会批判のカリカチュアを思い出させるところがあった。それと同時に、きわめて怪しいしなを作るところがあった。あの絆創膏は何かを隠していた、そうだ、傷を隠しているのではないのだ。サビーノはドアのところまで行って、グロリーニャの透きとおった青い瞳を思い浮かべた。聖具室のドアのところで、床に落としたタバコを踏み消した。

相手はもどってきた――

「どうぞ」

「ありがとうございます」

神父はもとのようにすわりに行った。モンセニョールの部屋へと歩きながら、すべてがくりかえされることになると考えた、ことばも、身ぶりも、行為も。

モンセニョールは彼のほうに両手を差し出した（反復された身ぶり）。

「何か新しい展開が？」

戸惑いながら言った――

「正確には、新しくはないです」

〈男色のことを言うか？〉とサビーノは考えていた。

椅子を引いてすわる。娘婿のこと、娘婿のこと。話しはじめる――

「ここに来たのは実は……」

相手が口をはさむ――

「何か調子が悪いのか？」

笑いが途中で止まったままになる――

「どうしてです？」

「蒼ざめてる」

返事を飲みこむ――

「いいえ、まったく。ただ暑いだけで」

実際、汗をかいていた。ハンカチで顔を、それから首筋をぬぐった。ハンカチをしまい、まだ昼食をすませていないことを思い出した。モンセニョールは立ち上がり、ドアを閉めに行く。もどってきて、手を差し出した――

「サビーノ、タバコをもう一本くれ」

「もちろんです」

モンセニョールはため息をつく――

「重症だな。タバコを吸ってばかりいる。おかしいな。きみを見ると、タバコが吸いたくなるんだ」

「遠慮なさらずに」

サビーノはタバコに火をつける。すると、そのとき、最初の一服を吸いこみながら、モンセニョールが指摘する――

「手が震えてるぞ」

サビーノは顔を上げる――

「たしかに。あまり調子がよくないです。暑さのせいなのかどうか。暑いです、今日は」

苦悶しながらくりかえした――

「暑い」

しかし、神父はタバコの煙の快楽に意識をとられて言った――

「これが三本目だ。興味深いことに、タバコはわたしに罪の意識を抱かせるんだ」

「それです！　それ！　先生がわたしの言いたかったことばを出してくれました。罪の意識！　まさにわたしの内にあるもの、まさにわたしが感じてることです」

息が切れて口をつぐんだ。モンセニョールは興味をもった――

「きみは罪の意識を感じているのか？」

陶然となって言った――

「感じてます」

モンセニョールは椅子に寄りかかった――

「それは最高だ、最高。サビーノ、われわれが、四つん這いで森の中で吠えていないのは、ただただ、罪の意識がわれわれを救ってくれるからだ」

サビーノは興奮して――

「わたしは立っています、立っていたほうがよく話せるので」

「ご自由に」

ネクタイを緩めて、襟元を開きたい気持ちになった――

「モンセニョール、つい今しがた、こちらに来るとき、わたしは眩暈がしたんです、一種の眩暈が。まだ昼食をすませてなくて」

「空きっ腹だからだ」

反論した――

「いやいや、そうじゃなくて、そこが問題なんです。肉体的な原因ではないんです、おわかりいただけますか？　罪の意識のせいなんです」

泣き顔をしてみせながら、しばし黙る。もう決心はついている――娘婿の同性愛については話さないつもりだ。最後には話すかもしれないが。

モンセニョールのタバコは終わりかけている。灰を落とす――

「続けて、続けて。途中でやめない」

サビーノは顔を下ろす――

「わたしはここで跪いているべきなんです。しかしわからない、わからない」

顔を上げると、耐えがたいほど張りつめている――

「動いたほうがいいです、動いたほうが」

神父も両腕を開いて立ちあがった。部屋じゅうを、天井まで、そのバリトンの声で満たした――

「跪くなんてのは、なしだ。歩け、歩きまわれ。ここの中で。告白をするなら、なおさらだ」

机のまわりを回って、面と向かって話しにくる――

「大いなる告白は歩きながらなされるべきだ。あんたと、告解師と、両方が並んで歩きながら。歩く人間のほうが余計に自由になる、わかるか？　よりオープンに、より無防備になる。さあ始めよう。ここを歩け、こっちの端からあっちの端まで、さあ、歩くんだ！」

その狭い空間の中で、二人は歩きはじめる、モンセニョールは反対方向に向かって――

「動きながら話せ。そう、その調子で。わたしも跪くと、関節の痛みのせいですっかり調子が悪くなる。反対に、歩いていると、神がわたしと一緒に歩いているのを感じるんだ」

強く、目を輝かせながら言った――

「神は歩く！　神は歩く！」

あまりに大きな声で言ったので、絆創膏の神父が驚いてドアを開けて顔を出した――

「お呼びですか？」

止まらずに、腹立たしげに答えた――

「出ていけ！　出ていけ！」

サビーノが言っていた――

「わたしが先月、誕生日を迎えたとき、会社の連中がプレゼントをくれたんです。その際、バローネ先生が、うちの法務部門の長ですが、スピーチをしたんです。すばらしい、とっても素敵なスピーチ。いろいろ言った中で、わたしが善良な人間だと言ってくれたんです。善良な人間だと」

立ち止まる。モンセニョールがせっつく――

「歩いて、歩いて！　止まっちゃダメ！」

歩いた――

「子供のときから、善良な人間と人が言うのをよく聞いてきたんです。モンセニョール、わたしはあなたの意見が聞きたいんです」

すがるような思いで訊ねた――

「わたしは善良な人間なんですか、それともちがいますか？」

モンセニョールは腰を下ろす――

「わたしはもう一本タバコを吸う。一本くれ」

サビーノは彼にタバコをあたえ、火をつける。神父が話す――

「しかし止まっちゃダメだ、サビーノ、止まるな。わたしのほうを見る必要もない。わたしのほうを見ずに、わたしのことを気にせずに話すんだ」

相手は話を続けた――

「考えてもみてください、わたしはほとんど一生、自分の目の前に善良な人間がいたんです――わたしの父です。わたしの父のような人間には、他に一人も会ったことがありません。微笑むこともなかった、まるで、微笑むというのは贅沢なこと、官能的ないけないことであるかのように。子供のころ、わたしの母と、わたしの叔母たちとの会話を聞いたことがあるんです。それによって、彼女が、わたしの父と関係をもったのは、わたしを身ごもるときまでだったと知ったんです。わかりますか？　それが母の最初で最後の妊娠だったんです。その後は、一度も、父と、女としてかかわることはなかったんです」

また間があった。しまいには泣きだしそうだった。訊ねた——

「あなたの口から聞かせてほしいんです——そんなのはいいのか？」

モンセニョールは煙を吸いこみ、吐き出す。タバコの悦楽のせいで、彼は一種のディオニュソス的な緊迫状態に陥っている。最後の一服まで、サビーノが何も言わない、誰も何も言わないでくれたほうがよかった。稀にしかタバコを吸わない人間にとっては、タバコは孤独な快楽であるべきなのだった。

突然、サビーノは至近距離から質問する——

「全部話すべきですか？」そして、呆然となってくりかえした——「人は最後まで全部話すべきなんですか？」

モンセニョールはすぐには返答しなかった。立ちあがって、窓を開けてタバコを外に捨てた。と同時に彼は考えていた——〈しばらくしたら、もう一本もらおう〉。窓を閉めてもどった。

サビーノはさんざん歩いて、立ち止まっていた。モンセニョールは彼の肩に手を置いた——

「わが子よ、人は全部言わないといけないんだ、一から十まで全部を」

サビーノは恐かった。〈全部〉だとしても、父親の糞便だけは別だ。朝から、父親の死のことばかり考えてきたことは言わないだろう。娘の結婚式と、父親の死のことばかり。町じゅうで、すべての死に際に付随する血と尿の匂いを嗅いでいたのだった。

モンセニョールは言っていた——

「言わずにおいたことは、われわれの内部で腐っていくんだ。わかるだろう？　だから言うんだ」

「わかります」

「なら、全部言いたまえ。でも、歩きながらだ」

神父はすわりに行った。サビーノは歩きながら――

「ある出来事が、わたしの人生にはあって、それは誰も知らない、誰にも話したことがないんです。そしてそれを今この瞬間に、話す勇気がわたしにあるのかどうか。その出来事は、一度も告解でも話したことがないんです」

その〈出来事〉が自分の中で〈壊疽《えそ》〉したみたいになっている、とつけ加えたかった。しかし、〈壊疽〉という単語が思いつかなかった。

そこでサビーノは、歩きながら、最後まで行った――

「モンセニョール、わたしの母と父が、別々の部屋で寝るようになったとき、わたしは五歳だった、行ってたとしても六歳だったんです。夜になると、わたしは自分のベッドから出て、母のベッドに入りに行ってました。あるとき、目を覚ますと、母が泣いているのが聞こえるんです。わたしはじっとしてました。泣き声は激しくなっていきました。そしてわたしは、寝ているふりをしてました」

喘ぎながら――

「わかりますかモンセニョール？」

相手は机を拳で叩く――

「わたしがわかったか、わからなかったかなんて、どうでもいいことだ。あんたは全部言わなければいけない、全部言う必要があるんだ。さあ続けて。あんたは目を覚ました、そしてお母さんは泣いていた。それでどうした？」

　震える両手を差し出しながら——

「その瞬間には、わたしは何も理解していなかった。単純に、わたしは、それが何なのか知らなかった。母が泣いていると思っただけで、それ以上の何もなかった。と同時に、わたしは、直観的に、自分が目を覚ましてはいけないと感知していた」

　サビーノは室内を円形に歩いている。モンセニョールの前で立ち止まって——

「以上です。全部言いました」

　神父は頭を振る——

「まだ不足だ。最後まで行かないとダメだ」

　手を前に差し出した、まるでお金を受け取ろうとしているみたいに——

「その先だ、その先！」

　サビーノは両手で頭を押さえる——

「すでに言ったことだけで十分です。それであなたが理解したのであれば、どうしてそれ以上言う必要があるんですか？」

　モンセニョールは机の上にその巨大な手を置く——

「あんたは救済されたくないのか？　されたくないのか？」

「されたいです！」

　椅子の背もたれに寄りかかり、両目を閉じる——

「なら話すんだ、話す！」

激情に駆られて――

「ああ、あなたはどうしてもわたしに言わせたいのか？　なら言います。彼女はもう死んでいる、もう死んでる。しかしわたしは言います」

額を上げる。そして低い声で、しかしはっきりと、言った――

「彼女は泣いていたのではなかった。あとになって初めて、わたしは彼女が泣いていたのではないと理解した。自慰をしていたんです」

歯を嚙みしめる――

「自慰だった、自慰をしていたんです！」

話し終えると、両手をおなかの上に置いて、反対方向を向く。

赤黒い色になって言う――

「吐きそうです！　吐きます！」

モンセニョールが駆け寄る――

「ここではいかん！　ここではいかん！」

彼を引っぱっていく――

「こっちだ。こっちに来て！」

サビーノは押されていった。モンセニョールは窓を開け放った。満足げに言う――

「もういいぞ、もういい」

サビーノは激しい吐き気をおぼえて、窓の桟から乗り出している。

モンセニョールは彼の背中を叩く――

「吐け、吐けばいい、そうすればよくなる、そのほうがいい」

そう言うと同時に、もう一本タバコを吸うことに決める。〈半分まで吸って、残りは捨てよう〉。そして緑色になったサビーノが、息を弾ませながら動きを止めると、モンセニョールはさらに励ました――

「もっと吐け、もっと。指を喉に突っこんで。突っこむんだ」

窓は花壇に向かって開いていた。サビーノはカラジウムの上に吐いた。

20

サビーノは手を差し出した――

「ありがとうございました、もう行きます」

モンセニョールは書類をしまって、引き出しを閉めていた――

「わたしももう行く。一緒に出よう」

サビーノは立ったまま、ハンカチで顔をふきながら、〈尻軽女〉ノエミアをクビにすることに決めた。モンセニョールは周囲を見まわしていた――

「もう何も忘れ物はないかな？」

そして自分でそれに答えた――

「何もなし」

彼の肩に腕を回した――

「それじゃあ行こう」。そして囁いた――「サビーノ、サビーノ！」

鍵を回しながら、笑顔で訊ねた――

「吐いたあとでは、罪の意識が少なくならないか？」

重々しく答えた――

「たしかに、良くなりました」

自分が吐いたカラジウムのことを考えていた。解決策として、ノエミアをクビにするのが一番だ。喧嘩にならず、言い争うこともなく。でももし、彼女がなぜ、と訊ねてきたら？　たしかに、必ずなぜと訊いてくるはずだった。経費節減のためだ。昔からある口実だった、この世と同じだけ古い口実。しかし、解雇と愛の行為とを結びつけないようにしないといけない。愛の、というか何というか。ドナ・ノエミアとの場合、性行為は、まさに典型的に、ションベンと同じだった。

モンセニョールの姿を見て、絆創膏の神父は起立した――

「もうお帰りですか？」

「また明日な」

「もう全部閉めていいですか？」

「ああ閉めて」

サビーノも彼に笑みを向けた――

「また明日」

「ごきげんよう」

戸口のところで、モンセニョールに訊ねる――

「どこかまで、お乗せしましょうか？」

「いや結構。歩いていくほうがいいんだ。さっき言ったあれがあるから」

サビーノは満足げに復唱した――

「神は歩く！　神は歩く！」

相手は息を吸いこんだ、まるでその夕刻を肺の中に引っぱりこむかのように――

「その通り。歩くんだ。でもわかっただろ親愛なるサビーノよ？　歩いているとき、行進してるとき、わたしは自分がほとんど万能であるように感じるんだ。しかし、ちょっと一緒に来てくれよ。角のところまで、わたしを送ってくれ」

「もちろんです、もちろんです」

「それとも急いでいるのか？」

「とんでもない」

腕を取りあって歩いた。モンセニョールはこう言っていた――

「きみが話してくれたあれだが。マスターベーションの物語、わかるか？」

サビーノは〈マスターベーション〉とは言わなかった。この単語は彼にとって、肉と魂の両方の痛みをともなっていた。〈自慰〉のほうがずっと下品さが少なかった。

モンセニョールは続けた――

「きみが告白をしてくれたので、わたしのほうも自分の告白をしようと思いついたんだ。どうだい？　告解師のほうも告解をするというのは？　恐くなったか？」

「いいえ、とんでもない、その正反対です！」

神父は笑った――

「恐いの正反対とは何だ？　それはともかくとして、まじめな話。わたしの話では、誰もマスターベーションはしない」

またた、この単語！　モンセニョールはどうしてもこだわるのだった、あたかも、ぞっとする傷痕をもてあそぶ意図（無償の、怪物的な）があるかのように。

神父は話す――

「わたしの告白はこういう内容だ。若い女の子を想像してみてくれ。誰かは重要じゃない、わたしもその名をあんたに言うつもりはない。女の子だ、それだけでいい。十七歳だ、たぶん。あるいは十八歳。きれいな、きれいな子だ」

モンセニョールは歩道上で立ち止まる――

「それとも、もうこれ以上言わずに、ここでやめておいたほうがいいかな？」

「それはあなた様が決めることで」

「ダメだ、ダメ。もう始めたんだから、最後まで行こう。しかしわかってくれるな？　全部、私の聖具室で起こったことなんだ。先日だ、ごくごく最近のことなんだ。いいかい――わたしはその父親も、母親も、家族も全員知ってるんだ。その娘はわたしがこれから帰ろうというときにやってきた。やってきて、こう言った――〈神父さまとぜひとも話す必要があるんです〉。わたしは何も怪しむはずもない。少女はごくごく落ちついていた。もう時間が遅かったんで、わたしは一瞬部屋を出て、秘書に帰っていいと言いに行った、あの若者だ」

「絆創膏の？」

「そいつだ。男色家の」

「何です？」

「絆創膏の神父だよ、わたしの秘書の。あれは男色家だ。気づいただろう、彼がときどき、妙な腰の振り方をするのに？」

「気づきませんでした」

彼らは角のところで立ち止まる。モンセニョールは考える――〈ここでタバコを吸うわけにはいかないな〉。神父にも、公共の場でタバコを吸う者はいる。モンセニョールはしかし、隠れて吸うことに歓びを感じるほうだ。話を続ける――

「秘書を帰らせてから、わたしはもどる。部屋に入ると、少女はどこだ？　ふり向くと、そこに彼女がいる、ドアの後ろに隠れていたんだ。しかし裸なんだ、まったくの素っ裸だ」

サビーノは口をあんぐりと開けている――

「服を脱いで？」

「服を脱いで、裸だ、全裸。わたしが出てもどってくる間の、その一分の間に、少女は服を全部脱いだんだ、靴までも。裸で裸足。どうだ？」

口ごもった――

「どうして、何を求めて？」

「まあ聞いてくれ。しかもわたしは彼女を、小さな子供のころから知っているんだ。当然のことながら、それ以前に、われわれの間には何もなかった。わたしは仮説としてもそんなことは一度も考えたことがなかった。自分を差し出してきたんだよサビーノ。ただ単に」

沈黙。サビーノが訊ねる――

「で、それから？」

モンセニョールは興奮してくる――

「きみにはわからないのか？　少女だが花嫁さんだ。花婿のことを愛してると言う。おそらく愛しているんだろう、知らんけど。しかし彼女は、わたしによって処女でなくなることを望んだんだ。よりによってわたしでだサビーノ！」

「それで、あなた様はどうしたんです？」

「なんだ。わたしがどうしただと？　あんただってわたしを知ってるだろう。さあ、想像してみてくれ。わたしはどうした？」

サビーノは答えない。二人は目を見交わす。

モンセニョールが話す――

「こうしたんだ。まず第一に、わたしは驚かなかった、というか、つまり、まったく驚きを外に見せなかった。彼女を叱りもしなかった。ただ単にこう言ったんだ――〈わたしの天使よ、服を着なさい。わたしは外にいる、きみが服を着る間。待ってるから、ここのすぐ外で〉。わたしは外に出て、彼女は中に残った。一分後、あらわれた、ちゃんと服を着て。そこでわたしは彼女に言ったんだ、最大限の愛情をこめて――〈これは起こらなかったんだよ。何もなかったんだ。どうか神さまがきみを祝福してくださるように〉。彼女の額にキスをしてやって、それで彼女は帰っていった」

「それだけ？」

「それだけ。それともきみは何を望んでいたんだ？」

「何も望んでませんが、ただ……」

意地の悪い好奇心からサビーノは訊ねた――

「それで、その少女に対するあなた様の見解は？　その行動をどう説明なさいますか？」

モンセニョールは別の質問で答える――

「今何時かな?」

「時間ですか?」

「きみの時計を見てくれ。何時? ひゃあ、もう遅れそうだ。しかし、その裸の娘は、マスターベーションに値するかしないか、どっちだ?」

またその単語、またあの同じ単語。自慰であって、マスターベーションはやめてほしい。ノエミアのことはクビにするつもりだった、蹴り出してやるんだ。最小限の配慮にすら値しないのだった――恥知らずの女だ!

モンセニョールは微笑んでいた――

「少女に対するわたしの見解を本当に知りたいか? あんたはもしかすると、わたしが彼女のことをひどく貶《おとし》めると思っているのかもしれない」

「とんでもない」

笑った――

「ホントのことを告白しろよサビーノ。しかしだな、いいか――あんたにはこうとだけ言っておこう。もしも、誰もが他人の内密な性的事情を全部知っていたら、人は誰とも話をしなくなるだろう、ということだ。それじゃここで失礼しよう。ドナ・エウドクシアによろしくな」

モンセニョールは三歩か四歩、踏み出す。そこで急に立ち止まって、もどってくる――

「グロリーニャに言っておいてくれ、わたしが常に彼女のために祈っていると。さようなら」

「さようなら」

そこにとどまって、立ちつくしたまま、神父を背後から眺めていた。そしてそれから、縁石際から運転手に合図をした。今一度、神父のほうを見やった。怒りにまかせたような大股の足取りですでに遠くに行っていた。たしかに、モンセニョールの活力には卑猥なところが大いにあった。

車の中に乗りこむ（吐いておいてまだよかった）――

「会社に行く」

昼食を食べておくべきだった。すると突然、残酷な確信がわく――〈モンセニョールは嘘をついた！〉あれは嘘だった、嘘だ。うれしくなって、脚を伸ばした。（それに、〈自慰〉でなく〈マスターベーション〉と言ったことに関して神父を許していなかった。）あれだけの鼻息、あの首筋、あの上半身をしている男が、少女を愛撫ひとつせずに帰すはずはなかった。

サビーノはその場面を想像してみた――ケンタウロスのごとき呼気を吐くモンセニョールが、裸の娘をつかまえて、ドアの後ろで、立ったまま彼女と交わっている。激しい交わり、ひと言も発せずに。あるいは、モンセニョールのほうが〈大声を出すな、大声を出すな！〉と頼んでいる。

サビーノは目を閉じる。今や、彼女と交わっているのはもうそのバスク人ではなく、彼自身、サビーノだった。見知らぬその少女を彼は欲望していた。一瞬の間、娘の腹部にキスをしているのは、もう一人の男のほうではなく、彼自身であることを空想した。それからキスをした、乳房にではなく、乳首に。

モンセニョールは彼女の裸体に触れることもなく家に送り返したと言った。嘘だ！　少なくとも、彼女の処女を奪ったのだ、立ったまま。あるいは、もしかすると彼女はもうすでに処女ではなかったのかも知れない。

サビーノは考える――〈僕は娘が明日結婚するのに、昼食をとっていない〉。自分自身に向けて言った――〈食べてもいないものを吐いた〉。車はビルの正面に止まった。車を下りて――

「駐車場に行って、そこでわたしを待っていてくれ」

エレベーターに乗ると、考えが変わった――〈モンセニョールは娘を尊重したのだ〉。聖人が、半人半獣神《ファウヌス》のような鼻息をしながら、少女のような魂を持っていることもある。神父はその少女のほうだったのだ。

エレベーター係が彼に微笑みを向けた――

「先生、われわれの賭けに加わりませんか？」

猛烈におののいて訊ねた――

「何の賭け？」

ポケットから紙を取り出した――

「フルミネンセ対ヴァスコの試合に賭けてるんです」

「いくら？」

「五百です」

財布を取り出した。五千の札がたくさん入っている中から五百の札を一枚取った。エレベーター係は金を受け取った――

「どんな予感ですか先生？」

ためらう――

「そうだな。フルミネンセが2対1と入れといてくれ」

「2対1？」

「2対1がいっぱいあるのか見てみて」

「2対1ばかりですよ！」

サビーノはその紙の上に目を走らせる――

「じゃあこうしようじゃないか。フルミネンセが5対0というのはあるか？　ない？　じゃあ、フルミネンセ5対0で入れてくれ」

エレベーター係は笑いながら驚いてみせる――

「ちょっと多いと思いませんか先生？」

譲らずにくりかえした――

「いいから入れておけよ、5対0で。フルミネンセは状態がいい。それに監督のチンは、そこらの連中の中で一番だ」

エレベーター係は5対0の予想を書きこむ。しかし、こう考えている――〈おっさんボケてるぜ！〉

サビーノは事務所に向かう。ふたたび〈あの尻軽女〉ノエミアに激しく腹を立てている。新入りのボーイとすれ違い、相手は彼を見て、命令を受ける態勢をとる。そして彼のために直立不動になったその若者は、彼に無限の力の幻想をあたえた。確実にノエミアは泣きだすはずだった。そういう場面では、どの女だって泣きだす。知ったことか！

事務所のドアを押して入ると、彼の憤怒はあとかたもなく消え去る。すわって雑誌を読んでいる娘婿が目に入った。

むずかしげな顔がほどけて笑顔になる――

「よお！」

テオフィロは雑誌を放り出して立ちあがる――

「お待ちしてたんです」

サビーノは両手を差し出した（モンセニョールのように）――

「きみが来てくれてよかったよ」

若者をじっくりと抱きしめた。テオフィロは訊ねる――

「僕に話があるんですか？」

「そうなんだ。グロリーニャから伝言はあったかな？」

「ありました。電話で」

サビーノは囁き声で――

「われわれは話しあう必要がある」

自分の小さな机でタイプを打っていたドナ・ノエミアのほうに向き直る――

「一瞬外してもらえるかな？　いいかいドナ・ノエミア？　一瞬外してくれるか？」

立ちあがった――

「もちろんです」

何が彼を苛立たせたかと言えば、彼女のシニカルな自然さだった。彼らの脇を通り抜けて、おまけに、テオフィロに軽く微笑みかけたのだ。慎みがまったくない、困惑の様子も全然ない。

サビーノは椅子を指し示す――

「すわって、すわって」

タバコを取り出す――

「気にしないでくれ。今日は、何もかもが心に刺さるんだ。どうしてかね？」

テオフィロはすわって、膝を組む。サビーノはタバコのパッケージを差し出す――

「一本どう？」

「僕は吸わないんで」

パッケージをしまう――

「ああ、そうだった！　きみは吸わないんだ。タバコはほんと、僕にもまったく良くない。しかし手放せない。試したことはあるんだが、この小さな悪癖には勝てなくてね」

ノエミアのあの小さな微笑みが喉に突きささっていた。娘婿に説明する――

「僕は、何か問題があるときには、すわっていられないんだ。動く必要がある。それを別にしても、ここのところ、胸にちょっと息苦しさがあるんだ。もしかすると迷走神経なのかも。しかし、心配するようなことじゃない」

泣きだしたいという不条理な欲求を感じて、彼はタモイオ人の絵を見に行く。この裸のインディオたちを見て、男色家は何を感じるんだろうか？　逢い引き部屋のたんすの上で見つけた紙きれのことを思い出す。三段目の引き出しには触れないように、子供たちの洗濯済みの服が入っているので。まったくなんて不愉快な、それどころか、不快そのものだ！

自分の机のところに行き、半分残ったタバコを灰皿に放りこむ。自問する――〈オレは誰に腹を立てているのか？〉ああ、そう、ノエミアにだ。いやちがう、ちがう。今はテオフィロに腹を立ているのだった。この若者が好きではないことを、今発見したのだった。今も、以前も、好きではなかった。以前からずっと、彼が嫌いだったのだ。

微笑みながらもどってきて、娘婿の隣にすわった——

「すまないテオフィロ」

彼のことを〈息子よ〉とは決して呼ぶまい。彼を〈息子よ〉と呼んだら、それは偽善になるだろう。結婚している男色家以上に悪いものはない。結婚している男色家は、昼も夜も、たったひとつのことしか考えていない——妻を破壊することだ。

テオフィロが至近距離から質問をする——

「あなたは、カマリーニャの息子を覚えてますか？」

蒼ざめて言った——

「聞こえなかった」

聞こえていた、もちろん、しかし、時間を稼ぐ必要があったのだ。相手は、はっきりとくりかえした、彼から目を離すことなく——

「カマリーニャ先生の息子を？」

「アントニオ・カルロスのこと？」

「会ったことがありますか？」

「会ったよ」

それには満足できず、娘婿は、残酷に、さらに踏みこむ——

「よく知ってましたか？」

「よく知ってたとは言えない。まあまあぐらいだ。どうして？」

もう一本タバコを取り出して火をつけた。その行為によって、自らの苦悶を覆い隠した。これがどうにも理解できないのだった――どうしてテオフィロがあの息子の、そう、彼自身の男色を告げ口した男の息子のことを話しはじめたのか？　サビーノは娘婿がこれから言うことが恐かった。縮みあがって、待った。

テオフィロは立ち上がった。片手をポケットに入れ、部屋の端から端まで、話しながら横断した
――

「あの男に関して、あなたはどんな考えをお持ちですか？」

ためらった――

「そうだな。けっこう派手だったようだ。よくわからない。というか、彼は死んだんで、死人の話はしたくない」

テオフィロはそのまま復唱した――

「派手だった！　あなたは派手だったと言う！　いいですかサビーノ先生。僕がある出来事をお話ししましょう。あなたは僕がアントニオ・カルロスの友達だったことは知ってますか？　すごく親しい友達です」

すると不意に、サビーノは考える――〈テオフィロの吐く息は精液の匂いがするんだろうか？〉

その着想を前に、彼は張りつめた。

テオフィロは続けた――

「その出来事は、僕がヨーロッパに出発する前日に起こったんです。こういうことだったんです」

腰を下ろした。サビーノが空想したのはこういうことだった――〈これからオレは彼の近くに寄ろう。そうすれば、彼が精液の呼気をしているかどうかわかる〉。椅子を引っぱった（しかしまだ娘婿の呼気の匂いは感じられなかった）。椅子を近づけた――

「どういうことだったんだ？」

「そう。船に乗る前の日、僕はカステリーニョ〔イパネマ海岸にあった流行のお屋敷ナイトクラブ〕にいたんです。すると突然、外で誰かがこう叫んでるのが聞こえてきて――〈ケツを見ろ！　ケツを見ろ！〉って。それを大声で叫んでいて。誰もが出口までやってきました。僕もです。何だったかわかりますか？」

　サビーノは口をぽかんと開けていた。相手は先を続ける――

「フォルクスワーゲンでした。そのブロックを全速力でぐるぐる回っていたんです。しかし、カステリーニョの前に来ると、車はスピードを落とした、みんなに見えるように。運転手の隣には、男が外に乗り出してすわっていた。わかりますか？　男はズボンを下ろして、窓を開けて、お尻をわれわれのほうに向けて突き出していたんです。そして〈ケツを見ろ！　ケツを見ろ！〉と叫んでいた。ひと晩じゅう、それを続けてたんです。誰も笑いませんでした、一人も笑っている人は見ませんでした」

　そこで黙った。サビーノのほうを見た。訊ねた――

「面白いと思いますか？　どうですか？」

　耐えがたいほどの苦悶とともに、サビーノは呟く――

「全然」

押しつけがましい、非現実的な尻が、カステリーニョのまわりを、夜明け前に、周回しているところを想像した。カステリーニョの客が全員、出口に集まって見ていて。誰も笑わなかった、なぜなら、誰もが卑猥で不吉な幻覚の中に巻きこまれているのを感じていたからだ。

テオフィロは声を高める——

「その男が誰だったかわかりますか？　というか、顔はなくて、尻だけだったわけですが。しかし、その人間が誰だったのか、わかりますか？」

サビーノはわかりきっていることを言った——

「アントニオ・カルロス」

すると相手は、勝ち誇ったような残酷さで——

「そう、カマリーニャ先生の息子です。わが友には、こういう妄執があったんです。そういうことばかりを考えていた。どうですか、サビーノ先生。これはいったい何を意味しているんでしょう？」

「わからない」

引き下がらなかった——

「別の質問にしましょう。あなたは、カマリーニャ先生が少しでもモラリストだと思いますか？」

答えた——

「わたしは、死者にも、友人にも、審判を下したくない」

テオフィロは満足げに身体を傾けて——

「怒らないで」

沈黙がある。そして、前よりもさらに、サビーノは娘婿と顔をつきあわせて話がしたくなる、その呼気を嗅ぐために。精液の匂いがすることをほぼ確信していた。

立ち上がる。唐突な多幸感に押されて話す――

「想像してみてくれよテオフィロ、感情の高まる出来事が連続するというのを。今日は、ついさっきのことだが、モンセニョール・ベルナルドと一緒にいたんだ。あそこから来たんだ、あそこから帰ってきたところなんだ。すごい人物だよ、すごい人物！」

相手は天井に目をやりながら言う――

「モンセニョールのことは好きです」

サビーノは声をひそめる――

「でモンセニョールが、僕に予期していなかったことを言ったんだ。僕が善良な人間だと言ったんだよ。すっかりやられてしまった、わかるかい？　テオフィロ、きみはまだ若い。しかしわかってくれ――最大限のご褒美だったんだよ。それ以上何も望めないことだった。モンセニョールが僕のことを善良な人間と言ってくれるなら、僕はもう上がりっていう感じなんだ。完成、完成。もう何もいらないくらいだ」

そして元気よく、前置きなしにつけ加える――

「ただきみにお願いしたいのは、娘を幸せにしてやってほしいということだ」

若者の顔が近づく――

「わたしは言いたいことを言った。今度はきみが話す番だ」

娘婿が話せば、その呼気を嗅ぐことができるのだった。テオフィロは、しかしながら、立ち上がる。端から端へと歩き続ける——

「僕のほうでは、必要なことは何でも、何でもやります。娘さんのことが好きです、娘さんを愛してます。彼女のほうも、僕のことを愛してくれていると思います、もちろん。僕らには幸せになるのに必要なものが全部そろってます」

彼の言っていることは礼儀正しく、陳腐で、真っ当で、同時に、破廉恥でもあった。〈どうして破廉恥なんだ?〉というのが、サビーノが自分に向けた質問だった、返答を見つけられないまま。

再度感情が高まった——

「テオフィロ、僕のほうが話しすぎだが。きみをここに呼んだのはなぜかというと……グロリーニャが何なのか話したかい?」

「謎めかしてました」

「それはいい。要するにこういうことだ」

財布の中から小切手を取り出す——

「ここにちょっとした結婚祝いが用意してある。きみのものだ」

小切手を受け取り、金額に目をやる。視線を上げて——

「五百万?」

「きみのものだ」

テオフィロはなおも紙片を見ている——

「なぜです?」

無言の苛立ちをこめてサビーノは説明する——

「こういうことだ。僕の娘たちが結婚するときには、娘婿にプレゼントをあげることにしている。同じことをきみにもしているだけだ。わかるかい？」

相手はまったく穏やかだった――

「失礼していいですか？」

義理の父親の前で、彼は小切手を細かくちぎった。それから、細切れになったひとつかみの紙片を、灰皿の中に捨てに行った。

21

彼は現金で、十億持っていた。建物、土地、妻の宝石など、他のものを別にして。その十億は自分は全能だという感覚を彼にもたらしていた。その現金が。そして、その一方で彼はこう考えてもいた――〈まだこれからもっともっと稼ぐんだ〉

小切手を彼の前で破ることによって、娘婿は彼の全能性を貶め、打ちのめしたのだった。サビーノは彼に〈何なんだ、それは！〉と言いかけた。しかし彼は黙った。そして急に、自分が弱くなったのを、自分が年をとったことを感じた。それこそが真実だった――テオフィロの攻撃（それはほとんど肉体的な攻撃だった）は、サビーノを年寄りにしたのだった。

訊ねた――

「何なんだ、それは、要するに？」

テオフィロは答えた、気を使いながら、しかし譲ることなく――

「お金は、お断りです！」

サビーノはもう精液の匂いのことは思い出しもしなかった。カステリーニョのまわりを錯乱して周回しているアントニオ・カルロスの尻の亡霊のことも忘れていた。

「しかしこれは家族のしきたりなんだ！」

相手は額を高く掲げながら、同じことをくりかえした――

「他のプレゼントならいただきます。お金は受け取りません。申し訳ありませんが、受け取れません」

サビーノはポケットの中でマッチを捜していた――

「わかった、落ちついて。きみの判断を尊重する。きみがそういうふうに考えるのなら、それでいい」

テオフィロはなおも訊ねた――

「でも、怒っていませんか？　怒ってますか？」

「そんなことはまったくない、何だ」

すると若者は――

「そうですよね、当然！　いずれにしても、僕が感謝していることはぜひわかっておいてください」

しばしの間。テオフィロが訊く――

「OKですか？」

元気よく言った――

「OKだ」

サビーノは娘婿をエレベーターのところまで連れていった。自分がすっかり老人になったことを感じていた、突然ものすごく老人に！（と同時に、顔がほてっていた、まるでビンタをされたみたいに。）

エレベーターのところに着く前にサビーノは立ち止まる――

「テオフィロ、僕はきみにこう言いたかったんだ」

周囲を見まわす。

「どこかにこのタバコを捨てさせてくれ」

「あそこです」とテオフィロが言った。

サビーノは砂の箱の中にタバコを捨てに行った。

もどって、話しはじめる――

「きみに知っておいてもらいたいんだが、小切手を破るというきみの行為は、純粋な心をもって言うんだが、もっとも完璧な道徳的行為のひとつであってだな……」

適切なことばを探して――

「……道徳的行為だ」。そして、衝動的に締めくくった――「完璧な道徳的行為だ」

そう言いながら考えていた――〈ああ、この売女の息子め!〉いつにも増して確信していた、あんなことができるのは男色家だけだ、と。割り引いて考えたとしても、テオフィロは小切手のことを知っていたのだ。知っていて、全部事前に計画していたのだ。まったく何の純粋さもないのだ。まったくの芝居だ。良心的なふりをするオカマめ!

エレベーターが到着した。エレベーター係が顔を出す――

「下ですか?」

「ちょっと待って」

サビーノは彼の背中を叩いた――

「神さまの祝福がありますように」

すると相手も、目の中に光を浮かべながら——

「そちらのほうにも、そちらのほうこそ。では明日」

娘婿が乗りこみ、エレベーターのドアが閉まる。そのときになって初めて、サビーノは奇妙な匂いを、遅ればせながらに感じとる。娘婿の呼気の中に嗅ぎたかったものが、今、空中に、壁に、いたるところに、漂っているのだった。

ゆっくりと戻る。男色家だけだろう、五百万の小切手を破るのは。腹が立ってくる。もう何の匂いも感じていなかった。嗅覚にも幻想がありうるのだと思いたかった、他のどの感覚とも同じように幻覚が。

ノエミアがボーイと話をしているのを見た。通りすぎながら言った——

「来てくれるか、ドナ・ノエミア」

相手は、前よりも若く、きれいになって、やってきた。サビーノは執務室に入り、タモイオ人の前に来てようやく立ち止まった。インディオたちを見つめながら、振りかえることなく言った——

「ドナ・ノエミア、あの若者、あのボーイはクビにして」

身動きしなかった——

「何とおっしゃいましたか?」

怒りをぶちまけた——

「あなたは耳が聞こえないのかドナ・ノエミア?」

口ごもった——

「小声でおっしゃったのでサビーノ先生！」

彼女に言いにきた、ほとんど顔をぶつけるようにして——

「ボーイをクビにしろ」。そして嫌味を言った——「今度は聞こえたか？」

「聞こえました」

「何でわたしを見ているんだ？　さあ行ってドナ・ノエミア、行くんだ！」

困惑しながら、命令を果たしに行く。サビーノ先生は机に近づく。灰皿の中に、ちぎった紙の玉を見る。左脇腹に痛みを感じながらドナ・ノエミアがもどったとき、彼はすわって、片方の手で顔を覆っていた。

ノエミアはしばらく様子を見ている。それから、心臓をドキドキさせながら、思いきって——

「サビーノ先生？」

目が覚めたみたいに訊ねる——

「何だ？」

するると彼女は、小声で、おずおずと——

「よかったですか？」

サビーノは愕然となって立ち上がる——

「あなたは今、何と言ったドナ・ノエミア？」

恐くなる——

「何でもないです、何でもないです」

彼は机をぐるっと回って来た。ノエミアは雇い主が自分を殴りに来ると思う。

「ドナ・ノエミア、あなたは今、質問をした。もう一回くりかえしてくれ。あなたは何と質問したんだ？　わたしは知りたい」

サビーノはなおも奇妙な匂いを感じていない。今では確信している、嗅覚の幻覚を感じていたのだと。

彼女は何も言わない。サビーノはうすら笑いを浮かべる——

「あなたはわたしが普通の声で言うと聞こえないみたいだ。今度は聞こえるかどうか、答えてくれ」

どなり声を出した——

「あなたは何と質問したんだ？」

口ごもりがちに——

「先生が、よかったかどうか質問しました」

「ああ、それだったのかドナ・ノエミア？　わたしが、よかったのかどうか？」

甘い声で、蜂蜜のように言った。それから再び叫ぶ——

「そんな口調でわたしに話していいと、誰が許可したんだ？　えっ、あんた？」

彼女の両腕をつかんだ——

「自分の位置をわきまえろ！　自分の位置をわきまえろ！」

呻く——

「痛くて痣《あざ》ができそうです！」

娘を押しやる——

「ドナ・ノエミア、決して忘れるな」。サビーノは息を弾ませている――「あなたは、抵抗するふりさえ見せなかったということを決して忘れるな。あなたは何者なんだドナ・ノエミア？　答えてみろ！」

娘は蒼ざめている。しかし恐怖のせいで彼女の頬にはピンク色の部分ができている――

「何のことだかわかりません」

「わたしが言いたいのはだなドナ・ノエミア、あなたはまるで商売女のようにふるまったということだ。商売女のように！」

泣きだした――

「わたしを辱めないで！　辱めないでください！」

唾液が口の中で泡立っていた――

「あなたのような女は恥じることはない！」

そしてさらに言った――

「あなたは下の下だ！　一番下だ！」

泣き声を上げた――

「そんな言い方はないですサビーノ先生！　そんな言い方は！」　そして身体を屈めながらくりかえした――「わたしはそんなんじゃありません！　そんなんじゃありません！」

彼女が我を失っているので、サビーノはボーイがまだその辺にいて聞いているかもしれないと考えた。戸口まで行って、声をあげた――

「誰かいるか？　誰かいるのか？」

返事はない。にもかかわらず、なおも疑念をもった。入口を横断してトイレまで見に行った。誰もいない。目撃者がいないという確信は、彼に新たな勇気をあたえた。脚をもつれさせながら執務室にもどった。中に入って鍵をかける。

椅子の上に身を投げ出していたノエミアは顔を上げる。彼を見て、弾けるように言う——

「わたしのことをこんなふうに扱うなんて！　そんな権利はないはずです！」

彼に食ってかかった——

「そんなの認めません！　認めません！」

叫んでいた、初めて叫び声をあげていた。サビーノはこの女を殴ることになりそうなのを感じる——

「ここでは、認めたり認めなかったりするのはわたしのほうだ！　わたしだ！　それから、叫び声を出すんじゃないドナ・ノエミア！」

激しく言った——

「わたしは商売女じゃない！」

彼は怒鳴った——

「叫ぶな！　黙れ！」　そして取り憑かれたようにくりかえした——「黙れ！　わたしは女を殴ったことはないんだ、冷静さを失わせるな！」

執務室のまん中で、膝をついた。あの侮辱が頭から離れなかった——

「わたしは商売女じゃない！　商売女だったこともない！」

サビーノは立ったまま、背中を向けている——自らの憎悪にくたびれ果てて。ゆっくりと、部屋の反対端まで行って、タモイオ人たちを見た。

するとそのとき、穏やかな泣き声で、彼女が話しはじめた――

「サビーノ先生、わたしにはある人がいたんです、パートナーが。その男性を裏切りました、初めてその人を裏切ったんです」

サビーノは執務室の一番向こうから、陽気な残酷さをもってやってきた――

「なら、なおさら悪いな、なおさら！　あなたはその男を、最初にあらわれた人間を相手にして、裏切るのか？　われわれの間には、ひと言の会話も微笑みもなかった、何もなかった！　なのにあなたは裏切るのかドナ・ノエミア？　あなたはやってきて、すぐに服を脱いで、脚を開くのか？　わたしはあなたにとって、ほとんど見ず知らずの人間だったのに！」

立ち上がった――

「ちがいます、ちがいます！　見ず知らずの人間じゃありませんでした！」

声が枯れていた――

「それとも、全然わかってないんですか？」

彼のほうへと進み出た。彼の腕に手を置いた。サビーノは大声を出してそれを振りほどく――

「さわるな！　手を置くんじゃない！」

打ちひしがれて、彼女は先を続ける――

「サビーノ先生、わたしが行ったのは、好きだからです、あなたのことが前から好きだったからです。あなたは信じられないかもしれませんが、わたしはあなたのことが大好きなんです。大好きです！」

相手は、ほとんど声にならずに言う――

「何も大好きなんかじゃない。作り話、作り話！」

「サビーノ先生、聞いてください！　他の人だったら、わたしは行きませんでした！　でも、あなただったので行ったんです！　ここに帰ってきたとき、わたしのパートナーと喧嘩になりました。わたしはその人を侮辱しました、あなたのせいでサビーノ先生！」

サビーノは両目を閉じて横顔を向けていた――

「時間の無駄だ」

彼女は足を鳴らした――

「サビーノ先生、わたしはここで、自分の隅っこで、大人しくしていたんです。そこに、あなたがわたしに電話してきた。悪いのはあなたのほうです。わたしはどうしたらいいんです？　あなたのほうから言ってほしいです――わたしはどうしたらいいんですか？」

驚きあきれてふり向く――

「あなたは、わたしたちの間に何らかの関係があるとほのめかしている……わたしには、あなたに対して何らかの義務があると言っているのか？　そういうことなのかドナ・ノエミア？」

彼女が答えようとしていると、電話が鳴る。サビーノは息を切らしたように――

「そのクソ電話に出るんだ！」

今一度、タモイオ人たちの絵のところに行く。

ノエミアは答えていた――

「サンタ・テレジーニャ不動産です、こんばんわ」

エウドクシアだった。ノエミアは笑みを作る――

「奥さまお元気ですか？　そうですか？　まあまあです。います、います。お呼びします。奥さまそれではまた。ちょっとお待ちください」

サビーノのほうをふり向く（笑みを消す）――

「奥さまです」

相手は急ぐことなくやってくる。大きく息をする。腰をおろして――

「もしもし、どうしたんだ？」

電話の向こうで、妻は驚いてみせる――

「風邪をひいたの？」

「僕か？」

「声が枯れてるわよ！」

苦々しく笑った――

「エウドクシア、すぐに核心に行こうじゃないか。言ってくれ、どうしたんだ？」

「ここに誰が来ているかわかる？　誰が花嫁の付き添い少女《ドモワゼル・ドヌール》役をするか？　当ててみて？」

「誰だ？」

「シレーニ」

びっくりしてオウム返しに――

「シレーニ？」

そして続けた――

「エウドクシア、頭がおかしくなったのか？　なんてことだ！　いったいきみの頭はどうなってるんだ？」

「どうしてよ？」

「当たり前じゃないか！」

「よく聞いて。小声で話してるのは、シレーニが隣の部屋にいるからなの。シレーニがタチアーナの代役をするのよ、風疹になっちゃったから！」

　絶望的になって訊ねる——

「だからってきみらは癲癇の子を連れてきたのか？　聞いてるのかエウドクシア？　気持ちが昂《たか》ぶったらいけない子なんだぞ。気持ちが昂ぶると発作を起こす。彼女が教会の中で倒れたらどうする、想像してみてくれ！」

「あたしにどうしてほしいっていうの？」

「誰のアイディアなんだ？」

「あたしよ」

「ああきみか？　そうだとすぐわかったよ！　なら言うが、僕は反対だ。父親として、僕は反対だ！」

　妻のほうは我慢ができなくなった——

「サビーノ、あんたはどれだけ不愉快な、意地の悪い人間なの、まったく神さま助けて！　あの子はあんたの名付け子なのよ！」

「だから何だ？　だから何だ？　エウドクシア、頼むから。よく聞け——落ちついて話そうじゃないか。僕は落ちついてる。きみも知っていただろう、あの病気に関して僕が激しい偏見の持ち主だってことは。偏見があることは認める。どんな病気でも受け入れるが、あれだけは別なんだ。あれはダメだ。きみも知っていただろうエウドクシア。正直に言ってくれ。知らなかったか？」

「思い出さなかったのよ。その瞬間には思い出さなかったの」

「だから、僕の頼みを聞いてくれよエウドクシア。きみにお願いしているんだ。それだけは変えてくれよ。適当な言い訳を考えて」

妻のほうは混乱の極みにある――

「サビーノ、もうほっといて！　もう頼んだんだから。もうどうしようもないのよ。聞いて、聞いて。シレーニはもうタチアーナのドレスを試着したの。サイズもぴったりなんだから」

別れも告げずにサビーノは電話を切る。一瞬、燃えるように熱くて空っぽな瞑想に入って黙っている。ノエミアが背中を向けて鼻をかんでいるのが見えた。

立ち上がって、若い女のところまで行った。

自分を抑えながら言った――

「ドナ・ノエミア、あなたは解雇だ」

ゆっくりと振りかえった――

「何ですか？」

ほとんど甘いほどの調子でくりかえした――

「あなたは解雇だ」

見つめあう。彼女は震えて話しはじめる――

「あなたがどうしてわたしに、こんなことをするのか、わかってます」

あまりの苦悶に笑いだす――

「あのことのせいです。あなたがわたしに言った、あのことのせい」

と同時に彼女は考えている――〈わたしは喚きだしそう。喚きだしたい自分がいる〉。サビーノは女が言っているのは、あの同性愛の挿話のことだと想像している。

訊ねる――

「あのこととは何だ？」

震えながら言う――

「あなたは娘さんの名前を言ってました。覚えてないですか？　あなたはグロリーニャを呼んでました。でも安心してください、誰にも知られることはありませんから。わたしは誰にも言いません。絶対に、永久に！」

女と顔と顔が接するところにいる――

「いったいあんたは何を言ってるんだ？　えっ？　いったい何をほのめかそうとしてるんだ？　嘘だ！　嘘だ！　わたしは誰の名前も言ってない！　この売女の娘め！」

両手を開いて彼女のもとへとやってきた――

「ぶっ殺す！　ぶっ殺してやる！」

ノエミアは執務室の一番奥へと走る。彼と彼女の間には机がある。サビーノが言う――

「逃げるな！　逃げるな！　この鉛の文鎮でその顔をぶちのめしてやる！」

サビーノの憎悪に彼女は動けなくなった。もう彼女は身動きしなかった。ゆっくりと彼は机を回っていった。

そのとき、誰かがドアを叩いた。サビーノは恐くなって止まる。呼んでいる声が聞こえた――

「パパ、パパ！」

ノエミアのほうをふり返る――

「出ていけ！　ここから出ていけ！」

女は彼のわきを抜けていく。ドアを開け、グロリーニャとは口をきかずに、オフィスの奥へと走っていく。

グロリーニャが入ってくる――

「ノエミアは泣いてるのパパ？　何があったの？」

22

あのふしだらな女の顔面にモンセニョールの台詞を投げつけてやるべきだった――〈愛の行為はションベンと同じだ!〉売女の娘だ、グロリーニャの名前で脅迫しようとするとは。わたしの娘に手を出したら、殺してやる、殺してやる。そして、裁判の日には、陪審員にこう言うのだ――〈もう一度でも、殺してやる!〉

グロリーニャに言った――

「何でもないんだ」。そしてくりかえした――「何でもない」

娘はネクタイの結び目を直す――

「でもノエミアは泣きながら出ていったわよパパ!」

娘の顔にキスをする――

「いやいや、こういうことなんだ。彼女はわたしのために、書類を打ってるところだった。あの大規模集合住宅に関連して。それで、打ちまちがえをしたんだ、わかったかい?　というわけ。彼女にちょっと怒鳴ったんで」

グロリーニャは囁き声で言う――

「ノエミアはあんなにいい子なのにパパ！」

サビーノはハンカチを取り出しながら――

「そうだ、そうだ。わたしもちょっと言いすぎたか、もしかしたら。きみの結婚式のせいで、わたしは頭がおかしくなってるんだな！」

愛の行為はションベンと同じ。彼とあのゲス女の間の唯一のつながりは、まさに、そのションベンなのだ。娘に向けて微笑んだ。

グロリーニャはハンカチを取りあげる――

「あたしが拭いてあげるからパパ。あたしが拭く」

サビーノは首に、顔に、汗をかいていた。襟が濡れているのを感じていた。息苦しそうに言った
――

「どうしてだか、ちょっと調子が悪いんだ。お昼も食べなかったし」

上品なハンカチでサビーノの汗を拭った。彼はうれしそうに訊く――

「もういい？」

すると彼女は――

「終了」

「じゃ、もらおう。ハンカチを」

娘はハンカチを隅っこで持ち上げた――

「もうびしょ濡れ」

「かまわないよ」

濡れたハンカチを、ズボンの後ろのポケットにしまった。サビーノは質問する――

「悲しいの？」

「ノエミアがかわいそうで」

娘の手を取ってキスをする――

「いいかい。約束するよ――彼女にボンボンを一箱買ってあげるから、それで解決するさ」

顔を輝かせて言った――

「それはいい考え、それはいい考えよ。でも、お父さま、忘れない？」

「予定表にメモしておくよ。ちょっと待って」

仕事机のところに行って、分厚い帳面を見せた――

「これがわたしのバイブルさ！」

そこにメモした、ボンボンを一箱。光り輝いてもどってきた――

「さあこれでもうノエミアのことは忘れて」

彼女を胸に抱きしめた、まるで別れのときのように。まるで翌日の結婚式が、娘の死であるかのように。何度も彼女にキスをした、その顔に、額に、耳たぶに（彼女の耳たぶにキスするのはこれが初めてだった）。彼女の背中を手で撫でた。そしてほとんど、思わず、お尻まで愛撫するところだった。

娘から身体を離す――

「髪をやったんだね？」

「気に入った？」

「素敵だよ！」

「美容院からまっすぐ来たの」

歓喜とひとつになった苦悶を感じながら、彼女の両腕を取って引き寄せた。そして言った――

「かわいい坊《メニニーニョ》や！」

彼ら二人の間には、愛称の縮小辞を多用する特別の言語があったが、彼女のことを〈メニニーニョ〉と呼ぶのはこれが初めてだった。女の子を指すメニニーニャ、メニーナではなく、男の子を指すメニーノを使った。ある種の女との場合、性行為はションベンだ。

「きみのことはどれだけ見ても飽きないよ！」

するとグロリーニャは、距離をとって自分の姿を見せた。その場でくるりと、身軽で俊敏なバレエのピルエットをして見せる。それから父親のもとにもどってくると――

「お父さまはもう帰っちゃったかと思ったの。エレベーター係が教えてくれたのよ――〈まだ下りてきてないです、まだ下りてないです〉って。だから上がってきたの」

サビーノはもうノエミアのことは覚えていなかった。そして、あまりに愛情を込めすぎだとグロリーニャに思われるのが恐くなった。それにしても、モンセニョールの前で裸になった娘というのは誰なのだろうか？　今もまた、娘を腕の中に抱きながら、手を背中にすべらせたのだった。もしもそれがお尻にまで達して、そこを愛撫したなら、彼女はどんな反応を見せるだろうか？　彼女のことを、娘としてではなく、女として、若い女として想像した。

こう言った――

「きみは僕のかわいい坊《メニニーニョ》やだろ？」

顔を上げて、自信満々で——

「そうよ。かわいい坊やよ」

二人はその性別の転換に残酷な甘やかさを感じていた。すると急に、彼女はサビーノのほうを向いて——

「パパ、ちょっと一瞬、中に行くから」

頼んだ——

「あそこのトイレは使わないで、僕の天使。ここの女の子たちがきれいに使ってるか、わからないから」

「あたしは気にしないからパパ。気を使わないで」

ドアのところまで彼女を連れて行った——

「わかったわかった。家に帰るまで待てないんだよね？」

「無理無理」

重々しく言った——

「ならいい、ならいい」

グロリーニャはオフィスを奥まで通り抜けた。トイレの取っ手を回した。ドアは中から閉められていた。

呼びかけた——

「ノエミア、ノエミア！」

相手はドアを開けて——

「どうぞ、どうぞ！」

グロリーニャは中に入り、するとノエミアはすぐに鍵をかける。娘は驚いて見せて――

「閉じこもるの？」

呻き声で――

「あたしは気持ちが乱れちゃってグロリーニャ、それもひどく！」

彼女を正面から見すえた――

「ノエミア、あたしが質問したら、答えてくれる？」

後ずさりして――

「何の質問？」

「答えてくれる？」

怯えながら言った――

「答えますよ」

「じゃあ訊くわよ。あなたとあたしの父親の間には何かあるの？」

「何かって、どんな？」

「とぼけないでノエミア！」

「よくわからなくて」

「ノエミア！　あたしが訊いているのは、あなたたちの間に、男と女のあれがあるのかってこと。わかるでしょノエミア、さあ！」

赤くなって言った――

「何を言うのグロリーニャ！　あなたまるで、お父さんのことを全然知らないみたい！　サビーノ先生が、あたしのことをそんなに信頼すると思うの？」

「何もないという意味？」

「誓って！」

グロリーニャは笑った――

「あたしはほんとにバカよね！　疑ってたの、わかる？　あなたが泣いているのを見たとき、自分に言ったの――〈何か変、けしからん〉って。おまけに、鍵をかけて二人で閉じこもっていて」

「仕事です。報告書があって」

グロリーニャは鏡の中で自分を見た――

「嫉妬したのよ。知ってる、あたし、パパのことで嫉妬するんだって？　するのよ。本気の嫉妬」

ノエミアの正面に立って――

「あたしの髪型どう？」

うやうやしく答える――

「あなたのことは全部好き」

グロリーニャは個室に入る――

「おしっこしたいの。でも、すわらないわよ。病気を拾うのがすごく恐いたちなの」

「立ってすれば」

「そうするつもり」

グロリーニャは囁き声で――

「あたしが何が嫌かって、何が気持ち悪いかって、汗で濡れたパンツ。あたしがどこに一番汗をかくか知ってる？　笑えるの。腋の下じゃない。腋の下には、あたし、ほとんど汗かかないの。でも、胸の下にはすごくかくの、それもとくに、右の胸の下」

中から出てくる、手にパンティを持って――

「もうひとつ、質問するわよ」

ワンピースをまくって、スカートで自分の太腿をあおぐ。パンティをはく。

質問する――

「あたしのお尻は、尖ってる？」

二人とも笑う。

「何で？」

もう一度、グロリーニャは鏡の中の自分を見に行く――

「つまりね、こういうこと。あたしの姉たちのことは知ってるでしょ、知らない？　彼女らはもうホント、ひどいコンプレックスがあるのよ。あたしに欠点を押しつけるのが大好きなの。今日は、新しいのを持ってきたの、あたしのお尻は尖ってるっていう。彼女らはお尻なんかないのよ、わかる？　姉たちほどぺちゃんこなお尻は見たことないくらい。なのにふり返ってちょっかいを出して、あたしに毒を振りまくわけ。でも答えて――あたしのお尻は尖ってる？」

「どういうもののことなんでしょう、尖ってるお尻って？」

グロリーニャは横向きになる――

「さあ見て。ちゃんと見てる？」

「見ました」

「じゃ言って」

相手は話す――

「グローリーニャ、あたしにはあなたのお尻が尖ってるかどうか、わからない、どういうことか」

「本当のことを言って」

するとノエミアは――

「言ってるのよ。あたしの意見なんか、言うまでもないの。このオフィスの女の子たち全員の意見を言うわよ。女たち全員の。電話係まで、みんな何て言ってるかわかる？　あれよりもっといいお尻はありえないって！」

「恐ろしい！」

相手は話し続ける――

「何で恐ろしいの？　恐ろしいなんてことまったくないのよ！　だって、あたしのコンプレックスはそれなんだから。どういうことかわかる？　あたしはあなたみたいになりたいの。あたしはお尻がほとんどないから。ここの後ろが、あなたのお姉さんたちと同じで、ぺちゃんこなのよ。ほら、見て」

グローリーニャはしあわせそうに言う――

「わかるわかる、だから姉たちは恨めしく思ってるのよ。あたしは無視してるけど」

鍵を回す――

「ノエミア、あした、来てくれるでしょ、来ないの？」

「結婚式に？」

「来てくれなくちゃ」

ノエミアは両手をこまねく――

「わからない、わからない」

「嘘の友達？　喧嘩を売るわよ！」

グロリーニャの腕をつかむ――

「そうじゃないの。何と言うか」。そして、一気に言う――「ときどき、あなたのお父さんはあたしに、変な扱いをするの。それも理由もなく、理由もなしに。あたしはサビーノ先生を歓ばせるために何でもしてるのに。あなたには打ち明けるけどグロリーニャ、あたしの言うことは黙っていてよ」

泣きはじめる――

「あたしはあなたのお父さんが好きなの、変な意味じゃなくて。あたしにとって、サビーノ先生は上司以上なの。父親みたいなのよ。いいグロリーニャ。これから何があろうとも、あなたにはわかっておいてほしいの、あたしがサビーノ先生のことを崇拝しているっていうことを。崇拝してるの！」

グロリーニャは彼女の顔にキスをする――

「何ばかなこと言ってるの！　パパはあなたのことが大好きよ。だから来て、あした、絶対来てよ。あそこで会いましょ。チャオ」

「じゃあね」

オフィスを通り抜けた。父親が執務室の一番奥で彼女を待っていた、タモイオ人たちの版画を見ながら。

「用意できた」

待ちきれない様子で振りかえる。かわいい坊やと彼女を呼ぶことに常軌を逸した歓びを感じる。

「じゃ行こうか？　行く？」

しかし、あわてて立ち止まる――

「ノエミアはどこだ？　行く前にノエミアに話すことがあるんだ」

ドアロまで行った。呼んだ――

「ドナ・ノエミア！　ドナ・ノエミア！」

「あたしが行ってくるわパパ」

するとサビーノは――

「もう来るよ。ドナ・ノエミア、頼むから」

オフィスの途中まで行ってみた。完璧な礼儀正しさを装って――

「ドナ・ノエミア、わたしを待っててください。それとも、何か用事がある？」

「待ってます」

「娘を送ってくるから、でも時間はかからない。じゃああとで」

視線を下ろして――

「じゃああとで」

二人は腕をとりあって出ていく。階下のホールで、グロリーニャは立ち止まる――

「パパ聞いて。あたしたちは家に帰るんじゃないのよ、ねえお父さま。ドライブするの」

「お母さんは？」

「パパ、これが最後の日なのよ。最後の。お父さま、ダメ？　知りたいの。ひとまわりするの、ダメ？　あたしたち二人だけで、パパ」

「でも、ドナ・ノエミアは？」

父親を引っぱっていきながら――

「ノエミアは待ってるから。彼女はお父さまに狂ってるの、恋してるんだから。奴隷なのよ」

重々しく抗議した――

「誤解だよ、誤解」

サビーノの腕にぶら下がりながら進んだ。

「賭けてみる？　秘書の子たちが全員、お父さまに恋しちゃうかどうか。あたしは賭ける。それは別にしてパパ、ちがう話。あたしたちだけでドライブしましょ。お父さまは運転手をもう帰しちゃって」

サビーノは大げさに言った――

「しかし、僕はもう二百年も運転してないんだ！　頼むよ！」

「パパ、あたしはあした、結婚するのよ。あたしの結婚式の前日に、あたしのお願いを断らないでよ。運転手を帰しちゃって」

結局、譲歩することになった。運転手の手の中に五千の札を握らせた。訊ねた――

「ガソリンは入ってる？」

「タンク半分以上あります」

「十分だ。そうだ。明日は早く来てくれ、朝早く。おやすみ」

二人は車の中に入った。グロリーニャは言う――

「いっぱいにしていくパパ？」

「何を？」

「ガソリンをタンクに？」

パニックのふりをしながら訊ねる――

「きみは僕をどこに連れていくんだい？」

笑っていたが、心臓は幸せで高鳴っていた。彼女のほうは、野蛮な覇気《エラン》をもって――

「あたしは、遠くに、ものすごく遠くに連れていくわよ。お父さまは、今日はあたしのものだからパパ」

くりかえした、低い声で、自分自身に向けて――

「あたしのもの」

最初のガソリンスタンドを通り過ぎると、彼女は叫んだ――

「もどってパパ、もどって。あそこに入って」

タンクを満杯にした。サビーノは娘のほうを向いて――

「さあ、それで？　僕たちはどこに行くんだ？」

縮みあがりながら言った――

「アヴェニーダ・ニーマイヤー〔イパネマ海岸から海沿いに郊外へと出ていく大通り〕のほう」

恐くなりはじめた――

「遠すぎだよ、お嬢さん。時間はどうなんだ？　お母さんが黒ヒョウになるぞ」

サビーノににじり寄って、肩の上に頭をもたせかけた――

「あたしの最後の日なのよ。お父さまはあたしに何も断っちゃいけないの。あたしに言って。今日、あたしは、何でもお願いしていい？」

頭を下げてステアリングにもたせかけた――

「何でもだ」

サビーノはスピードをあげる。暴虐な多幸感に包まれて、こう言っている――

「じゃあ、もし僕がきみを略奪したらどうだい？　僕がきみと一緒に駆け落ちしたら？」

「それっきりもう二度ともどらないみたいに？」

叫んだ――

「それっきりもう二度ともどらない！」

顔を向けて、サビーノの耳の中に向けて――

「あたしは構わない。構わないわよパパ。それとも、お父さまは嘘だと思う？」

彼は黙っている。娘のほうが言う――

「でも、お父さまは勇気がないのね。あたしのほうが、お父さまより勇気があるの」

彼女の言うことを聞かずに、こう言う――

「あしたの今ごろには、きみは結婚している。夫がいる身になる。そして、その夫と一緒にきみは寝るんだ」

手でサビーノの腕を締めつける――

「パパは怒ってるのね？　本当のことを言って。怒ってるの？」

激しく否定する――

「ちがうちがう！　何で怒る？　僕はきみのしあわせだけを願っているんだ」

すると彼女は、傷つけられて、おとしめられて、退けられて、刺激されて、自分のほうも彼のことを傷つけたくなる――

「パパ覚えてる？　家によく来るあの男の子、映画をやってるの。ドキュメンタリーを作ってる。あの髪の長い子。彼はお父さまを見て、お父さまは四角四面だって言ったのよ。あたしの友達はみんな、お父さまは四角四面だって思うの」

これに彼はいきり立った――

「みんなそう思うのか？」

「それがパパの欠点だって」

大声を出した――

「きみもそう思うのか？」

メルセデスは空を飛んでいた――

「みんなまちがってる！　誰も僕のことを知らないんだ。自分の娘すら知らないとは。しかしな、まさに今日。今日この日に」

息切れしながら――

「僕は人殺しになるところだったんだ。ある人物が、きみのことを話したからだ。そのせいで僕はその人を殺すところだった。あと1ミリ、犯罪まであと1ミリのところまで行った。わたしがだ、人殺し、このわたしが！　それもきみのためにだ！」

頭を父親の肩に乗せた――

「忘れてパパ、忘れて。重要なのは、あたしたちが今、ここでこうしてること、あたしがお父さまを愛してるってこと。これからあたしたちがどこに行くのか知ってる？　無人のビーチに行くの」

「無人の？」

「そうよ」

「でもお嬢さん、襲われちゃうよ！　きみは襲われたいのかい？」

激怒した――

「襲いたければ、やってみろっての！　パパ、あたしを止めないで、お願いだから！　無人のビーチじゃなければいけないの。お父さまとお話がしたいんだから。これまでに一度もしなかったようなお話」

二人はしばらく黙って進んだ。アヴェニーダ・ニーマイヤーに入ったときになって、ようやくサビーノが口を開いた――

「グロリーニャ、ついさっきだが、僕は興奮してしまった。きみまでもが僕について、そういう考えを持っているというのが、つらかったんだ」

「パパ、聞いて」

空いている手を娘の膝に置く。苦悶に息を詰まらせながら言う――

「ダメダメ。反論したいわけじゃない。先を続けさせておくれ。つまり、こういうことだ。きみに言いたいのは、今この瞬間が僕の人生で一番しあわせだということなんだ。僕は、こんなにしあわせだったことは一度もない。僕はこの瞬間を生きるために生まれてきたんだと思う、この一瞬だけを」

グロリーニャは顔を差し出しながら、お願いする――

「キスして、あたしにキスして」

身体を傾けて、すばやく、口びるで娘の額に触れる。今度は彼女のほうが、父親の膝に手をやっている――

「パパ、あたしにひとつ質問をさせてくれる？」

「いいよ」

「それは、あたしが十歳のときからずっとしたかった質問なの」

しばしの間を置いてから言う――

「どうしてお父さまは、ママのことを好きでいられるの？　お父さまは本当にママのことが好きなの？　あたしは信じられないの。好きなの？」

びっくり仰天して口ごもる――

「しかし、きみのお母さんじゃないかグロリーニャ！」

グロリーニャは狂ったようだった――

「あたしのお母さんよ！　あたしのお母さん！　でもあたしのお母さんだから、あたしは好きじゃなければいけないの？　そういう義務があるの？　とにかくわかっておいて、あたしはお母さんが好きじゃないってことを」

すすり泣いていた──

「お母さんのことは目にするのもいやなの！」

23

くりかえした――

「娘よ、わたしがとてつもなく驚いているってこと、グロリーニャ、きみはわかっているのか？　とてつもなく驚いている。きみはこれまで一度も、そんなふうに話したことはなかった、一度だって！」

荒々しく言った――

「なぜだかわかる？　あたしたちの間には、一度も本気の会話がなかったからよ」

「でもきみとはあんなにいつも話をしてきたじゃないか！」

あきれかえって、ふり向いた――

「ああ、お父さまはあたしのことがわかってないのよパパ！　ちがうのよ。あたしたちの会話で、あたしは感じるの、わかる？　お父さまが全部話してないってことを感じるの。一度も全部言わないの」

「しかし全部ってどういうこと？　言ってるよ、そう、わたしは言っている！」

「お父さまが言わないこともあるの」

「どういうこと？　それじゃ曖昧すぎる。わたしが言わないのは何なんだ？」

「わかるでしょパパ、とぼけないで！」

サビーノはほとんど泣きだしそうにしている――

「グロリーニャ、わたしが全部言っているか、全部じゃないか、それはあまり重要じゃない」

怒鳴った――

「重要じゃない、だなんて。あたしには、お父さまは全部言うべきなのよ」

「待ってくれ、わが娘よ。それはもう少し先で話す。まず先に、聞いてくれグロリーニャ。聞いてくれ。何よりもよくないのは、きみがきみのお母さんについて言ったことだ。われわれはみんな、自分の親は受け入れなければいけない。誰だって完璧じゃない。しかしわれわれは受け入れなければいけない、裁《さば》いたりしないんだ、自分の両親を。きみのお母さんなんだグロリーニャ、彼女はきみのお母さんなんだから！」

座席の上で飛び跳ねた――

「あたしの母親だ、だから何？　あたしが母親を選んだっていうの？」

「その理屈は狂ってる！」

冷静さを失って、車の中で叫んだ――

「あたしにはお母さんの顔に唾を吐くだけの理由があるのって言ったらどう？」

あまりの驚きにサビーノはステアリング操作を誤って、対向車線の車に正面からぶつかりかけた。

相手の運転手が怒鳴った――

「この売女の息子！」

サビーノの耳の中には前の台詞が残っていた――〈お母さんの顔に唾を吐くだけの理由がある！〉怒りのあまり、少し先で車を止めた――

「グロリーニャ、きみにはさっきのをちゃんと説明してもらいたい。きみは正常じゃない。答えてくれ。顔をそむけたりしないで。わたしのほうを見て、グロリーニャ、わたしを見て」

恐れることなく彼に顔を向けた――

「タバコを一本ちょうだい」

あまりに大声を出したので、声がかすれたほどだった――

「お嬢さん！　間抜けのふりをするんじゃない！　今はタバコを吸ってる場合じゃない！　わたしはきみが、お母さんのことをそんなふうに言うのを認められない！」

くりかえした――

「あたしにタバコをくれないの？」

サビーノは泣いていた。ほとんど声にならずに言った――

「わたしが怒鳴っているのに、きみにはわたしの言うことが聞こえないのか？　さあほら、タバコをあげる。声帯がちぎれてしまったようだ。マッチは持ってない。ああ、あった、ここにある！」

震える手で娘のタバコに火をつけた。エンジンをかける――

「もう帰ろう」

すばやく彼女はステアリングをつかんだ――

「ダメよパパ。どうして帰るの？」

「どういうつもりだ？」

タバコを外に投げ捨てながら言った――

「ドライブを続けるのよ」

サビーノは片手で胸を叩いた――

「その口調は受け入れられない、受け入れない。きみは命令を出しているが、父親はわたしだ、わたしのほうだ！」

グロリーニャはステアリングから手を離す――

「パパ、あそこの無人のビーチに行きましょ。あそこ。見える？　ここからお父さま、見えないの？　あそこよパパ！」

発進する前にサビーノは訊ねる――

「で、原因は何だ？　きみがお母さんの顔に唾を吐きたい原因は？　何だ？　言いなさい。わたしは知りたい！」

質問していながら、同時に、返答を恐れてもいる。彼女は低い声で、ある種の悲しげな甘さをこめて言う――

「あとで言うわよ、車から下りたら。砂浜で」

「じらすのか？　わが娘よ。家族の中には、家族には、いろいろあるが……」

黙ったのは、ことばが見つからなかったからだ。彼が言いたかったのは、どの家族にも、刺激しないでおいたほうがいい闇の部分があるということだった。どれだけの家で、どれだけの家庭で、不倫や男色、近親相姦、癲癇などが隠されてきたことか？　アヴェニーダ・ニーマイヤーを走り始めたときから、島の沈黙が聞こえていた。

グロリーニャが言う――

「ここよ。止まって」

縁石に乗り上げるように操作する。ひとけがないことが恐くなりはじめる――

「ここはひとけがなさすぎる」

娘が先に下りる――

「ドアをロックして、下りて」

サビーノは窓を閉める。わたしは従う――

「きみが命令して、苦々しく言う――

グロリーニャは靴を脱ぐ――

「しまっといてパパ」

一瞬の間、そこに立ったまま、目を閉じて、風を感じている。父親のほうを向く――

「髪型がダメになっちゃう、でもかまわない」

解き放たれた裸足で砂浜のほうに走っていく。

サビーノは叫ぶ――

「グロリーニャ、待って！　グロリーニャ！」

彼女は聞いていない。ずっと先に行ってから止まる――

「こっちこっち！　こっちに来て！」

裸足のまま海のほうへと逃げていった。サビーノは車を閉めた。考える――〈二人して襲われたら最高だな〉。歩いていった。足が砂の中に埋まりこみ、酔っぱらいのような不均等な足つきだった。彼の子供時代のビーチ、リオ・グランデ・ド・ノルチ州のは、野生のピタンガ〔サクランボ大の果実〕のせいで真っ赤だった。そして突然、彼はどうして人は海を忘れないのか発見する。海は精液の匂い、古い尿の、ちゃんと洗ってない性器の匂いがするのだ。遠くのほうに、岩だけの島があった。そしてその島には、花ひとつないのだった、果物も湧き水も――あるのはカモメの糞だけだった。

そして、娘がどこまでも止まらないので、彼は、彼女を失うという不条理な恐怖にとらわれた――

「グロリーニャ！　グロリーニャ！」

彼女は今では、砂の上にすわっていた。サビーノに向けて叫んだ――

「靴を脱いで！」

突然、彼女は立ち上がり、笑いはじめた。狂女のような大笑いをしていた。サビーノは考えていた――〈彼女は普通じゃない〉。グロリーニャが結婚式の前日に狂女になるというのを想像した。娘が今度はワンピースを腿の途中まで持ち上げていた。海のほうへと近づく。泡の中に踏みこんで、足先を冷たい海水にひたす。

サビーノは息を切らしながらそこに到着する――

「娘よ、娘よ」

彼を引き寄せる――

「すわって、ここに、あたしと一緒にすわって」

彼女が何を言いだすのか、彼は怖がっている。グロリーニャは訊く――

「パパ、お父さまはあたしのことが好き?」

「それをきみは疑ってるのかい?」

「答えて」

「僕が大好きだってことはきみも知ってる。僕はきみのことが好きだよグロリーニャ、きみが考えてるよりもずっと余計に好きだ。この感情はきみには想像もできないよ、僕が、僕が……」

彼に正面から向きあう――

「あたしとママとではどっち?」

「どうしてきみのお母さんが出てくる? 片方はわたしの妻で、もう一方はわたしの娘だ。グロリーニャ、きみはわたしを傷つけたいのか? わたしを痛めつけたいのか?」

サビーノは、海の底には、海の奥底には、経血に濡れた広大な森がある、と考える。グロリーニャは顔を近づける――

「パパ、全部話していい?」

視線をそらす――

「いいとも、もちろん。ダメなはずがないだろ?」

すでに夜になっているが、二人は、夜になったことを感じていない。もはや正面にある島も見えない、岩とカモメの糞でできているあの寂しい島。唐突な酩酊がサビーノの中に広がる。彼は走りだして叫びたい欲求を感じている。しかし動かない、寒さで固まっている。そしてその寒さによって彼はなおさら痩せていくみたいだ。全身の骨が痛んでいる。

グロリーニャは訊ねる――

「お父さまも全部話してくれるの？」

震えながら――

「僕は嘘はつかない！　一度も嘘をついていない！」

「あたしが訊いたのはそういうことじゃないの。お父さまが全部話してくれるのかって訊いたの」

「何の全部だ？　話すよ、いいとも。全部話す！」

グロリーニャは父親の腕を手で撫でる――

「じゃもしも、あたしがあした、結婚しなかったら？」

間があってから――

「あした結婚しない？」

すると娘は激しく――

「あしただけじゃなく、いつまでもしないの！」

サビーノの心臓は高鳴っている――

「でもどうしてだ？　なぜなんだ？　わが娘よ、何なんだこれは？」

グロリーニャは彼の腕をつかんだ。ほとんど口と口が接するようにして言う――

「パパ、あたしは全部話してるの。自分の母親が大嫌いなことはもう話した。姉たちも大嫌い。それからあたしの結婚相手も好きじゃないの。聞こえた。あたしは新郎が好きじゃないの！」

グロリーニャの呼気は精液の匂いがする。グロリーニャではない。海のせいだ。海はおりもののような匂いがしている。

訊ねる――

「カマリーニャ先生がきみに何か言ったのか？」

「言ったわよ、言った。でも、カマリーニャ先生じゃないの。あたしなのよ、あたし！　わかった？　あたしはあたしの結婚相手が好きじゃないの」

声を落として——

「別の人が好きなの」

サビーノは凍りついている。上着の首元を締める。娘は身体を投げ出して彼の首に頭を乗せる。彼は締めつけられた声で言う——

「別の人って？」

目を閉じる——

「パパ、あたしは好きになっちゃいけない人を好きになっちゃったの」

「好きになっちゃいけない？　しかしそれは誰だ？　言ってくれ。誰なんだ？」

「言えない」

叫ぶ——

「言わなきゃダメだ！　言わなきゃ！」

父親の首から頭を離す。今度は立ち上がっている、海に背を向けて。サビーノは膝立ちになる。グロリーニャの脚に抱きついて喘ぎながら——

「僕になら言える。何でも言える。僕は名前を知りたい、その名前を！」

怒りにまかせてふりほどいた。一瞬、サビーノは砂の上で四つん這いになって、呟いた——

「何なんだこれは？　何なんだこれは？」

立ち上がった。むせび泣くように――

「きみにはわたしに対する敬意がまったくないグロリーニャ！」

父親のことを笑った――

「どうしてあたしは全部言わなくちゃいけないの、お父さまは何も言わないのに？　お父さまは恐がってるのよ、恐がってる！」

話すが、つっかえがちになる――

「娘よ、いいかい。いいかい。わかった。わたしも全部言う。モンセニョール・ベルナルドも、われわれは誰もがすべてを言うべきだと言っていた。わたしも言うよ、それでよし」

グロリーニャは両手を腰に当てて――

「ママのことは好きなの？」

怒りに駆られた――

「きみはお母さんのことしか言うことがないのか？　話を変えなさい！　きみは病的になってるぞ！　これは病気だ。わたしは答えない、わたしは答えるのを拒否する！」

彼女は歯を噛みしめた――

「意気地なし！　意気地なし！」

前に出ようとした――

「何だと！　何だと！」

狂女のように、娘は走りだした。サビーノはそのあとを追い、彼女は叫び続ける――

「ママのことが好きなの？」

娘は先まで行ってから立ち止まった。サビーノはよろよろしながら近づく。震える両手を差し出す――

「いいかい、娘よ。わたしはきみのお母さんが好きじゃない。好きじゃない。きみが知りたかったのはこれじゃないのか？　わたしはきみのお母さんを愛してない」

「続けて、続けて」

サビーノは自分の声に聞き覚えがない――

「わたしは憐れみは感じている、ある種の憐れみを。でもそれは愛ではない」

彼女は父親に背を向けていた。ゆっくりとふり向いて――

「あたしには理由があるって言ったわよね。自分の母親の顔に唾を吐きたい理由が。お父さまにこそそれをこれから教える」

「きみのお母さんのことは忘れてくれ」とサビーノは必死になって頼みこんだ。

しかし彼女は最後まで行った――

「お父さまは知ってるわよね、ママがいつもあたしをお風呂に入れていたことを。今日まで、というか、ついこないだまで。あたしは自分ではちゃんと身体を洗えないから、とか言って。そういう口実で。そのあとで、あたしを拭いて、全身にタルカムパウダーをすりこんで。脚の間にも〈あんたはそこに汗をかくから、あせもになるかもしれないでしょ〉と言いながら塗りこんで」

サビーノは呟いた――

「他にもあるのか？」

すると彼女はクレッシェンドがかかって――

「ついには、最後のとき、あたしの身体をふいたあと。ちゃんと聞いてるのお父さん？　あたしの母親はあたしを抱きしめて、向きを変えさせて、あたしの口に、キスをして舌を入れてきた。まるで男みたいによパパ！」

サビーノは後ずさりする——

「きみはいったい何を言っているんだ？　きみはいったい何を言おうとしてるんだ？　そんなこと、ありえない！」　そして両腕を天に向けて開いた——「誰もそんなことを、自分の母親に関して言えるはずがない！」

彼女を叩くために手を高く掲げて、近づいた。娘は立ち向かった——

「ぶてば！　ぶてばいい！」

彼はぶたなかった。狂人のように、砂の上をぐるぐると、歩きまわり続けた。その間も絶え間なく言っていた——

「嘘だ！　嘘だ！　わたしは教会に通うカトリック信者だ、クリスチャンだ。わたしは信じない、母親が自分の娘に対してレズビアンになるなんて。わたしは信じない！」

大声で、円を描いて歩きながら——

「おまえは嘘つきだ！　何てことだ、何てことだ！」

最後には娘の足もとに崩れおちた——

「きみのお母さんには、レズビアン的なところなんかまったくないんだ。ノーマルな女なんだ、ノーマルな。もっと言うから、聞いてくれ、もっときみに教えるから。きみのお母さんには愛人がいたことがある。わたしを裏切ったんだ。わたしは許した、というか、そこまでもいかない。わたしは知らないふりをしたんだ。彼女は姦淫した女だ、しかし、レズビアンではない。自分の娘に対する同性愛なんて、なおさらちがう。わたしはクリスチャンだ、わたしはクリスチャンだ！」

ガクッと首を落として、顔をグロリーニャの足の上に置いた。すすり泣いていた、絶望に我を失って。娘は待った。彼が少し落ちついたように見えたとき、訊ねた――

「別の男というのが誰なのか、知りたいんじゃないの？　あたしが愛しちゃいけなかった男が誰なのか？」

風のせいで結婚式用の髪型はすでに壊れていた。サビーノは両手を砂の上について、顔を上げる。彼はこう質問したかった――〈モンセニョールの前で裸になった少女というのは――きみのことなのか？　ドアの陰で服を脱いだ少女というのは――きみなのか？　きみはモンセニョールのために裸に、裸足になったのか？〉しかし、何も質問しなかった。自らの涙を手で拭った。

グロリーニャは砂の上に膝をついた。両手の間に父親の顔をはさんだ――

「お父さまは知ってるでしょ、知らない？　どうなのパパ？　その人っていうのが誰なのか、知ってる？」

首を振った――

「知らない、知らない」

「あたしを見て」

するとそのとき、熱に震えながら、彼のほうが言いはじめた――

「僕にも好きな人がいる、僕も自分にとって神聖であるべき人のことが好きになってしまった。その人は・・・・」

「誰なの？」

サビーノは顔をそむけた。彼女はほとんど口と口が接するようにして言う（匂いは海の匂いであって彼女の匂いではない）——

「言って、言って」

「本当に知りたいのか？」

突然、娘のことを抱きしめる。彼女の口に激しくキスをする。

グロリーニャは二度目のキスから逃れる——

「ダメ、ダメ！」

彼は我を失っている——

「グロリーニャ、グロリーニャ！」

しかし彼女は身をふりほどいて、立ち上がっている。父親を指差しながら——

「舌を入れるキス、あたしの母親と同じ！」

後ずさりする。混乱しながら、彼は言いはじめる——

「グロリーニャ、ちがうんだ！　こっちに来て！　きみは僕のことを誤解してる！」

娘は口もとを手で拭う——

「父親としてのキスじゃなかった」

サビーノは完全に冷静さを失う——

「こっちに来て、こっちに。逃げないでグロリーニャ。悪いのはきみのほうだ。きみが僕をそそのかしたんだ。グロリーニャ、説明するから」

娘は前方へと走っていた、ずいぶんと遠くまで。彼はその後ろ、ずっと後ろのほうから追っていた。転んでは立ち上がり、その先でまた転ぶ。

娘にも聞こえているかのように話していた――

「きみが僕をここに連れてきた。罠だ。誘いかけるようなことをした。車の中で、僕の腿の上のほうに手を置いてきた。そして言った、風呂のあとで、お母さんがきみの脚の間にタルカムパウダーをすりこんだことを。グロリーニャ、きみは僕を興奮させようとした。僕は近親相姦じゃない。近親相姦じゃない。きみのせいだグロリーニャ。僕は前から思っていた、わたしに対するきみの愛情は普通じゃないって」

自分の足につまずいて転んだ。最初は四つん這いになり、それから、うつ伏せに横たわった。あるとき、エウドクシアが言ったことがあった――〈お尻のコンクールがあったら、断然一位はグロリーニャね〉。まっ暗な夜の中で、もう島は見えない、岩とカモメの糞だけでできている島。

彼は泣いている――

「グロリーニャはわかってくれなかった。わたしは近親相姦じゃない。わたしはけっして自分の娘に欲望を抱いたりしない」

24

マリア・エウドクシアはジルセのほうを向く――

「今何時だか、見てくれる？」

娘はロールケーキのひと切れを食べていた。家の中は人でいっぱいだった。忙しく動きまわるうちに、エウドクシアは全身が痛くなっていた。ときおり、〈くたびれて死にそう〉とため息をついた。誰もがおしゃべりして、笑っていた。

ジルセは腕時計を見る――

「時間？　八時」

びっくりした――

「あんたの時計は合ってるの？」

「メズブラ〔有名な時計台のあった百貨店〕の時計で合わせてる」

両手を頭にやって――

「もう八時！　もっと早いと思ってた。それじゃグロリーニャはいったいどこに消えたの？」

口の中がいっぱいのまま言った――

いんだから！」


「知るもんですか！　お母さま、また騒ぎだしちゃって！　落ちついてよママ！　何も起こってな
一番上の娘を叱りつけた――

「あんたまで嫌がらせを言わないで。彼女はサビーノと一緒に出たのよ、一時間以上前に。家に向かったんだから、もう着いてるはずでしょう。あれは、電話？　聞いて？　電話じゃない？」

そうだった。エウドクシアは叫ぶ――

「急いでジルセ。全然とる気がないのね！　じゃああたしが行くわよ。あたしが自分で出るから」

ジルセがその先に行く――

「ママはそこにいて。あたしが行くから。まかせて」

エウドクシアはぶつぶつとこぼしていた――

「どの子もみんな役立たずで！」

しばらくするとジルセがもどってくる――

「ママ、誰だかわからないんだけど。男の人。お母さまと話したいんだって」

お皿を娘に渡した――

「はい、これ、もっといて」

訪問客がなおも到着していた。エウドクシアはその間を抜けながら――

「すぐもどります、すぐもどりますから」

電話機を取る――

「もしもし？　誰と話したいんですか？　そうですす本人です。何？」

男性の声が言っていた――

「奥さんはわたしのことは知りません」

「もしもし？」

するとと相手は――

「ドナ・マリア・エウドクシアですよね？　奥さんはグロリーニャのお母さんで？」

「でもあなたは誰です？」

「落ちついて。すぐに身元を話します。すぐ終わりますから奥さん。お願いですから奥さん。娘さんからの伝言があるんです。そうです、娘のグロリーニャさんからです」

激しい調子でさえぎった――

「でもどうしてあたしの娘が自分で電話に出て来ないの？」

「何も起こってません。奥さん、わたしはエンジニアです。ジェルヴァジオ・コトリンと言います、電源公社《エレットロブラス》の」

脇からジルセが電話を取ろうとしている――

「あたしに話させてママ」

エウドクシアは娘を肘で押しのける――

「じゃましないで」。そして相手に説明する――「こっちの話です。ジルセ、離して、ジルセ！」

エンジニアは説明しようとする――

「奥さん、娘さんはわたしの車の中にいるんです。奥さんがびっくりしないよう、伝言を頼まれたんです。何も起こってません、まったく元気です。これからすぐそちらに向かいますから」

「でも、うちの夫は？　もしもし？　どうしてあたしの娘か、夫が、自分で電話してこないんです？」

エンジニアのジェルヴァジオ・コトリン（エレットロブラスの給料は悪かった）は離婚調停中だった。妻が自分の従弟の首に抱きついて、太腿をまる出しにして、キスしたり呻き声を上げたりしている現場に出くわしたのだった。一年前から彼は全部知っていた。しかし、この愛人も、これからの愛人たちのことも、知らなかったことにするつもりでいたのだ。しかしながら、現場を押さえてしまったことで、態度決定を迫られたのだった。調停結果がもうじき出るはずだった。妻のことは好きだった（最近はなおさら）ので、ババ・ダ・チジューカのあたりを一人で走りまわる習慣になっていた。そうしていると苦しみが減るのだった、というか、一人孤独でいるときのほうが苦しみが増すのだった。苦しむ必要があった。その午後、その夜も、人影のないビーチ際を通過していると、あの小柄な女が、両腕を開いて、車の前にあらわれたのだった。

強盗の可能性があった。しばしば、悪党は女を餌につかうのだった。止まるか、止まらないか、結局、少し先に行ってから止まった。娘は狂女のように走ってきた。エンジニアはまったくもって、いい気分ではなかった。〈やっかいなことに巻きこまれる〉

娘はやってくると、前のドアを開けて、叫びながら中に飛びこむ――

「早く出して！　止まらないで！　いいからそのまま走って、走って！」

靴を履いていなかった、エンジニアが見てとったのはそのことだった、靴を履いていない。いい服を着ているのに、裸足（ものすごくいい服を着ている）。

くりかえしていた、荒れ狂って――

「彼が追いかけてくるの！　追いかけてくるの！」

彼って、誰だ？　エンジニアは発進した、全速力で。

知らない女に訊ねた――

「いったい何があったんです？　泣かないで。どうして泣いてるんです？　聞いて、聞いて」

娘はすすり泣いた――

「男に追いかけられていたの！　男に！」

「靴をなくしたんですか？」

激しく泣いた――

「罠だったの！　靴？　早く走れるように脱いだの」

「署に行きますか？」

「何ですか？」

「襲われたんですよね。署に行きますか？」

「警察？　ダメダメ。家に連れてってください」

「連れていきますよ」

喘ぎながら――

「でなければ、タクシーに乗せてください。お願いです、いいですか？」

「構いませんよ。でも聞いてください。怪我してませんか？」

胸の前で両手を組んだ――

「ヴィヴェイロス・ジ・カストロ〔コパカバーナの海岸通りから2ブロック入った通り〕に住んでるんです」

エンジニアはことばを選びながら――

「びっくりしただけなんですか、それとも？」

「それとも？」

「何も被害はないですか、身体は大丈夫ですか？　わかりますよね？　身体のほうは？」

「そこまでの時間はなくて。逃げたので」

「犯罪の物証のことがあるので聞いたんです。何のことかわかりますか？　警察の医者がやる検査のことです。身体的物証というやつ？」

ため息を漏らした――

「必要ないです！」

一分後、インプレンサの洞窟のところを通過していると、エンジニアのほうに顔を向けて――

「お願いを聞いてくれますか？」

「いいですよ、どうぞ」

「最初の電話で止まってください。電話のあるところで。家に連絡する必要があるので」

エンジニアは最初のガソリンスタンドに入った。訊ねた――

「電話はありますか？」

つなぎを着た黒人が指さす――

「あそこに」

エンジニアは車を下りて――

「さあ下りて、かけに行きましょう」

すると彼女は――

「ダメダメ。あなたが電話して。ドナ・マリア・エウドクシアを呼び出して。番号は。メモを取ってくれますか？」

「言ってください。もういちど？　２７ですか、３７ですか？　２？」

メモを取った。グロリーニャは後方を見ていた、そこにメルセデスがあらわれるのを恐れて。言う――

「もう向かっていると言ってください。問題はないと説明して。あたしがもうじき着くって」

電話は狭いオフィス内だった。失礼します。かけていいですよ。エンジニアはエウドクシアに電話する。言われた通りにくりかえした――

「もう一瞬でそちらに着きます。いいですか。今われわれはレブロンにいるんです」

エウドクシアの必死の思いを感じとった。彼女を納得させるために自分の名前と住所と電話番号まで、全部言った。しかしエウドクシアは冷静さを失っていた――

「あたしは母親です。自分の娘と話をする権利がありますよ。グロリーニャの声を聞きたいんです。彼女を呼んでください、娘を呼んでください」

他にどうしようもなかった――

「わかりました、わかりました。彼女を呼んできます。一瞬待ってください」

グロリーニャを探しに行った。そして、驚きに見舞われる――車の中に誰もいない。どこだ？　探しに行く。見当たらない。通りがかったメカニックをつかまえて――

「あ、ちょっと」

「何なりと」

「女の子を、わたしと一緒に来た若い女性を見なかった？　わたしの車はあれなんだ。そうあれ。わたしは電話をするために下りたんだ。見なかった？」

相手はよごれたウエスを手に持っていた。

「女の子？　見たかもしれませんけど、どうだったか」

「裸足だった？」

「お兄さん、ここはたくさんの人が出入りしているのでね。忙しい場所なんです」

必死になってエンジニアはガソリンスタンドじゅうを一回りする。従業員にも、客にも訊いてまわる。人間がこんなふうに消えてなくなるはずはない。ドアロの支配人が訊いてくる――

「もう電話は使わないんですか？」

大急ぎで行った――

「使います。申し訳ない。失礼」

電話機を手に取ると、こう気づく――〈自分は妻のことを考えてない〉。妻のことも、現場を押さえたことも。三十分前から、調停のことも思い出さなくなっていた。毎晩、あの光景のことを夢にまで見ていた――妻が愛人の首に抱きついている光景。しかし、グロリーニャとかいう彼女が、不倫のことから気を逸らしてくれたのだった。愛人の首に抱きついた妻、スカートをまくりあげて、下着を脱いでいて。両脚をぶらぶらさせて、爪先は、爪先が、歓びに震えていて。下着はもう脱いでいて。

エウドクシアと話した――

「もしもし?」

「どうぞ」

話しはじめる——

「ドナ・マリア・エウドクシア、奥さん、少しだけ辛抱してください。娘さんが見当たらないんです。車の中からいなくなっていて。でも、もどるはずです、もどるはずです。わたしも捜してるんです」

「これは最初からイタズラなの?」

「落ちついてください、奥さん」

電話に向けて声を荒げた——

「あなたの責任ですよ。あたしの娘を返して。あなたの住所もあります。警察を呼びます。あなたの家に警察が行きますから」

エンジニアが電話をしに車を下りたとき、グロリーニャはじっとしたまま、両目を閉じていた。それから急に、恐くなった。ガラスの向こうに誰かの顔があらわれる、誰かわからない人なのかもしれないが、とにかく顔があらわれるのが恐かった。父親のことは考えていなかった。目を開く。ガラスの向こうにサビーノの顔が見えた。ダメ、ダメ。

父親がドアを開ける——

「下りなさいグロリーニャ。こっちに」

「ダメ、ダメ」

サビーノは腕を入れて娘をつかむ。憎しみをこめずに、ほとんど甘いほどの感じで言った——

「わたしと一緒に来るか、でなければ、髪をつかんで引っぱって行くよ」

下りた。腕をつかまれてついて来た。サビーノは訊ねた――

「わたしのことが恐いのか?」

震えていた――

「手を引っこめてくれる? 手を引っこめて?」

通り過ぎていったが、誰も彼らを見なかった。誰も、裸足の娘と、燃えあがる目つきをした細身の紳士には注意を向けなかった。

サビーノは何か話す必要があった――

「車はそこにある。あそこだ。しかし、家に帰る前に、きみと話をしたい」。そして、苦悶しながら言った――「最後の会話だ、きみの結婚前の」

メルセデスのところに着くと、グロリーニャは後部座席に乗ろうとする。乱暴に彼女を引きもどした――

「わたしと一緒に前に乗るんだ、前に。口は閉じてろ! 泣きわめくな!」

押されて中に入った。自分も乗りこむために頭を下ろしたとき、サビーノは動きを止める。その瞬間に、女性の同性愛においては近親相姦というのが成り立たないと思いついたのだった。母親と娘の間のレズビアン関係は近親相姦ではない。座席にすわって、エンジンをかける。近親相姦は成り立たない、近親相姦ではない。しかし、それは狂気だ、神さまなんとかしてくれ! そうだとしたら、モラルのある生活は成り立たない。女子同性愛において近親相姦がないのだとしたら、すべてが許されていることになる。そのことが、彼の頭から離れない。

絶望の思いが激しくて、気持ちとしては叫びだしたい。メルセデスは走っている。

グロリーニャが言う――

「逆方向にもどってます」

「何だ？　何だ？」

彼女は座席の中で縮みこむ――

「どこに向かっているの？」

叫び声を浴びせかけた――

「黙ってろ！　しゃべるな！　その口を閉じてろ！」

グロリーニャは黙りこんでいる。彼のほうは考え続けている。あるとき、目を負傷した馬のことを夢に見たことがあった。両目がガラスの破片でくりぬかれている。そして、目が見えなくなった動物は、叫び続けていた。それと同じように彼も叫びたい欲求があった。そして、もし誰かが〈誰が叫んでいるのか？〉と訊ねたら、また別の誰かが、〈彼だ！　彼だ！〉と言うだろう。

時速八十キロで、通行中の車の間をすり抜けながら訊ねる――

「どうして逃げたんだ？　いったいきみはどうしたんだ？」

「答えないから！」

大声を出した――

「答えてもらうとも！　答えなければ、その顔をひっぱたく！　言いなさい、さっさと！　どうして逃げた？」

同じように大声で叫んだ――

「あたしの口にキスをしたからです！」

あまりに激しい急ブレーキをかけたので、車はスリップして反転し、縁石に乗り上げて壁にぶつかった。グロリーニャは狂人のように悲鳴をあげた。

サビーノは荒い息をしながら周囲を見まわす。少し先に脇道が見える。バックミラーを見てから、ギアをバックに入れる。

グロリーニャはすすり泣く――

「家に帰りたい！　家に帰りたい！」

「ダメだ。まず先に、話し合いをするんだ」

その脇道に全速力で飛びこむ。森の中で車を止める。エンジンを切る――

「どこか叫べる場所がほしいんだ。ここならわたしも叫べる。さあ、いっしょに下りるんだ」

娘は従う。彼が話しはじめる――

「きみはわたしの質問に答えるんだ。わたしがいったい何をした？　答えろ。わたしは何をしたんだ？」

後ずさりして――

「あたしをぶつんでしょ！」

「こっちにおいで。いいかグロリーニャ。よく聞くんだ。わたしはきみをぶったりしない。だから泣くんじゃない。わたしはただ、きみが感じてること、考えてることを話してほしいだけだ。わたしを責めていい。きみに責めてほしいんだグロリーニャ」

黙る。それから言いつのる、ことさらに甘い調子で（彼自身、自分が好色な年寄りになったように感じていた）――

「さあ。はじめてごらん」

強い調子で言った――

「あなたはわたしの口にキスをした。そして、それだけじゃなく、それだけじゃなくて」

しばし止まる。サビーノは囁く――

「続けて、続けて」

あらためて勢いこんで――

「それだけでなく、あなたは手を下に入れてきた」

ひび割れた声で言った――

「脚の間にか？　そうなのか？　股間にか？」

「パパ、もう行きましょ！　お願いだから、もう行きましょ！」

砂浜で、グロリーニャが逃げたとき、サビーノは後ろから、ずっと離れた後ろのほうから追いかけてきたのだった。アスファルトのところまで着き、そこで娘が車をつかまえるのを見る。憎しみで泣きながら、メルセデスのところまで戻る。一瞬、呼吸困難で赤黒くなっている顔をステアリングの上に下ろす。そして座席の上に、娘の靴がふたつ、双子のように揃えて置いてあるのを見る。彼の手がすべっていく。靴を手に取る。顔にこすりつける。靴の中にキスをする。そしてふたたび、滑らかな革を顔にこすりつける。それからもう一方の靴を手に取る。両手に一個ずつ持っている。そこに何度も口をつける。

今、彼は言っていた――

「きみはわたしのことをそんなふうに思っているのか？　家に帰ろう。さあ乗りなさい、乗るんだ。わたしを責めるとは、どういうつもりだ？」

娘は隅っこにすわる。サビーノはステアリングを取る。エンジンをかける、母親と娘のレズビアン関係は近親相姦ではないと考えながら。〈結婚相手が男色家だというのを言ってやろうか？〉彼は感じはじめる、ひとけのない砂浜以後、娘婿の男色行為は果てしなく遠い出来事になってしまったことを。

隣の席で、陰気にグロリーニャが言う――

「そんなにスピードを出さなくても」

憤激した――

「黙ってろ！　しゃべるな！　家に着くまで、声を出すな！」

百キロか百二十キロほどを出していた。何も聞きたくなかった、何もしゃべりたくなかった。それから突如、娘に向けて叫び声を上げはじめる――

「この間抜けめ！　付き添い役《ドモワゼル》にシレーニを選ぶというのは、いったいどういうことだ？　癲癇があるのに！　きみときみの母親は、わたしがそんなばかげたことを認めると思ってるのか？　おまけにだ、いいか、こっちを見るんだ。目を閉じるんじゃない。いいか。おまけにだ、その子は、わずか十三歳にして、怪物だぞ！　処女でなくなったんだ。そうだとも、十三歳で交接してたんだ！」

言い返して、くりかえした――

「そんなことを言っちゃダメ！　そんなこと言っちゃダメ！」

相手は息を切らしながら――

「誰がそう言っちゃいけないんだ?」

グロリーニャもまた怒鳴った――

「彼女は発作を起こしたの! 発作を起こしてる間に処女を奪われたの! 誰だったのかすらわかってないんだから!」

「嘘だ! そんなのは作り話、家族の言い訳なんだ。的外れな言い訳だ。一度だけじゃないんだから。一度だけだったとわたしが信じると思ってるのか? そこらじゅうで、誰彼となく身体をこすりつけてまわってる。だから、彼女にドモワゼルをやらせることはないからな、わたしが千五百万もかけた結婚式では断じて。絶対にやらせないからなお嬢さん!」

彼の言っていることは全部、あまりにも惨めで、あまりにも下劣だ。しかし、自分の母親のことをレズビアン、父親のことを近親相姦と言って責め立てる娘には、それが当然のことだ。決して、断じて、エウドクシアは娘にキスして舌を入れたりすることはないはずだ。

到着するまで、二人の間にはそれ以上ひと言もなかった。到着したとき、門の前には人だかりができていた。誰かが走ってエウドクシアを呼びにいった――

「着きました! 着きました!」

角を曲がったところですでにサビーノは言っていた――

「いいかい。靴を履くんだ。靴を」

メルセデスは取り囲まれた。エウドクシアが家の中から、泣きべそをかきながら出てきた――

「あんたたち、いったいどこに行っていたの? ああ、あたしの娘! あんたのせいで、あたしはもう死にかけてたんだから！」

サビーノはうすら笑いを浮かべて説明していた――

「何でもないんだ。一回りドライブしてきただけだ。お散歩だよ」

グロリーニャは親戚と近所の人たちの間を抜けて中に入った。エウドクシアはこう言いながらついてきた――

「こういうときには、連絡するんだよ、電話するんだよ。連絡なしにやっちゃダメ」

娘は軽食室に行って冷やしてあった水を飲んだ。叔父の一人がやってきてキスをした――

「いよいよ明日が大きな一日だね？」

諦めた様子で微笑む――

「みたいね」

人の声、笑い声、明かりに気持ちが悪くなってくる。エウドクシアに話をしに来た――

「ママ、ちょっと一瞬、こっちに来てくれる」

「あんたの叔母さんにご挨拶しないといけないんだよ」

声を落として――

「いいから全部放り出して来て、来て」

グロリーニャが先に立って行く。二人は寝室に入り、娘はドアに鍵をかける――

グロリーニャは言った――

「ママ、パパがあたしを強姦しようとしたの」

マリア・エウドクシアは蒼白になってボソボソと漏らした――

「あんた、いったい何を言ってるの？」

くりかえした——

「パパがあたしをひとけのない砂浜に連れていったの。そこであたしを強姦しようとしたの」

二人は見つめあう。その瞬間、グロリーニャはタバコがほしくなった。エウドクシアは部屋の一番奥まで行く。そこからゆっくりともどってくる。

そして、唐突に、こう決める——

「いい、あたしの娘はよく聞いて。あたしは何も知りたくない。いい？　あたしにもう何も話さないで。結婚式を滞《とどこお》りなく終わらせて。そのあとで話しましょ、わかった？」

25

一時間前から町なかを歩きまわっていた、人にぶつかっては謝りながら。誰のことも見えていなかった、本当に誰も目に入らないのだった。そしてとくに、顔が見えないのだった。それはまるで、突然、すべての人が顔を失ってしまったかのようだった。

自分自身に向けてくりかえしていた――〈ノエミアなしでは生きられない！　ノエミアなしでは生きられない！〉もう家にいるべき時間だった、妻の治療をするために。しかし、ノエミアと話す必要が、ノエミアに会う必要があった。縁石にすわりこんで泣きだしたい気持ちだった。飲み屋《ボテコ》に入った。いやちがう、それはボテコではなかった。オウリーヴェス街〔旧市街《セントロ》の商業街〕の古いカフェだった、現代的でないカフェ、レジのところに昔を思い出させる小柄な老人がいるような。

ガラス棚の中を覗きこみながら質問する――

「親父さん、そのミートパイ《エンパーダ》は出来たてなの？」

「食べられるよ」

「今日のもの？　見てみて！　ひとつもらうよ」

パイを、立ったまま、カウンターのところで食べた。パイ生地が軽くて、口の中で溶けていった。カニを食べたくなった、黒ビールと一緒に。

ウェイターが訊く――

「もうひとつ？」

「もらうよ」

そして、そのあとで、ポケットに手を入れて――

「いくら？」

彼だった、彼だけなのだった、妻の治療をするのは。パイの代金を払った。一瞬、三つめを食べようかと考えた。しかし、自分自身の空腹を恥ずかしく思った（朝食以来何も食べていなかった）。奥の方から、ズボンの前開きを閉じながら、巨軀の黒人がやってきた。そう、まさに彫像のような、黒光りする、見映えのいい黒人。シャヴィエルにぶつかって、ほとんど彼を突き倒しそうになる。男は酔っぱらっていて、脚がもつれている。さらに先に行くと、縁石のところで転んで、排水溝に顔を突っこむ。

シャヴィエルはそこまで行って、男の顔を蹴りつけてやりたい気持ちになった。どうしようもない黒人野郎！

それから彼は、三つめのミートパイを食べなかったことを後悔しながら歩いていった。〈家に帰らないと〉

単純に、彼はノエミアなしでは生きていたくなかった。サン・フェリクス男爵通りの部屋での、最近の密会のことを思い出していた。彼のほうが先に着いたのだった（いつでも彼が最初に着くのだった)。そして、彼女があらわれると、シャヴィエルは彼女を抱きしめた——

「会いたくて死にそうだったよ!」

バッグをたんすの上に置いた——

「きのう会ったばかりじゃない!」

こう言った——

「そうだった、そうだった。でもどうしてなのかね。いつでも、いつでも、きみに会っていたいんだよ。最悪なのは夜だ。僕がどれほど寂しく感じるか、かわいいきみ!」

ノエミアはブラウスのボタンを外していった。彼はその耳のなかに囁きこんだ——

「今日はきみに、あることをしてみたいんだ、やってもいい?」

「何を?」

「これまで一度もやってないこと」

ふり向いて——

「それは絶対ダメ! 勘弁して!」

「何なのか知らないのに!」

スカートを脱いだ——

「あたしはあなたのことがわかってるのよシャヴィエル。よく聞いて。まちがった場所はダメ」

愛おしくて、彼女の肩に、首筋にキスをした。訊ねた——

「きみは思わないの。えっ? 愛しあってるなら、何でもすべてやってみるべきだとは思わないの?」

「何でもじゃない」

彼女は裸だった、というか、ブラジャーだけになっていた――

「シャヴィエル、前にも言ったでしょ。あたしはピューリタンなの。そうなんだから、どうしようもないでしょ？」

今、彼は不動産会社のビルの入口にいた。そこにサンドラが、縁石のところに立って、右左と見まわしているのが見えた。

「やあ」

シャヴィエルは急いで駆け寄った――

「死にそうな顔ね！」

「僕が？」

鼻水をかみながら言った――

「あなたのことをちょうど考えてるところだったのよ」

訊ねる――

「ノエミアはもう帰った？」

「まだ上にいるわよ」

シャヴィエルはため息をつく――

「待っているべきかどうか、わからない。待っても意味がないのかもしれない。いずれにしても、五分だけ待ってみる」

サンドラのことは好きだった。いい女の子だ。心がやさしい。会社の女の子たち全員の中で、シャヴィエルに言わせれば、一番思いやりがあって、理解があって、上品だった。しかも、ノエミアの真の友達だった。

サンドラは角のところまで行って、困惑しきってもどってくる――

「こんなのありえない！　ありえない！」

「どうしたの？」

「ここで夫を待ってるのに、来ないのよ。待つのは大嫌い。彼もそれはわかってるのに、聞かないの。どれだけ憎たらしいったら。もう鉄砲玉みたいに腹が立つ」

シャヴィエルはどうでもいいことを言った――

「もうすぐそこまで来てるはずだよ」

鼻息荒く――

「悪ガキのやり口よ。あたしは我慢できない、我慢できない」

相手の怒りに気をとられて、自分自身の絶望感を忘れている。と同時に、あのパイをふたつ、包んでもらってくればよかったと考えている。うまいミートパイだった！　家に帰る前に、またあそこに寄っていくだろう。三つ持ち帰りにしたほうがいい。ミートパイを三つ。サンドラの鼻水は果てしなかった。

こう訊ねる――

「サンドラ、ちょっと訊くけど。僕のことを考えていたっていうのは、どうして？」

「なんでもない」

「僕のことを考えていたって、言わなかった？」

「ああ！　それはつまり。あんたたち、喧嘩したの？」

「どうして？」

「訊いただけ」

「ノエミアがきみに話したんだね、何か言ったの？」

「まあそんなところ」

「何て言ったの？」

「シャヴィエル、あたしは陰口とかしないから。我慢しといて」

　ボソボソと言った――

「そういうわけじゃない。わかってるよ、もちろん。でも聞いて。ひとつだけ教えてほしい――彼女は怒ってるの？　僕に対して？　どうなの？」

　別の質問をもって答える――

「あなたはどうしてそんなに卑屈なの？」

「僕が卑屈？」

「そう思うけど」

　理解できなかった――

「しかし、卑屈って何が？　僕はこういう人間なんだ、それが僕のやり方なんだ」

　では、やってこない夫はどうなのか？　歯噛みをしながら言う――

「あたしの夫はゲス野郎ね！」　シャヴィエルに目をやって、口調を変えて言う――「ひとつ言わせてもらえるシャヴィエル？　あたしをそれに巻きこまないで！　あたしは何も知らないの、関係ないことに口をはさむのも嫌いなの。誰もが自分のことはわかってるでしょ。そういうわけ」

彼のほうは言いつのる――

「話してよ。いいから話して」

忠告した――

「これがあたしの最後のひと言よ。あたしはそれ以上はもう関わらないから。あたしが思うのは、シャヴィエル、こういうこと――男はそんなに卑屈でいたらダメ。男は威張ってなくちゃ。もうちょっと言うと――こないだ、あたしはあなたがノエミアと一緒に通りを歩いてるのを見たの。あなたはまるで子犬みたいに見えた、彼女の後ろからついていってて」

これは痛かった――

「子犬？」

「そう言われるといやでしょ。そういうわけ。わかった？　このことにも他のことにも、あたしは関わりたくないの。人間、正直に話すと友達を失うことになるわね」

「お願いだよ！　きみは僕のことを誤解してる。僕は怒ってなんかいない。誓って言う。だから聞いて。ひとつ僕に教えてほしいんだ」

「ストップ」

彼女の腕をつかんだ――

「サンドラ、この頼みを聞いてほしい。きみはノエミアの友達だ、ノエミアの一番の友達だ。ノエミアはきみには何も隠さない。きみには何でも話す。何でも話すだろ？」

「知らない」

「知ってるよ、知ってる！　彼女はきみに何を話したんだ？　僕らは喧嘩した。それはきみも知ってる、知ってるだろ？　彼女は理由もなく喧嘩をしかけた。彼女はきみに何て言ったんだ？」

サンドラは夫が時間を守らないことを許していない。シャヴィエルについては、こう考えている――〈気持ちが悪い。シャヴィエルはお風呂に入ってない。ノエミアがどうしてこの男と寝るのか理解できない。爪が汚くて、神さま勘弁してよって感じ！〉

ため息をついて――

「いい、シャヴィエル。もう細かいことは説明してられないの。あなたにひとつだけ言うから、もう何も質問しないで」

「じゃあ言って」

「こういうこと。目を開きなさい」

沈黙。訊ねる――

「それから？」

ティッシュで鼻をかむ――

「それだけ」

シャヴィエルは冷静さを失っている――

「目を開きなさいって、なぜ？　きみが知っているのに言いたくないっていうのは何なんだ？　サンドラ、きみは僕の友達でもある。きみが教えてくれたことは、ノエミアにはけっしてバラさないから。誓うよ」

もう我慢ができなくなった――

「シャヴィエル、彼女の態度が変わったの？　よく聞いて。あんたに対する彼女の扱いが変わったの？　当然でしょシャヴィエル！　女がそういうふうになるのは、別の男に熱を上げてるからに決まってるでしょ。以上。言うべきじゃなかったことまで、あたしは言ったわよ」

蒼白になってくりかえした――

「別の男？　どの男？」

角のほうを見ていたサンドラは叫び声をあげる――

「あたしの夫じゃない？　見て見て。あそこ」

そうだった、彼女の夫だった。名前はパウロだが、一般にはサライーヴァとして知られていた。金銀細工師のサライーヴァ。サンドラは怒り狂っていた。しかし、金銀細工師があらわれただけで、彼女はメロメロになった。急いでもう一枚ティッシュを取り出し、鼻水をかんだ――

「遅かったじゃない、えっ？　あたしのかわいい坊や」

登場した男はシャヴィエルに手を差し出す――

「どうだ、すべて順調か？」

「まあまあかな」

すると白い服に巨大な葉巻を口にしたサライーヴァは、シャヴィエルの腕をとって――

「おまえに会えたのはちょうどよかった。おまえに話すことがあったんだ」

サンドラのほうを向いて――

「かわいいお嬢、ここでちょっとシャヴィエルと話をさせてくれ。すぐすむ」

彼女はすっかり穏やかになって、従順に微笑んでいた――

「ＯＫ」

（鼻水は垂れ続けていた。）シャヴィエルはサライーヴァが深刻なのを、初めて深刻なのを目にしていた。相手は話しはじめる——

「おまえにひとつ忠告していいか？　友人として？」

「もちろんだよ！」

サライーヴァは葉巻の灰を落とす——

「怒ったりしないよな？」

「なんだよ！」

金銀細工師の葉巻はいつもすばらしく、香りがよかった。先を続ける——

「実際には忠告はふたつある。第一に——おまえ自身のために、おまえはノエミアに対してそんなに卑屈になるのをやめるべきだ」

静かな苛立ちをもって言った——

「それはきみの奥さんから言われたところだ。つい今、そう言われたんだ。まさに今さっき」

「ああ、そうなの？　わかった。オレの到着が遅かった。しかし、まさにその通りなんだ。女は侮辱してくるよな。侮辱するのはタダだからな。でも卑屈になるな、けっして」

シャヴィエルは爆発したい気持ちだった。この二人の阿呆に、自分が卑屈なのは妻のせいなのだと、どうしたら説明できるだろうか？　どんな病気であっても、他の病気だったならまだよかった。しかし彼は、自分自身がハンセン病であるかのように、他の人に対して恥ずかしさを感じているのだった。

耐えがたいほどの苦悶のうちに訊ねる――

「で、もうひとつの忠告は？」

サライーヴァはためらう――

「これからオレが言おうとしてるのは、すごくデリケートなことなんだ。しかし、おまえは許可してくれたし、それ以上に、オレ自身、友達ってのは全部ちゃんと話すべきだっていう信条の持ち主だ。同意できるか？」

「もちろん」

最初のうち、サライーヴァはシャヴィエルをかわいそうだと思っている。しかしながら、話しているうちに、ことばの背後で、無益な悪意が、友人を傷つけ、辱めることとの不条理な快感が芽生えてくる。

こう言う――

「つまりこういうことだ。おまえに会うとき、おまえはいつも同じ背広を着てる。で、同じ背広だから、身体の汗が染みこんでいく。わかるか？　それで悪臭がするようになる。許してくれよ、もしも……」

ほとんど声にならない調子で答える――

「問題ない」

すると相手は――

「オレが言ってるのはなぜか。女はどういうものだか知ってるだろ。女はこういう問題にすごく重きを置く。オレには、おまえがノエミアのことを好きなのが、ものすごく好きなのがよくわかってる。だから知らせてるんだ」

沈黙。シャヴィエルは蒼ざめて、くりかえす――

「つまり、僕が臭いっていうことなのか？」

勢いこんで訊ねる――

「怒ったのか？」

「とんでもない、どうして？」

相手は不安になって訊ねていた――

「オレたち、これまでと同じように友達だよな？」

シャヴィエルはポケットの中に両手をつっこむ――

「なんだよサライーヴァ、なんだよ！」

そして破裂する――

「これは全部、妻のせいなんだ。僕がオーデコロンさえ使えないのは知ってるだろ？　他の女のために僕が香水を使ってると彼女が思うからだ。サライーヴァ、僕はきみに打ち明ける。僕はもう、すべてを投げ出したい気持ちだ！」

サンドラが近づいてきた――

「そろそろ行く、あたしのかわいい人？」

夫は声をひそめて――

「鼻水が出てる」

彼女はティッシュをもう一枚引っぱり出す――

「もうこの鼻、いつまでも垂れてばっかり！」

妻と出発する前に、サライーヴァは訊ねる――

「つまり、われわれの間には何のしこりもないんだよな？　すべて青信号か？」

その背中を叩いた――

「その通り。きみに感謝してるくらいだ」

妻がカミソリで、背広もシャツも靴下も何もかも、切り裂いたのだと打ち明けたい気持ちになった。しかし、黙った。

別れの挨拶をしながら、サンドラが訊く――

「ノエミアを待つの？」

「いや。帰るよ。もう遅い」

そこで別れた。サライーヴァとサンドラが一方向に向かい、シャヴィエルは反対に向かう。角のところで立ち止まる。妻の治療のことを考える。しばらく、縁石の上にとどまった。不動産会社の入っている階を見た。ノエミアはあの上にいるのだった。今やサンドラに対する見方は変わっていた。隠し事をする女だ。そしてこの娘の中に、取り持ち女のような、売春斡旋《あっせん》人のような不埒《ふらち》な側面があることを見てとろうとしていた。〈サライーヴァが、悪臭がするとまで言うとは〉。家にこんなに遅くまで帰らなかったことは一度もなかった。妻の治療の時間は神聖なものだった。〈会社に行こう。あの女と話をする〉。サンドラがノエミアのために男を調達した可能性すらあった。

絶望的になって戻っていった。ビルの中に入る。エレベーターはまだ最上階にいた。彼のことを知っている守衛室の男が言った――

「どうすか？　フルミネンセは最低じゃないすか？」

「これからよくなるよ」

　すると相手は——

「そっちはもっと選手を買ってこないと」

「もうマリオを買っただろ。マリオは気に入ってるよ。それからオリヴェイラというのもいるんだ、これもすごくいいという話だ」

「それはどうだか」

　守衛と話をしに誰かがやってくる。そのタイミングを利用してシャヴィエルは階段で行くことにする。十二階というのも悪くない。苦しむのもいい。それで彼がそこまでたどり着いたところで、ノエミアが別の男と話しているのを見つけたらどうだ？　もっときれいな女だっているのだった。しかし、彼は美人の女というのは好きではなかった。四階と五階の間で立ち止まった。とても上まではもちそうもない。壁に寄りかかったのは、耳の中でやかましい音がして、頭の中がずきんずきんするからだった。同時に、顔面が痺《しび》れているのも感じられた。

　階段に腰を下ろした（脚は冷えきっていた）——〈ああ神さま、なんてこった！〉五分ほどそうやって休憩した——〈もう全然体力がない〉。自分が老人になって、身体が不自由になっているところを空想した。性行為の最中に心臓発作を起こすというのが彼の恐れていることだった。先を続けて、上っていった。ゆっくり、階を上がるごとに休憩していった。そしてついに十二階まで着いた。

　オフィスのドアを押すと、恋人が電話をしているのが目に入った。こう話していた——

「まだお着きにならないんですかドナ・マリア・エウドクシア？　もしかして、買い物をしているのかも？　何？　そうですね。わかりません。サビーノ先生は、一旦家に帰るがまた戻ると言ってました。だから待ってるんです。何かあったら、すぐに奥さまにご連絡します。何も起こってませんよ、何も。気にする必要はないです。それでは奥さまも」

ノエミアは電話を切った。固い表情でやってきた――

「ここに入ってこないでシャヴィエル。あたしは、あんたにここに入ってきてほしくないの。サビーノ先生が来たら、面倒に巻きこまれるのはあたしのほうだから」

これまで以上に苦しみに苛《さいな》まれながら言った――

「きみと話をする必要があるんだ」

「そこの外に出て」

「きみを待ってる」

そんなに卑屈になるべきではなかった。ノエミアが後ろからやってきた――

「何の話があるの？　シャヴィエル、あたしは何時に帰れるのか、全然わからないのよ」

目がうるんでいた――

「僕は急いでない。待ってるよ、かわいいきみのことを」

彼女は苛立ちを隠さない――

「どういうこと――あんた、奥さんの治療をしなきゃならないんじゃないの？　もうその時間じゃない？」

「ノエミア、僕は真剣な話をする必要があるんだ。僕らはその話を、今日のうちにする必要があるんだよ」

　憤怒に駆られた——

「話なんか何にもない！　話したって意味がないのよシャヴィエル、無意味だって」

「何なんだ、その態度は？」

　頭を振っていた——

「ああ神さま、何てことなの！　あたしはもう、言わなきゃならなかったことは言ったのよ。あんたは奥さんを捨てない、であたしはもう飽き飽きしたのよ」

「僕の話を聞いてくれるかい？」

　恋人を押しのけた——

「もう帰ってシャヴィエル！　出てって！　お願いだからもう帰って！」

「押しのけることはないだろ！」

「もう地獄みたい！」

　シャヴィエルは突発的に話した——

「僕は何でもきみが望むようにするよ！」

　ノエミアは嫌悪に顔をしかめる——

「涎が出てるわよ、あんた」

　相手は口もとを手で拭う。泣きながら——

「妻を放り出すよ。きみはそれが望みなんだろう？　妻を病院に入れるよ。それで二人で一緒に暮らそう」

ノエミアは腕を組んで、横顔を向けている。シャヴィエルは訊ねる――

「そうすれば解決するか？　答えて。解決するのか？」

「もう遅いのよ」

我を失って彼女を引っつかんだ――

「僕のことをそんなに邪険にするなノエミア。僕がいったい何をした？　僕が何かしたのなら言ってくれ、責めてくれ。少なくとも、責めてくれ」

正面から立ち向かった――

「シャヴィエル、もう終わったの。それを頭の中に突っこんで――あたしはもう嫌なの。うまく行かなかった、それだけ。それじゃね、サビーノ先生がもう来るから。サビーノ先生に、あんたがここにいるのを見られたくないから」

ノエミアはオフィスの中に入っていき、すると彼もあとからついて来る。

彼女はふり向く――

「何なのよ、これは？」

シャヴィエルは両手で頭を抱えこむ――

「僕には理解できない。きみはこれ以上、いったい何を僕に望んでいるんだ？　僕が妻に関してやろうとしてることは、一生後悔するようなことだ。きみのせいで、僕は目が見えないハンセン病の妻を捨てようとしてるんだ」

取り憑かれたように叫んだ――

「ハンセン病だっていうのが素敵なことみたいに話さないでよ！　よく聞いてシャヴィエル。あたしは嫌悪してるのよ、あんたのことを。嫌悪。さあ帰って！　もう帰って！」

彼は立ち止まっていた――

「別の男のせいか？」

「何だって？」

「きみは別の男をつかまえたから、僕を追い出すのか？」

「答えたくもない。まったく嫌な男！」

間がある。彼は言った――

「さよなら」

出ていく。エレベーター・ホールまで行く。そこでしばし、壁に寄りかかる、倒れるのが恐くて。数分間、待つ。それからゆっくりとオフィスのほうに歩いていった。ドアを押したとき、ノエミアは背中を向けて、爪にヤスリをかけていた。

シャヴィエルはナイフを取り出す。後ろから近づいて、彼女の背中にナイフを柄のところまで突き刺した。

26

ナイフはやわらかく入りこんだ、ほとんど痛みもなく。

シャヴィエルは自身の犯罪を永遠に理解することがないだろう。すべてを何の計画性もなくおこなったのだった。まったく何の計画もなく。犯行は突然始まったのだった。

ドアを押すと、ノエミアは背中を向けて、爪を磨いていた。僕は何と言うつもりなんだろう？彼女は既に僕を追い出した。僕は何と言うつもりなんだろう？卑屈になってはいけないのだった。今になって彼は、ノエミアがあるとき訊いてきたこと──「あんた、ユダヤ人なの？」──が理解できた。ちがう、ちがう。彼はただ、ハンセン病患者の傷を毎日洗っている人間としての腰の低さがあるだけなのだった。しかし彼は卑屈になるためにもどってきたのだった。頼みこみに来たのだ、もう一回お願いしに、頼みこみに。ノエミアのところまで来たら、こう言うつもりだった──「僕はきみなしでは生きていけないんだ！」泣きながら話すことになるとわかっていた。

しかし、ドアを押して、彼女の姿が目に入る。彼女は、当然ながら、誰かが入ってきたのを感じて後ろを向く。というか──それは、身体の動きというよりも顔の動きだった。そして、彼女は自分が死ぬことになるのを知らなかった、シャヴィエルだって殺したいと思ってなかった、彼は単純に、殺したいと思っていなかった。（彼が自分でも理解できなかったのは、驚きも、恐怖も、苛立ちも、なかったことだった。）

そして、そのとき、ものごとが起こりはじめたのだ。ナイフを取り出した。彼は家に、代々受け継がれてきた古いナイフを持っていた、祖父から父へ、そして父からシャヴィエルへと相続されてきたもの。それは飾り物というか、思い出の品に近かった、ときどき、シャヴィエルはこのナイフを持って出かけることがあったし、出かけないこともあった。新聞では強盗事件が頻発していることを読んでいた。しかし、それを恐れているとしたら、リボルバーのほうを選ぶはずだったが、それを引き出しから取り出すことは一度もなかった。

ナイフを引っぱり出した、なぜなのか、何のためなのか、わからないまま。また、女の受動性も、彼女があれほどされるがままだったことも理解できなかった。彼女はびっくりしたはずなのだ、なぜなら、追い出された彼がもどってきたのだから。なぜノエミアは叫ばなかったのか、あるいは逃げなかったのか？　じっとしていたのだ、あまりにも従順に、あまりにもおとなしくしていたのだ、ほとんど微笑んでいるみたいに。

ノエミアの微笑み。犯行のあとでは、彼にはもう、その微笑みが偽《にせ》の記憶なのかどうかもわからなかった。しかしノエミアが微笑むことができたはずはなかった。そうだった、彼女は微笑んでいなかったのだ。（それとも微笑んでいたのか？）そして最悪なのは、シャヴィエルが何の憎しみも感じていなかったことだ。憎しみはまったくなく、おそらく、愛情もまったくなかった。

ナイフを沈めたとき、ノエミアは伸びをするみたいな動きをした。そして彼は刺し続けた。若い女は回転して、机の上に倒れこむ。ナイフの先端で、彼は横から、首筋を切りつける。なのに、叫び声ひとつ、ことばひとつ、なかったのだった。彼女が床に倒れたのを見ると、彼は膝をついて、その顔を引っ掻いた。その口にXを描く。それも何の怒りもないままに。

それはまるで、彼ではない別の人間がやっているみたいだった、あるいは、自分が、自分自身を眺めている観客になったかのようだった。〈別の人間〉は止まらなかった。ノエミアは死んでいたが、〈別の人間〉はなおも彼女に切りつけていた。（それもすべて、叫び声ひとつない中で。）そのあとで、まだ膝をついたまま、彼はワンピースをまくりあげ、下着を下ろした。ナイフが性器に十字を刻みつけた。

シャヴィエルは立ち上がった。生きた血はなんときれいな赤をしていることか！

小声で言った――

「死んだ。彼女は死んでる」

レミントンのタイプライターの傍らから複写用紙を取って、ナイフの血を拭った。出ていく前に、スカートを下ろそうかと考えた。彼が引っぱり下ろしたので、パンティーは膝のところまでずり落ちていた。死体に触りたくなかった。ナイフをポケットにしまった。妻の治療の時間はもう過ぎていた。

シャヴィエルは考える――〈逃げないといけない、誰かが来る前に〉。しかし誰も来るはずはなかった、なぜなら、すべてが争いなく、叫び声なく起こったのだから。

エレベーターのボタンに指をやった。しかし思い直した――〈エレベーター係に見られないようにしないと〉。そこで階段へと走った。次の階との間のところにとどまって、聞き耳を立てた。エレベーターがやってきた。

エレベーター係の声が呼んでいた――

「下ですか？　下ですか？」

誰もいない。エレベーターは下りていった。しばらくの間、階段にすわって、荒れた息をしながら（まだ息切れしはじめてはいなかった）、頭を落としていた。家に帰る必要があったが、人に見られてはいけなかった。家に帰れば、妻の傷を洗ってやりながら、平和と神が得られるはずだった。ノエミアは死んでいたが、ハンセン病ではなかった。

それから彼は壁沿いに下りていった。血でよごれているはずだった、血痕がついていないはずはなかった。

五階のところで立ち止まった。会話に耳を傾けた。

「ひとつ教えてやろうか？　ほんとのところを？　オレは信じないんだ、女がさ。最後まで聞けよ。女が一人の男を、二年以上愛し続けることがありうるなんてのは」

壁に寄りかかって、汗を垂らしながら、シャヴィエルはエレベーターがやってきて、彼らを運んでいくのを待った。人を殺したあとで、彼は別人になったように感じていた。何かが自分の中で変わっていて、また、すべてのものの中で何かが変わっていた。階段も同じではなかった。建物も同じではなかった。何も同じではなかった。自分がこの世でただ一人の殺人者であるかのように、彼以前には人を殺した人間が一人もいないかのように、まったく一人ぼっちであるのを感じていた。

しかし、すべてが過ぎ去るのだった、家に帰りさえすれば。家に帰る必要があった、急いで、急いで。エレベーターがやってきた。男二人が乗りこんだ。人に見られずに外に出なければならず、それが問題だった。自然に出ていくこと、口笛でも吹きながら。やっかいなことに、もうブラジル人は口笛を吹かない。彼が子供だったころには、誰もがモジーニャ〔古い流行歌のジャンル〕を口笛で吹いていたものだった。シャヴィエルはボサノヴァは好きじゃなかった。

ノエミアは背中を向けていた、彼がドアを押したときには。背中を向けて、爪を磨いていた。そして誰かが入ってきたのを感じて振り向いたのだった。それで微笑みは？　本当に微笑んだのか？　ちがう、ちがう。そしてシャヴィエルにはもうわからなかった、ナイフを突き刺したときに自分があの女を愛していたのか憎んでいたのか。

二人の男は帰っていった。シャヴィエルは下に降り続けた。タクシーをつかまえるつもりだった。下まで降りると、二段目の階段のところで立ち止まった。守衛所の若者がエレベーター係に話しているのが聞こえた――

「僕の親父はヴァスコでプレーしてたんだ、ヴァスコの二部チームで。ルッシーニョとかトルテロリの時代に。父さんはめっちゃうまかった」

シャヴィエルはそこを通りたくなかった。自分に向けてくりかえしていた――〈見られちゃいけない、見られちゃいけない〉。そして考えていた――〈もしかして誰も殺してないんじゃないか？　ノエミアは生きているのかもしれないじゃないか？〉　その名前は今やあまりにも遠い昔の名前だった、ノエミア。

守衛所の若者がエレベーター係に向けて言う――

「ちょっと待ってて、そこんところでタバコ買ってくるから」

「オレにも買ってきて。お金はここにある。コンチネンタルを」

運のいいことに、エレベーターはすぐに他の階から呼ばれていった。シャヴィエルは通り抜けた。

外に出たところで知らない人とぶつかった――

「失礼、失礼」

「申しわけない」

両方ともが謝った。それでよかった。シャヴィエルは歩みを早めた。彼が感じていたのは驚きだった、ある種の驚きの感覚だった。自分でくりかえさなければならなかった――〈僕は人殺しなんだ〉。それはまるで、彼が唯一の、そして最後の人殺しであるかのようだった。誰も人を殺したことがなく、これからも誰もけっして人を殺さないのだ。〈僕だけが人を殺した〉

一台の車のあとを追いかけて走った――

「タクシー、タクシー！」

車は先に進んだところで止まった。必死になって走った。すると最悪なことに、もう一人別の客と同時にたどり着いた。ドアの取っ手に手を伸ばしたまま、争わなければならなかった――

「呼んだのはわたしだったんで」

相手は猛烈に尖らせた口髭の男で、運転手を問いつめる――

「最初に呼んだのはどっちだ？」

運転手が片方を選んだ――

「この旦那さんでした、こっちの方」

旦那さん、こっちの方、というのは彼、シャヴィエルのことだった。相手は負け惜しみで舌を鳴らしながら――

「そう慌てるなって」

するとそのとき、シャヴィエルは唐突に寛大な気持ちに襲われた――

「旦那さん、通常ならお譲りするところですが、わたしの妻が本当に調子が悪いところなもので」

見知らぬ男は最大限に不愉快そうにシャヴィエルを見やる。シャヴィエルはさらに言いつのった――


「でも旦那さん、どちらに行くんですか？」

心を閉ざした――

「いや結構」

シャヴィエルは会釈をして――

「それでは失礼して、ごきげんよう」

後方では他の車がもうクラクションを鳴らしていた。シャヴィエルは乗りこむ。運転手に向けて鬱憤を晴らす――

「見たか？　あいつ、何の道理もないのに、威張りくさっちゃって！　鼻面をひっぱたいてやらないと」

もしかしてノエミアは仲直りしたかったから微笑んだのかもしれないじゃないか？　目を閉じて、脚を組んだ。運転手は人殺しを乗せていることを知らないのだった。純潔《ピューリタン》なノエミア！　まちがった場所はダメ、だって。そして突然、泣きたい気持ちに襲われる。運転手に見られないように、ナイフを外に捨てる。

運転手は後ろを向いて――

「旦那さん、フェリーペ・カマロンと言いましたか？」

「その通り」

サライーヴァのことを考えた。僕は臭い、僕は臭い。フェリーペ・カマロン通りに着いて、顔をしかめたまま支払った。しかし、降りる瞬間になって運転手の背中をたたいた（ふたたび泣きたい気持ちになりながら）――

「神さまの祝福を！」

「お互いさまです」

さらにしばらく歩道上に立ち止まって、メイレレスとかいう近所の男と立ち話をした。水道局の何とかという部門の主任だか副主任だとかいう男。

パジャマのズボンに、Tシャツとスリッパという格好をした近所の男は訊ねた――

「奥さんはよくなりましたか？」

ため息をついて――

「まあまあです。相変わらずで」

シャヴィエルは考えている――〈これもまた、僕が人殺しだと知らない人間〉。そしてメイレレスの様子が以前とちがうのを感じた。なおもその感覚があるのだった（そしてそれが彼を焦燥へと駆りたてるのだった）、犯行以来、すべてが変わってしまったような感覚が。自分があまりにも一人ぼっちで、なおさら一人ぼっちになっていくように感じていた。

玄関を開けたときから、すでに妻の呻き声が聞こえた。おりおりに彼女は、一昔前のお通夜でよく聞かれたような抑えた泣き声をあげはじめるのだった。シャヴィエルは、妻は神経系の病気なのだと言いふらしてあった。その晩、高齢の女中は心霊術の会合に出かけていた。

中に入ると寝室に駆けつけた。ベッドの上で、うつ伏せになっていた。

シャヴィエルは身体をかがめる――

「僕の天使、僕の天使」

そしてくりかえした、死に至るような自責をこめて――

「ごめんよ、僕の可愛い人。聞いてるかい？」

野太い声で呻いた――

「出てって、出てって！」

「遅くなったのは、聞いておくれ、遅くなったのは解決しなければならない問題があったからなんだ」

相手はベッドの上にすわり直した――

「ひょっとして、あんた、あたしが信じると思ってるの？　問題なんてなかったでしょ。嘘ばっかり」

病気になったときから、彼女は鼻声で話すようになっていた。そしてシャヴィエルは、妻の声にはごく小さな潰瘍があるように感じるのだった。

彼はその絶望的な卑屈さをもって続けた――

「本当なんだよ。町なかで時間をとられてしまって。車をつかまえるのにも苦労させられて」

もう泣いていなかった――

「シャヴィエル、あたしの言うようにしなさいよ。もう帰って来なくていい、別の女のところで好きなようにすれば」

「別の女って誰？　僕のかわいい人、何を言うんだ」

「あたしだって馬鹿じゃない。あんたがあたしを裏切ってることはわかってるのよ」

「神に誓って言うよ。僕はきみが好きなんだ。きみを愛してる」

妻は蝕《むしば》まれた目を彼のほうに向ける――

「あたしが病気になって、どれだけ経つ？　言って。どれだけになる？」

「四年だ」

「四年！　もう四年前からあたしは、あんたにとって、女じゃない。それで生きてるって言えるの？　どうして別の医者を呼んでこないのよ？」

「きみは良くなるから。落ちついて、落ちついて」

「落ちついてって、いつもベッドの中に沈みこんでるのはあたしだから。あんたはそのへんで楽しくしてる」

シャヴィエルは立ち上がる――

「僕のかわいい人、治療をしようか？」

相手は獰猛な手でシャヴィエルの腕をつかむ――

「あたしに言ってみて。でも嘘はつかないで！　この四年間、あんたは一度もあたしを裏切らなかったの？　ただの二分間すらも？」

「一度もない」

「言っていいのよ、あたしは怒らないから。あたしを裏切った？」

「愛してるよ」

それをさえぎって、激しく――

「あたしが信じると思ってるの？　あたしだってそこまで間抜けじゃない！　女が必要じゃないっていうことを、あたしに納得させられる？」

ベッドの上に腰を下ろす――

「僕のかわいい人、前にも説明しただろ」

「ああそう！　自分の手でやるんだって言ったわね、でもあたしは信じない！　それは嘘よ」

「いいかい。よく聞いて。きみが回復したら」

さえぎって――

「あたしの病気は何？」

「言ったじゃないか？」

「本当のことを言って」

話しはじめる――

「きみのは神経系の病気に、アレルギーが重なってるんだ。その湿疹は、全部、アレルギー性のものだ。医者が僕に説明してくれた。それから、その目の問題は、いずれ回復するんだ」

シャヴィエルはもうノエミアのことも、犯行のことも、思い出していなかった。ノエミアは本当に死んだのだったか？　彼はアレルギー、湿疹、と言っているが、それは妻が、恐ろしいほどの善良さゆえに、何でも信じようとするからだ。唯一信じないのが、唯一疑うのがマスターベーションのことだ。その病気のいちばん困るのは、近所の人ですら感じるほどの甘い匂いがすることだった。

シャヴィエルは三本の指が曲がって麻痺している妻の手を見つめていた。彼女は解き放たれて泣きはじめる——

「もしあたしが別人だったら、あんたのことを殺してる。あたしは目が見えないけど、あんたが寝ている間に殺してる。でも、かわいそうだから」

妻の傍らにいると、彼はもう人殺しではなかった。

「さあおいで、治療をするからおいで」

「その前に、答えて」

「言ってみて」

「手を出してくれる？　あんたの手はどこ？」

夫の手を見つけて——

「病気になったとき、あたしは自分が嫌でしょうがなかった。嫌悪感と恥ずかしさ。あんたも覚えてる？　あんたに、あたしの近くに来てほしくないほどだった。そのころ、あんたに言ったでしょ、病気が治ったら、そのとき初めて、もう一度、あんたのものになるって」

「覚えてるよ、覚えてるよ」

すると彼女は、強く息をしながら——

「でも、もしあたしが、もう一度、あんたと交わりたいと言ったら？　あたしはあんたの妻でしょ、あたしはあんたの妻じゃない？」

「もちろんそうだよ！」

「じゃあ、あたしと交わってくれる、今日？」

自然にふるまうように努めながら——

「まず最初に、医者に相談しないといけない」

「どうして医者なの、あたしはあんたの妻なのに？　あたしはあんたの妻じゃないの？」

自らの激しい苦悶を抑えながら――

「僕のかわいい人、問題ないよ。僕は医者と話してみる。状況を説明してみる。彼が許してくれれば、それでいい」

「それとも、嫌悪感があるの？」

「ちがう、この世のもっとも聖なるものすべてにかけて」

赤みがかった、熱くて貪欲な手が、彼の腕に食いこむ――

「じゃあ、キスして。あたしに嫌悪感を持ってないなら、キスして」

呆然となって口ごもった――

「キス？」

ことばを勢いこんで押し出す――

「もちろんきみにキスしてあげるよ、何だよ。もちろんするよ」

立ち上がって、野生の陶酔のうちに言いつのる――

「ただのキスじゃダメ。全部。交わりましょうよ。昔みたいに。医者なんか放っておいて」

「待って、待って」

「あたしは服を脱いでるわよ」

彼女は待ちながら訊ねる――

「どうして引き出しの中を捜してるの？　コンドームは使いたくない」

リボルバーを手に取ったシャヴィエルは言う――

「コンドームなしでいいよ」

近づく――

「僕の天使、知っておいてほしいのは、僕が一度もきみを裏切ってないことだ、ただの一度も。きみは僕が愛したただ一人の女だ」

リボルバーで狙いをつけたまま近づいた。妻の微笑みの中に小さな潰瘍が見える気がした。

なおも囁いた――

「きみのことが大好きだよ」

微笑みの中央に向けて撃った。妻は頭を下げただけだった。それから、そのあとで、なおも微笑みながら、倒れた。シャヴィエルは物音に耳を傾けていた。声、叫び声、何かを訊ねる質問が、外から聞こえてきた。今では、ノエミアが微笑んでいたと信じていた。中央駅の、マラカナン・スタジアムの群衆が、彼の家のドアをたたいてるところを想像した。そして、それから、口の中にリボルバーの銃身をくわえ、引き金を引いた。

27

人の間を抜けて若い黒人の女中がやってきた。彼女を呼び寄せた――

「ああ頼む。わたしに水を一杯、持ってきてくれ」

それからカストリーニョに訊ねる――

「きみもいるか?」

相手は風邪をひいていて、ハンカチを取り出そうとしていた――

「氷なしで」

「カストリーニョ先生には氷なしでだ。それともリンドイヤのほうがいいか? フィルター水か、リンドイヤか、どっちだカストリーニョ? リンドイヤはあるのか?」

あるのだった。カストリーニョはハンカチの中で咳きこんでいた。

サビーノは黒人の女の子を送り出す――

「カストリーニョ先生にはリンドイヤを氷なしで。わかったかい? 氷なしだ。わたしには、冷やしたふつうの水を。急いで持ってきて」

友人の肩に手を置いた。しかし、考えていたのは浜辺でのことだけだった。いくら払ってもよかった、モンセニョールの前で裸になった少女が誰なのか教えてもらうためなら。聖具室で服を脱ぐというのはとんでもなく大胆なことだった。神父の話では、その少女は十七歳か十八歳だったはずだ。カストリーニョの胴に腕をまわしながら、サビーノは考えていた――〈あれはグロリーニャなんだ〉。浜辺で彼女は、花婿ではない別の男のことを話したのだった。その男があのバスク人神父であるにちがいなかった。女たちは身体がばかでかい男が好きなものだ。モンセニョールには半人半獣神《ファウヌス》のような激しい鼻息があった。

　カストリーニョ（カストリーニョは、まあどうでもいい人間だ）と会話しながら、サビーノの視線は娘を追い求めていた。そして、彼女が自分にどういう態度をとることになるのか知りたかった。グロリーニャが部屋の隅に、近所の女二人と一緒にいるのが見えた。彼女はモンセニョールのために裸になったのに、彼、サビーノからは逃げたのだ、年とった醜悪なファウヌスから逃げるみたいに。しかしモンセニョールの言うその女の子というのは、別の子なのかもしれなかった。

　カストリーニョはサビーノにこう話している――

「きみの意見を聞きたいんだ」

「何だって」

　すると相手は――

「きみは思わないか、ラファエルが」

　サビーノにはグロリーニャの笑い声が聞こえた。よかった、よかった。笑い声は、海でのトラウマが過去のものになったことを意味していた。

　カストリーニョのほうを向いた。相手が言っていることは全部聞こえていたが、意味は全然わか

っていなかった。友人は話を続けていた──

「ラファエルというのは」と説明した──「ジ・アウメイダ・マガリャンイス〔一九六〇年代から長く活動した政治家・実業家〕のことだが」

サビーノは頭を揺らした──

「ああ、そう、そう！」

カストリーニョは先を続けることができた──

「そういうわけよ。テレビでラファエルを見ると、僕は腑抜けになるんだ。いや冗談でなく、腑抜けになる。あまりにもハンサムすぎる」

黒人娘がお盆にコップをふたつのせてやってきた。

サビーノは叱りつけた──

「まず最初にカストリーニョ先生だ」

相手は重々しく言った──

「ありがとう」

しかし、疑念を抱いた──

「冷たいの？」

「氷なしです」

「ああ、それなら」

コップ一杯を全部飲んだ。サビーノはもはや疑いを持たなかった──モンセニョールのために裸になった少女というのはグロリーニャなのだ、まちがいない。絶望的な悦楽を感じながら水を飲む。

コップを返しながら、もう一杯頼みたいと思った。しかしやめた。

執拗なカストリーニョは続けた——

「僕の考えでは、ラファエルは今に大統領になるね」

サビーノの驚きは心からのものだった——

「すぐに？」

カストリーニョは笑みをたたえながら、日付のある予言をしているわけではないと説明した。そしてつけ加えた（微笑みはなしで）——

「いつになるかは知らないし、どうでもいいことだ。彼はいつの日か、大統領になるよ。いつの日か」

その瞬間に、グロリーニャが通りがかった。彼女の視線は、父親の視線と交錯した。彼に向けて微笑みかけた。息が詰まるほどの幸福感に包まれて、サビーノは友人の背中を叩いた——

「その通りだ！　その通り！」

想定外の支持を得てカストリーニョは色めき立った。がっしりとサビーノの腕をつかみながら続けた——

「僕が正しいかどうか、見てみてくれよ。歴史は顔を選ぶんだ。どんな顔でもいいわけじゃない。ケネディだ。一例として——ケネディを見ろ。実のところ、われわれ二人の間だけの話だが、ラファエルはケネディよりもハンサムだと僕は思う。ケネディはあの顔でなかったら、あれだけのものになれたか？　それからナポレオンの横顔はどうだ？　ナポレオンの横顔についてはどう思う？」

サビーノは何とも言わなかった。娘がモンセニョールを驚かすためにドアの後ろで服を脱いでいるところを思い描いていた（それとも、やはり娘ではなかったのかもしれない）。

カストリーニョは勝ち誇ったように結論づけた――

「ラファエルの顔は、切手やお札や硬貨に描かれるような顔だ。いいか、いいか。それだから、大統領府にまで、その顔ゆえに行きつくんだ。僕が今言っていることをよく聞いておけよ。目覚ましくフォトジェニックだからだ」

サビーノは考えていた――〈忘れたから、わたしに微笑んだんだ〉。恐れがすべて消え去っていた、恐怖も何もかもが。〈わたしの近くを通りがかったら、彼女のことをかわいい坊やと呼んでやろう〉

カストリーニョに対して、サビーノは、ラファエルが硬貨にするのにうってつけの顔をしていると同意した。

ジルセがやってきた――

「パパ。ちょっと失礼していいですかカストリーニョ先生？」

お辞儀をした――

「もちろん」

するとジルセは――

「パパ、ちょっとこっちに来てくれる？　一瞬だけ？」

娘と一緒にその場を離れた――

「何があったんだい？」

あとの二人の娘（マリリアとアルレーチ）もやってきた。社会的に、そして経済的に地位が上昇して以来、サビーノはアルレーチというのが下層中産階級的な名前であると感じるようになっていた。

ジルセが先頭を歩いていた——

「仕事部屋に行きましょうね」

サビーノは不満で、くりかえし訊いた——

「しかし、要するに、何があったんだ？」

これから交わすことになる会話に関して、残酷な倦怠を感じはじめた。娘たちの態度、顔つき、声の調子、すべてに腹が立ってきた。邪《よこしま》な満足感をおぼえながら考えた——〈彼女らは不細工だから、不細工だから〉。しかも、それよりもさらにひどいことに、彼女らは気が滅入るような体臭を発しているのだった。

彼にはビーチでのグロリーニャの声が聞こえていた——〈別の人が好きなの！　お父さまじゃないの！　別の人！〉にもかかわらず、娘は彼を人影のない浜辺に連れていったのだった、寒くて暗い夜の浜辺に。彼女は足が裸足なだけだったが、彼はあたかも全裸であるかのように彼女に欲情していたのだった。

彼らは仕事部屋に入り、ジルセがドアに鍵をかけた。

アルレーチが姉妹のほうに顔を向けて——

「準備完了」

驚きながら、自らの感じている恐怖感を理解できないまま、サビーノは両腕を開いてみせた——

「これはいったい何なんだ？　裁判か？」

苦悶で声がかすれていた。浜辺に向かう車内でのグロリーニャの行動のすべてが、愛の前戯だったのだ。そして、そこで彼女は靴を脱いだのだった、まるで服を脱ぐみたいにして。

ジルセが質問をした――

「お父さまはテオフィロにいくらあげたの？」

（その一瞬、彼女らにこう言ってやりたい気持ちになった――〈これは全部ご立派だが、きみらには体臭がある。グロリーニャはあんなに香しいのに！　なのにきみらは体臭がある！〉）

三人の顔を見た――

「何をあげた？　わたしが何をあげたんだ？　何を言いだすんだ！」

三人は同時に話しはじめた――

「あげたでしょ！　あげたわよ！　いくら？　小切手よ！　いくら？　言ってもらわないと！」

叫んだ――

「その口調は許せないぞ、それだけだ、その口調は許せない！　そんなことはわたしの勝手だ！」

彼女らはさらに近づいてきた。実際に、彼は娘たちに対して肉体的な恐怖を感じていた。

しかし、冷静さを失うわけにはいかなかった――

「わかった、まあいい。どうして急に、そんな話になるんだ？　わたしには理解できない！　どうしてなんだ？　理不尽だ」

三人は目を見交わす。長女の顔が彼に向けて大きくなってくる――

「いくらなのパパ？　いくら？」

サビーノは首筋に痛みを感じはじめる。追いつめられて、言う――

「金はわたしのものだ！　わたしの金だ！」

自分の胸を叩きながら――

「わたしのだ！」

泣き顔をしてみせる。すると唐突に、ノエミアのことを考えはじめた。オフィスにいるのだ、ずっと、ずっと、待ち続けて。電話してやらないと。そして噛みついてくる娘たちを前にして、秘書に対する、予想外の、不条理な欲望を感じた。ありがたがってくれる女、あるいは金で動かせる女、というのはいいものだった。金で動く、と言ったほうがいいだろう。ノエミアには少し金をあげるべきだった。女に渡す金には、単純明快さと、英知がこもっている。しかも、あの子のいいところは、彼の靴だって舐めはじめそうだったことだ、まるでよくしつけられた雌犬のように。ジルセを見やって、怒りにふくらんだその鼻の穴を目にしながらサビーノは決める――〈ノエミアをクビにするのはやめだ！〉

仕事部屋の一番奥まで行った。そこから娘たちを見やった。わたしを憎んでいる、憎んでいる、いつもわたしのことを憎んでいた。すると急に、怒りが噴射のようにやってきた。ついにはシレーニのことを思い出した。ノエミアはクビにしないのだった。

取り憑かれたように前に出た――

「それにだ。きみらはもっと分別をもつべきだった！　あれはいったい何だ、癲癇のある子を付き添い役《ドモワゼル》に選ぶというのは？　きみらは考えないのか、筋道立てて考えないのか？」

ジルセもまた叫んだ――

「話をそらさないでパパ！」

ぶつぶつと言った――

「何だ？　何だ？」

いかにも行きすぎのふるまいだった。残りの姉妹は、かたわらで、何度も〈そうよ、そうよ〉と同意の声をあげた。

ジルセはなおも質問していた――

「いくらあげたの？　いくら？　五百万？」

父親は仕事部屋の中をぐるぐると歩きまわっていた。しかし、その金額を耳にすると立ち止まった。エウドクシアが話したにちがいなかった。あるいは、グロリーニャ自身が、姉たちに屈辱を味わわせるために。グロリーニャではない。エウドクシアだった。エウドクシアの阿呆。

指を突き立てながらジルセの前に出た――

「やっとわたしにはわかった。きみらが癲癇の女の子を選んだ理由がわかった。あまりにあからさまだ。きみらはシレーニが教会で発作を起こして、グロリーニャの結婚式が台無しになるのを望んでいるんだ。きみらが憎んでいる妹の結婚式が！」

三人は前に出てきた。サビーノは攻撃されているみたいに後ずさりした。そしてある瞬間に、物理的に逃げ出して、大きな仕事机の背後にまわりこんだ。

我を失ってこう言っていた――

「わたしに手をあげるような真似をするんじゃないぞ！」

ジルセは前に進んだ。両手を机の上に置いた。サビーノは息を切らして――

「きみらはいったい何が望みなんだ？」

ジルセが言った――

「パパ、あたしたちの夫は、いずれも百万もらったのよ。たった百万。なのにテオフィロが五百万もらったのは、なぜ？」

アルレーチは金切り声をあげた――

「もしかしてグロリーニャだけが娘だっていうの？」

声を荒らげた――

「まず第一に、きみらに知っておいてもらいたい」

「何よ今さらパパ！」

絶望的な気持ちだった――

「きみらに知っておいてもらいたいのは、わたしが娘たちの間で差別などしないことだ！」

相手はいずれも大騒ぎを始める――

「おやおや！　本気で言ってるの！」

怒鳴った――

「わたしは全員のことが同じように好きだ！」

ジルセが顔を近づけてきた――

「そのせいで、お父さまは五百万をあげたってわけ？」

サビーノはついに娘の体臭を感じた。倒錯した歓びをおぼえて、当てこすりを言った――

「金！　金！」

するとマリリアが獰猛な調子で――

「お父さまはお金が嫌いなの？　ああ、そうなの？」

机を拳で叩いた――

「ひとつ教えてあげようか、知りたいか？」

緊迫。ふたたび怒鳴り声――

「何もあげなかったんだ！　一銭も、あげなかった！」

「嘘よ！」

声が出なくなって――

「何だって？　今、きみは何と言ったんだ？　父親のことを嘘つきと言うのか？」

椅子の上に崩れ落ちるようにすわった。汗で髪がびしょ濡れだった。なんと奇妙な、不思議なことだろう、ノエミアに対して、このような鈍い欲望が遅れてやってくるとは。いったい僕の中で何が起こっているのだろうか？　ここから出られ次第、彼女に電話するつもりだった。結婚式の当日に秘書と逢い引きするわけにはいかないだろう。その翌日ならいいだろう。いろんなことを話して聞かせよう。グロリーニャの裸を見たことがあるのを話そう。以前、浴室のドアを開けたときに、中から鍵がかかっていなかった。それで裸の娘と出くわしたのだった、素っ裸の。

長女が顔を顔に近づけて言った――

「あたしたちは全部知ってるんだから！」

目をうるませながら言った――

「ジルセ。それにきみらもだ。わたしは自分の名誉にかけて言うが本当だ」

沈黙。訊ねる――

「それでわかったか？　信じてくれるな？」

アルレーチが飛び出してきた——

「名誉にかけてって言うだけじゃ信じられない！」

殴られたみたいに顔をそむける。抵抗するべきだ、当然だった、彼は父親であり、抵抗する必要があった。と同時に、恐怖感もあった。彼女らは浜辺であったことを何も知らないのだし、グロリーニャが走っていくのも見ていないのだった。

立ち上がった——

「この会話はこれで終わりだ」

「ダメよ、これで終わりにはならない、ダメよお父さま」

一人ずつ、順番に見ていく——

「これはいったい何なんだ？　きみらはこれまで、一度もわたしに失礼なことはしなかった」

ジルセはゆっくりと、机をまわってきた。あとの二人は、同じ動きを反対の方向から始めた。

〈わたしを包囲しようとしている〉——サビーノはそう考える。ふたたび、肉体的な恐怖感をおぼえる。

するとそのとき、三人の娘が同時に話しはじめた。言っているのは同じこと、おなじことばが、うわごとのようにくりかえされていた。

「あたしの夫は、それから彼女の夫も、彼女の夫も、四百万もらう必要がある」

「小切手を書いて！」

「小切手を書いて！」

「四百万！」

「あたしのと、彼女のと、それから彼女の」

抵抗したかった。大声を出した――

「よく聞いてくれ！　わたしの言うことを聞けるか？　聞いてくれ！」

「お金！　お金！」

手を胸の上に置いて言った――

「テオフィロは一銭も受け取らなかったんだ！」

「嘘よ！」

泣きはじめた――

「待ってくれ、待ってくれ。わたしの見ている前で小切手を破り捨てたんだ！」

彼にはもう誰が話しているのか、それとも三人が同時に話しているのか、わからなくなっていた。

彼女らの一人が叫んでいた――

「ようやく最後に告白したわね！」

足がふらついた――

「わたしは何も告白してない。ただ話してるだけだ。頼むから、聞いてくれ。わたしに敬意をはらってくれ。わたしが言っているのは、テオフィロが小切手を破り捨てたということだ。あそこにある、会社にあるんだ、ちぎった紙が灰皿に入っている」

「いくらの小切手だったの？」とジルセが訊いた。

涙を手で拭いながら――

「破り捨てたんだ、金額なんかいいじゃないか？　いくらでも同じだ」

いちばん口数が少なかったマリリアが、最低限の小さな声で訊いた――

「あたしたちは知りたいのよパパ。金額を。テオフィロは破り捨てた、でもその小切手はいくらだったの？」

ためらう。もし彼女らに〈きみらはみんな体臭がひどい！〉と言ってやったら、彼女らは屈辱にまみれて、掃き捨てられるみたいにそこから出ていくだろう。

ジルセが囁く――

「嘘をつかないで」

それが彼の憤怒をかき起こした――

「わたしは嘘なんかついたことがない、そんな口は許さない、聞こえたか？　きみらがわたしに対してやろうとしているのは脅迫だ。これは脅迫だぞ」

ジルセはもう叫んでいなかった――

「パパ、もう、グロリーニャは全部もらうけど、他の娘たちにはなんにもない、という、いつものあれは終わったのよ。お父さまは四百万を出す以外にないのよ」

「お父さまはお金を持ってるんだから！」

「きみらが思うほど持ってるわけじゃない。そうだ、この機会にきみらが知っておくのもいい。わたしが大金持ちだというのは伝説だ」

「どうでもいい。あたしたちはお金がほしいの」

タバコを取り出す。マッチを捜す。立ち向かう必要がある。タバコに火をつける。

低い声で、ほとんど甘さすらこめて言う――

「いいかい。きみらに言っておく。わたしから、きみらは一銭だって引き出すことはできない。ゼロだ。さあ、もう行っていい」

誰も動かなかった。ジルセが訊ねる――

「それが最後の通告なの？」

「その通りだ。わたしの最後のひと言だ。自分の金に自分で火をつけて全部燃やしたほうがまだましだ。しかし、きみらはちゃんと心得ておくべきだ、書いておくといい。きみらはもう二度と、わたしの金を一銭も目にすることはない」

すると、三人は後ずさりしていった。今度は、部屋の隅で、小声で話し合っている。サビーノは彼女らが敗北したのだと考えている。〈一撃をかましてやった〉。ハンカチを取り出して、顔の汗を拭う。三人はゆっくりと戻ってくる。今度は何をたくらんでいるのか、この情けない三人組は？〈わたしへの敬意に欠けるのがいたら、殴りつけてやる！〉

ふたたび包囲された。彼は言う――

「一歩も下がらないぞ！　わたしは一歩も下がらない！」

するとジルセが、低い声で、しかし明瞭に、言う――

「強姦魔」

沈黙。首を絞められたような声で訊ねる――

「今、きみが言ったのは何だ？　もう一回言ってみろ」

答えたのはマリリアだった――

「強姦魔」

サビーノは立ち上がろうとしたが、椅子に倒れこむ。罵詈雑言を口にして、何でもかんでも、顔面を叩き割ってやるべきだった。

しかし彼は動かなかった、息すらほとんどしなかった。ジルセが甘い声で続けた――

「あたしは見たのよパパ、誰かから聞いたんじゃない。あたしが見たの。あたしに全部話してほしい？」

あと二人が焚《た》きつけた――

「話して！　話して！」

そして、実のところ、サビーノ自身も聞きたいのだった、不条理だが聞く必要があるのだった。

ジルセが話していった（穏やかに、穏やかに）――

「パパ、あのパーティのこと覚えてる？　あたしの誕生日パーティ、リンス・ジ・ヴァスコンセーロスでやったあれ？　みんなが踊っている最中に、シレーニが裏庭に出ていった。もう彼女は調子が悪くなってきていた。そして、そこで、発作を起こした。誰も見てる人はいなかった、お父さまだけ。そう、ベランダのところから、お父さまはシレーニが倒れるのを見た。何も言わずに下りていった。そして彼女を、庭のいちばん暗い部分に運んでいった。あたしは窓のところに来たので、見たの。お父さまのほうは、あたしを見なかった。すべてがその窓の真下で起こった。処女を奪う強姦魔、たしかに、強姦魔。それも、持病のある女の子を、発作中に犯すような。シレーニは十三歳で、お父さまは狂人みたいになっていた」

驚愕のせいでサビーノの目には黒い隈《くま》ができていた。何かを言いたかったが、声が出てこなかった。

「そしてそのあと、お父さまはもどって、広間に姿をあらわした」

サビーノは訊ねる（恐ろしさのあまり、裏声になっていた）――

「彼女らも見たのか？」

答えた、やさしく撫でるように、ほとんど同情するかのように――

「彼女らが知っているのは、あたしが話したから、話したのも今日になってから」

サビーノは背骨が湾曲している人のように肩を細くすぼめた。

目を下におろしたまま言った――

「小切手を書くよ。小切手を書く」

28

最後の小切手にサインをした。近親相姦をしたわけではなかった。日付と、金額と、自分の名前を読み直した。サビーノ・ウショア・マラニョン。単に欲望を抱いただけなら問題はないのだ。近親相姦なのは行為だ。男色も行為だ。くりかえし最後までおこなわれた行為がそうなのだ。サビーノ・ウショア・マラニョンというのが、墓石の名前、墓石に刻まれた名前のように聞こえた。

立ち上がる――

「以上だ」

小切手をマリリアに渡した。すると、その場で、ある種の眩暈を感じた。よろめいて、椅子につかまった。サビーノ・ウショア・マラニョンというのが、ノスタルジアの彼方にある蒼ざめた死人の名前であるような感覚はなおも続いていた。彼女らにこう質問しようとした――「きみらの他に、誰か知っているのか?」しかし、何も言わなかった。すると突然、残酷なばかばかしさを感じはじめた。娘たちが、家々を回って、彼の処女強姦を言いふらしたとしても、どうでもよくなった。娘三人が部屋から出ていく。取っ手に手をかけてから、ジルセは一瞬ふり返り、三人ともがサビーノに目を向ける。

彼は訊ねる――

「三人とも、満足か？」

ジルセは声を出さずに、口びるの動きだけで答える――

「強姦魔」

（サビーノ自身、絶望感のさなかで、自分の声がジャニオ・クアドロス〔一九六一年に辞任したブラジル大統領〕のパロディのように、けたたましく響くのを感じた。）ドアの向こうから、エウドクシアが取っ手に手をかけて、ドアを押し開ける。娘たちが後ずさりして、彼女が中に入りながら言う――

「あんたたち、ここにいたの？」

そして、サビーノに話しにいく――

「モンセニョールがいらしたわよ！」

口ごもる――

「モンセニョールが？」

「あんたと話したいそうよ！　行って、行って、行って！」

机を回って出てきた――

「落ちつけ、落ちつけ」

しかし絶望の中での歓喜を経験していた。エウドクシアやモンセニョールは、リアルな現実だった。それに対して、娘たちによる脅迫はあまりに不条理で、あまりに幻想的だった。そして、処女強姦、浜辺、裸足のグロリーニャ――それはすべて、まったくリアルに感じられなかった。

震えながらエウドクシアの手を握りしめる（彼女はその突然の情愛の表現を理解できず、すっかり照れていた〉。言った――

「さあ行こう、行こう」

戸口で立ち止まって――

「エウドクシア、ちょっと頼みがある。一瞬だけ、モンセニョールの相手をしててくれ」

「なんなのよ！」

「僕の天使よ、一瞬だけだから。緊急の電話があるんだ。寝室の電話で話すから」

「でも早くしてよ」

「一分ですむ」

電話をしに寝室に入った。それにしてもモンセニョールの訪問が理解できなかった。〈もういいかげんばかばかしくてやってられない〉。ベッドの上に腰を下ろして電話を手に取る。だいたいこんなふうに話すつもりだった――〈ドナ・ノエミア、わたしだ〉。ドナ・ノエミアじゃないな。これからは絶対に、きみと呼ぶことにするつもりだった。〈わたしは、ノエミア、きみに悪いことをした。だからきみに謝りたい〉。実際、まるで畜生のような態度をとったのだった。彼女が身体を洗いたがったときに、彼は無理やり追い出したのだった。彼女はぽたぽた垂らしながら出ていったのだった。垂らしながら、というのは正確じゃない、コンドームを使ったのだから。いずれにしても、行為のあとで、若い娘が手早く洗浄もさせてもらえないというのは、気の滅入るようなことだ。

ダイヤルしている。ちがうちがう、こう言うつもりなのだった――〈きみだけなんだ、僕にとってこの人生で大事なのは〉

電話がかかって、呼び出している。待つ。呼び出して鳴っているが、出ない。かけ間違えたのだろうか？　そんなはずはない。再度ダイヤルする。もしかして、トイレでおしっこしているのかもしれない。出ないのは、どうしてなのか？　鳴っているのに出ない、畜生。あの間抜け女！　彼が怒らせて、しかも辱めたので、彼女は彼に歯向かっているのだ。〈道端に追い出してやる、有無を言わさずに！〉

「パパ？　パパ？」

ドアを叩く音――

「どうぞ」

グロリーニャが言いに来た――

「パパ、モンセニョールがもう帰るって！」

サビーノは廊下に飛び出す。エウドクシアを含む婦人がたに囲まれているモンセニョールを迎えにいく。神父はその力強い、生命力に満ちた笑い声で、歌手のようなバスの声で、広間を満たしている。

サビーノは両腕を開く――

「申し訳ない、申し訳ない」

その巨人を前にすると、彼は自分が女性的で華奢であるのを感じてしまう。モンセニョールは取り巻きに失礼と言って、彼を連れていく――

「ちょっとわれわれは話をする必要がある」

苦悶しながら（彼はノエミアのことばかりを考えている）、訊ねる――

「何か新しい出来事が？」

「そんなところだ」

「いい知らせ、それとも悪い知らせですか？」

相手は笑う——

「いいか悪いか？　どっちでもないな」

二人はベランダに腰をおろす。しかし、サビーノは立ち上がる——

「コーヒーを頼んできます。カフェジーニョを」

「それはいい」

ドアのところから叫ぶ——

「エウドクシア、ここにカフェジーニョを頼む。急いでな、急いで」

もどる。モンセニョールが話しはじめる——

「サビーノ、わたしがここにきたのは、きみにこう伝えるためだ——あしたは説教はやめにした」

サビーノは大げさに——

「それはいったいどういうことです？　勘弁してくださいよ。エウドクシアが悲しみますよモンセニョール。わたしだってそうです、ご理解いただけますよね？」

神父は頭を掻く——

「聞いてくれ、聞いてくれ」

サビーノはノエミアのことを理解してあげて、許したいと思っている。彼女がしたことは、たしかに、よくない。しかし、彼のほうが彼女を最低の態度で侮辱したのだった。それに、よく考えてみれば、あの子がやり返してくるような人間でないことは、認めるしかない。

モンセニョールが説明していた――

「わたしがスピーチをすると、扇動的な、反体制的なものになりそうなんだよ」

「反体制的とは、どうしてです？　政治的なものという意味ですか？」

「政治的？　ああ、それは全然ちがう！　わたしにとっては、政治なんて何でもない。無だ。待ってくれ、待ってくれ。きみはわたしが強い関心をもっている話題に触れてきた。たとえばだ――政治犯罪。カエサルが刺されるのは、マッチが消えるのと同じだ。悲痛な感情は偽物だ、わかるか？」

すると唐突に、サビーノが話をさえぎる――

「モンセニョール、ひとつ質問、ひとつ質問があります」

必死の思いによって声が変わってしまったまま続ける――

「どちらのほうが大ごとですか、神父様の意見では、カエサルを暗殺するのと、癲癇症のある処女を犯すのとでは？　そうです、癲癇の発作を起こしている最中に強姦するのとでは？」

「なんだ？　よくわからなかったぞ。もう一度言ってみてくれ」

サビーノはくりかえし、さらにつけ加える――

「おまけに、それが十三歳の女の子であった場合には？」

モンセニョールは重々しく言う――

「その比較はいい、いい比較だ。わたしは処女強姦のほうと言うな。それにきみにもわかるだろう、その対比においては、カエサルの暗殺は、どうってことない、ありふれた、五流の犯罪だ」

エウドクシア自身がお盆を持ってやってきた――

「今いれたばかりの新鮮なものですよ」

モンセニョールは自分のカップを取る――

「いい香りだ！」

エウドクシアが訊ねた――

「お砂糖の具合は？」

試してみてから――

「ちょうどいい」

「もっと入れますか？」

「いや結構」

エウドクシアは続ける――

「お盆はここに置いておきます」

モンセニョールはゆっくりとコーヒーを飲む――

「わたしが、もしあした話をするとなったら、何と言うか、知りたいか？　われわれ誰もが、自らの惨めさを引き受けるべきだ、と言うことになるんだ。わかるか？　夫と妻は、それぞれの傷痕を持ち寄るべきだ、となる」

そう言いながら、彼は下に目を向けた、あたかも、傷痕が地面に転がっていて、それを拾いあげようとするかのように。

サビーノはオウム返しに言った――

「傷痕を持ち寄る」

あとになって、彼はこのイメージ――〈傷痕を持ち寄る〉――を、彼の人生を決定づけたものとして思い出すことになるのだった。

その瞬間に、エウドクシアがお盆を回収しにやってきた。カップをふたつ集めてから、サビーノのほうを向いて――

「あなた、ジュスチーノと話したの、それとも忘れちゃった？」

「忘れたの？　ジュスチーノって誰だ？」

「ジュスチーノ・マルチンスよ、『マンシェーチ』の！」

「ああ、話した、話した！」――それからモンセニョールに説明する――「『マンシェーチ』がグロリーニャを表紙に掲載するんですよ、ウェディングドレスで。カラー写真でね」

「ほんとに表紙が約束されているのか？」

「たしかにそうなんです！」

エウドクシアはうれしそうに去っていった。広間にもどって伝えた――

「ねえ聞いて。グロリーニャが『マンシェーチ』の表紙に載るんですって」

娘本人が訊ねた――

「それは顔だけなの、それとも全身が出るの？」

エウドクシアも知らなかった。

その瞬間にモンセニョールは立ち上がっていた――

「サビーノ、わたしは帰る」

相手もまた立ち上がる――

「お乗せします」

「タクシーをつかまえるよ」

「やめてくださいよ、モンセニョール」

「じゃあ行こう」

サビーノは、男は誰でも、誰かから熱愛される必要があると思っている。ノエミアがその熱愛だった。モンセニョールは別れの挨拶をしに中に入った。サビーノはノエミアこそが愛の対象となるだろうと考えている、初の、そして最後の。エウドクシアへの思いは愛ではなかった、愛だったこともなかった。おまけに、ノエミアは、彼の足にキスできるほどなのだ、熱狂的な信者のように。資本主義世界の魅惑は、憐れな女たちには抵抗しがたいものなのだった、空腹をかかえて金で動くような、従属的な女たちには。ノエミアのような。

モンセニョールはエウドクシアとグロリーニャを引きつれてもどってきた。家の主は言いつのった――

「まだ早いじゃないですか」

「わたしは朝の五時に起きるんでね」

神父とサビーノはメルセデスに乗りこむ。エウドクシアとグロリーニャは門のところにとどまって、車が角を曲がるまで待つ。

モンセニョールはタバコを所望する。やらないことにした説教を思い出して残念がっている。

「わかるかい、サビーノ？　新婚の夫婦に傷痕を持ち寄れと命令することに意味があるか？　二人はその日のうちにやることになる性交のことだけを考えている。なのにわたしは傷痕のこと、ハンセン病のことを話そうとする。そんなことが可能なのか？　無理だ」

そして唐突に、声をあげる――

「サビーノ、大いなる真実を知りたくないか？　知りたいか？」

間を置いてから、勝ち誇ったような大声を出す――

「われわれは誰もがハンセン病患者なんだ！　例外は一人もいない。まったく一人も、いない。われわれはハンセン病患者なんだ」

モンセニョールは話し続けていた。自らのハンセン病を受け入れて、そうと宣言する者のみが救われるのだ。神父はサビーノのほうに顔を向ける――

「何を待ってるんだ、あんた？　どうしてさっさと決断しない？」

「決断するって、何を？」

モンセニョールは取り憑かれたようだった――

「もうそれ以上待つな。自分のハンセン病を受け入れろ。そして二度とそれを否定するな！　それこそがあんたの復活なのだ、あんた！」

サビーノ自身は、自分とモンセニョールが、二人の酔っぱらいのように話したり反応したりしていると感じていた。モンセニョールは黙った、苦悩のあまり息を切らして。神父は不幸のどん底にいるのだった、話さないことにしたせいで。彼は新婚夫婦に向けて、参列者たちに向けて、こう叫んでやりたかったのだ――「あんたがたはハンセン病患者なのだ！」サビーノはノエミアのことだけを考えていた。そして、今になって発見していた、自分がこれまでに一度も、ただの一瞬ですら、愛されたことがないのを。愛はノエミアであり、ノエミアだけだった。モンセニョールの傍らで、夢見ていた――〈誰か、僕の足に口づけしてくれる人〉

教会の扉の前で止まったとき、彼はこの質問を控えることができなかった――

「つまり、神父さまが選んだのは、処女の強姦のほうなんですね?」

歩道の上に下りたって、相手は勝ち誇ったように答えた(そのさまは、酔っぱらいの神父のように見えた)――

「処女の強姦だ! 処女の強姦!」

モンセニョールは大扉を開けていた。しかし、その中に入る前に、ふり返って叫ぶ――

「自らのハンセン病を引き受けるのだ!」

低音の声の笑い、シャリアピン〔二十世紀初頭に活躍したオペラ歌手〕のような笑いが街路に満ちた。そして、それから、サビーノは発進した。町じゅうを走りまわりはじめた。シレーニのことを考えた、十三歳のときの。一人になった今では、昔の処女強姦に恐怖をおぼえた。知らなかった、今日になるまで、知らなかった、なぜ自分が癲癇の少女を、それも発作のさなかの少女を欲望したのだったか。われわれには、謎に属する行為というのがあり、それは謎へと回帰していく。自らのハンセン病を引き受けよ。どうしてノエミアは待っていなかったのか?

遅くなって、家に入る。三人の娘たちの傍らを通る(それぞれの夫たちと小声で話していた)。

シレーニを見かけて、立ち止まった。

その顔を軽く叩いた――

「きみはすてきなドモワゼルになるよ」

サビーノが寝室に入ると、エウドクシアもあとからついてくる。ドアを閉めて、声を潜める――

「知ってる? あなたの言った通りだと思う」

ネクタイの結び目をほどきながら——

「言った通りって、何が?」

囁き声で——

「シレーニにはドモワゼルは無理よ」

驚いて後ずさりした——

「何を言いだすんだ? ドモワゼルは無理だって? きみが、きみがそう言っているのか?」

「まあ」

「まあ、じゃない! エウドクシア、僕は呆然となるよ、きみの厚顔無恥には呆然となる」

「でも、あなた! あなた自身、教会の中で発作を起こすかもしれないと言わなかった? 言ったじゃない?」

寝室の中を歩きまわりながら、モンセニョールの台詞を復唱しはじめた——

「われわれは誰もがハンセン病患者なんだ! 問題は、誰も自らのハンセン病を認めないことだ。いいかエウドクシア——癲癇患者には発作を起こす権利がある。権利があるんだ」

「あたしの娘の結婚式以外の場所ならね」

「くだらん、くだらん! いいか。彼女にはドモワゼルをやってもらう、やってもらうとも! 僕が要求する。僕は千五百万以上を出しているんだ、いやちがう。もっとだ——二千万と、なにがしかだ。僕にとっては、このクソ結婚式で大事な出席者は二人しかいない——あの女の子と花嫁だけだ」

そう話しながら、こう考えていた——〈僕にはノエミアしかいない。彼女は僕の靴にキスをしたんだから、僕の足にもキスをするにちがいない〉。セックスは大事な部分じゃない。価値があるのは、足と地面にキスできるだけの身の低さだ。

エウドクシアは腹を立てて部屋を出ていこうとしていた。しかし彼女をつかまえる——

「エウドクシア、聞いてくれ、聞いてくれ」

喘ぐようにして——

「僕は興奮してしまった、きみに対してきつくしすぎた。しかしそんなつもりじゃなかったんだ。許してくれ、いいかい？」

身をふりほどいて——

「あんたは思いっきり蹴りつけておいて、あとから許してくれって頼みこんでくるんだから！」

ドアを叩きつけて出ていった。彼は鏡の中の自分を見に行った——〈僕の想像力は自慰男のレベルだな〉。横になるために服を脱いだ。しかし、一分も眠らなかった。近親相姦はしてないのだった。欲望があっただけで近親相姦になるわけではない。そして眠らなかったにもかかわらず、エウドクシアが入ってきたのが見えもしなかったし聞こえもしなかった。彼の不眠は、眠り以上に稠密で計り知れないものだった。朝になって、すでに室内に陽の光が入ってきたころに、人の声、叫び声、泣き声が聞こえた。ベッドから飛び起き、ガウンをつかんだ。エウドクシアはいなかった。スリッパ、靴下、パジャマの上からガウンをまとって、寝室から出た。

グロリーニャが両腕を開いて、走ってやってきた——

「ノエミアが死んだのよパパ！　ノエミアが殺されたのパパ！」

娘は彼の腕の中に飛びこむ。サビーノは不幸な事故、交通事故と思う。しかしやってきたエウドクシアと、グロリーニャ自身が、二人して言った――

「オフィスで殺されたの！　オフィスで」

殺された、彼のことを待っている間に。すでに死んでいたのだ、電話が彼女を呼んでいたときには。こう言った――

「落ちつけ、落ちつくんだ！　わたしが電話する。泣くんじゃない」

会社に電話した。そして、すべてを知った。掃除の若者たちが到着したとき、ドアが開いていて、明かりがついているのが見えた。彼らは不思議に思った。そして、執務室の中で、半裸の彼女に出くわした、全身を切りつけられて、性器にまでバツ印を刻みつけられて。

サビーノは急いで別れを告げた――

「結婚式があるんだ、しかしたぶん、そっちに立ち寄るから」

グロリーニャはすすり泣いていた。彼は忍耐を失った――

「その泣き声をやめるんだ！　もう十分だ！　ヒステリーもいいかげんにしろ！」

娘のほうもわめいた――

「パパ――まるでお父さまには感情というものがないみたいじゃない！　ノエミアが死んで、お父さまはかわいそうと思わないの、パパ！」

彼は壁に頭をぶつけたい衝動、叫びながら通りに飛び出したい衝動をおぼえた。グロリーニャをつかんだ――

「いいかい、娘よ。よく聞くんだ。大げさにならないようにしよう。よく聞いて。ノエミアは親戚だったわけじゃない、友達でもない、わかるかい？　友達だったわけでもない。従業員なんだ、娘よ。悲しいが、もう起こってしまったことで、わたしにいったい何ができるというんだ、えっ？」

「パパ、お父さまはひどい！」

叫びだした——

「大事なのは、きみの結婚式だ！　きみの結婚式だ！」

そして彼が震えあがる思いになったのは、誰一人として彼の絶望感を感じとってくれる人がいないことだった。「この事件のせいで、エウドクシアは彼を部屋の隅に引っぱっていって——この事件のせいで、『マンシェーチ』の表紙はダメになるかしら？」

「クソ食らえっていうんだエウドクシア、クソ食らえ！」

言い返した——

「二度目ね、あんたがあたしに汚いことばを吐くのは！」

「クソは汚いことばじゃない！」

ちょうどその瞬間に警察がやってきた。応接室にハンジェウ警部と捜査員二人を迎えるために出ていった。グロリーニャを遠ざけておかなければならなかった——

「娘よ、奥に入ってなさい」。そしてくりかえした——「大事なのはきみの結婚式だ！」

事件のことを話しあった。警部は刺し傷が三十数か所におよぶことを話した。灰皿でタバコを押しつぶしながら続ける——

「盗みではないです。セックスがらみです。純然たるセックス。犯行の様子について、申し上げておきます——これほど猟奇的なのは見たことがないです。わたしも警察に入ってもう二十年になるんですがね」

「容疑者は？」

警部は帽子をうちわのように使いながら——

「いません。いや実は、一人いたんです。被害者の愛人で、シャヴィエルとかいう。しかしこの男はきのう、奥さんを殺して自殺したんです。シャヴィエルの正妻はハンセン病患者でした。それはともかくとして。被害者はあなたの秘書だったんですか？」

「その通りです」

「で、どんな人でした？」

彼は言った——

「模範的な従業員です、礼儀正しくて」

それからじきに、警部は立ち上がった。サビーノは玄関まで案内した——

「考えてもみてください、まったくとんでもない偶然があるものです。あの女の子が、わたしのオフィスで、結婚式の当日、というか前日に、殺されるとは。わたしの末娘が結婚するんです。しかしわたしはいつでも協力します、いつでも当局に協力します、何でもお役に立てることがあれば」

警官は一瞬立ち止まり、指で帽子を回転させる——

「そういうわけでサビーノ先生。やっかいなことになりますよ。シャヴィエルは手がかりになったはずなんですが。やつは死んでしまった。犯罪があって、犯人はいない」

サビーノは深く息を吸って——

「かならず出てきますよ、犯人はきっと出てきます」

「そう期待したいですね」

それからの数時間、サビーノは自分が何を言っているのか、何をしているのか、まったくわからなくなった。役場での世俗婚セレモニーの場では、グロリーニャの夫の母親と抱擁して、こう言った——

「ノエミアが死んだ」

テオフィロに対しても同じだった——〈ノエミアが死んだ〉。彼らが家にもどると、カメラマンたちが来ていた。グロリーニャは大急ぎでウェディングドレスを着にいった。美容師のヴィセンチが髪をセットしにやってきた。メイクアップ担当の女性が顔の世話をした。そうしてようやく、彼女が新婦として、カラー写真のためにポーズをとった。背後ではエウドクシアと姉たち、そして叔母たちがドレスの尻尾を持っていた。『マンシェーチ』は五十枚ほど撮影した。それからようやくサビーノが燕尾服であらわれた。ときおり、この人に、あの人に、こう言っていた——

「大事なのは結婚式だ!」

あとになって、ある人は、彼が娘の腕をとって教会に入ったときには、聖人のように蒼白な顔をしていた、と言うことになる。彼は式典のすべてを絶望的な倦怠の感覚をもって眺めた。義理の息子の男色の問題は、もはやあまりに古く、亡霊のように霞んでいた。大臣とその夫人とも、ほとんど話をしなかった。あとになって、リオデジャネイロの人間の半分が参列していた、とも人は言うことになった。

新郎新婦と証人たちが聖具室へと退出したとき、エウドクシアにはもう彼の姿が見えなかった。訊ねてまわった——

「サビーノを見なかった? サビーノは、見なかった?」

ダメだった、誰も彼を目にしていなかった。新郎新婦がお祝いのことばを受けている一方で、サビーノはメルセデスに乗りこんでいた。それでも運転手はこう訊ねた――

「ドナ・エウドクシアは来ないんですか？」

「来ない。さあ行こう」

新婦はメルセデスでここまで来たのだったから、別の車を手配しないといけないはずだった。運転手の次の質問は――

「どこにですかサビーノ先生？」

すると彼は――

「警察署に行ってくれ、何という名だったか？　町なかのあの警察署。あそこだ」

五分か六分後、警察署に入った。事件報道の記者たちは全員がそこにいた。そこに、香水の匂いを漂わせる、ほとんど貴人のようなあの燕尾服の紳士の到着が、スキャンダルのように轟《とどろ》きわたった（サビーノは、その後の一生ずっと、警察担当の報道記者は臭いという印象を持つことになった）。ハンジェウ警部は、すでに十五回も取材に答えていたが、立ち上がった――

「ああ、サビーノ先生！」

サビーノは周囲を見まわして、訊ねる――

「皆さんはマスコミの方々ですか？　ならこちらに来て、聞いてください」

明瞭な力強い声で言った――

「わたしはここに、自分の犯罪を告白するために来ました。わたし、サビーノ・ウショア・マラニョンは、昨日、わたしのオフィスで、わたしの秘書ノエミアを、嫉妬から殺しました。あの女性はわたしの愛人であり、きのうの午後、アドッキ・ロボ通りの部屋で、わたしと一緒にいました」

胸に手を置いた――

「わたしが殺人犯です！　わたしの愛人でした。刃物は海に捨てました。わたしが殺人犯です」

警察署内では、恐ろしいほどの人声が飛び交った。記者たちは交錯してぶつかりあった。カメラマンが二人、机の上に登った。フラッシュが何発も弾けた。ハンジェウ警部は叫んでいた――

「ミエシモを呼んできてくれ、ミエシモを呼んで！」

ミエシモというのは裁判所の公証係だった。署の正面にある飲み屋で、揚げた鰯《いわし》をつまみにビールを飲んでいた。

誰かがサビーノのために椅子を持ってきた。彼はそこにすわった。

幸せだった。

あとがき

ネルソン・ロドリゲスは一九四〇年代から七〇年代まで一貫してブラジルのマスコミ界の最前線で活躍した多様な顔をもつ文筆家である。最初は純然たる新聞記者だったが、四三年に戯曲『ウェディング・ドレス』が劇場でセンセーションを巻き起こして大ヒットしてからは、芝居を中心として活動するようになり、一定の頻度で作品を発表して、生涯に合計十七作の戯曲を書いた。ブラジルの演劇におけるモダニズムを開始して確立させた作家という評価が固まっている。

しかし、芝居における名声が確立するのとほぼ同じ時期から彼は小説も書きはじめた。その最初の作品は、外国系の出自をもつ女性作家という設定のもとで一九四四年に発表した『罪を犯す運命』という新聞連載小説だった。愛のない結婚を強いられた女性を主人公とした通俗小説で、すぐに人気が出て、これを掲載したリオデジャネイロの新興の新聞は、購読者数が一気に十倍に増えたともいう。ネルソンはこの人気を受けて、同じスザーナ・フラッグ名義で立て続けに作品を書き、それからの十年で計六冊の小説を発表することになる。ネルソンはその生涯を通じて多数の作品が映画化されたりテレビ・ドラマとなったりしたことで知られるが、初めて映画化された（一九五二年）のはこの偽名で発表した最初の作品だった。同じ時期にはミルナという別の女性名でも小説を発表したり、新聞の人生相談コーナーを担当したりもしていた。

五〇年代に入ると別の新聞社に移って、やがて彼のもっとも広く知られる作品となる〝A vida como ela é...〟という連載コラムを開始した。この題名は、いかにもネルソン・ロドリゲスらしい話術というかブラジル人的な口調が反映されたもので、なんとも翻訳しづらいのだが、「人生をあるがままに……」とか、「ありのままの人生」といった意味である。これはスペイン語圏やラテンアメリカでは一般に「クロニカ」と呼ばれている内容の毎日の連載コラムだった。クロニカとは、ニュース記事にはならないような日常的な出来事や小事件を題材にして、一般市民の生活感情や人間関係のありようを際立たせる読み物記事のことで、ブラジルのみならず各国で長い伝統があり、名高いクロニスタも少なくない。通常はあまり長くない生活のスケッチ的なものが多いが、ネルソンのクロニカはより物語性が強く、ドラマティックなものだった。毎日のコラムだから、うまく書けた回もそうでなかった回も当然あったはずだが、彼はこれを一九六一年まで十年以上続けた。それだけの人気コラムだったのである。そしてその連載の中から選ばれた百篇が同名の本としてその最後の年に刊行され、それらは現在では一般に短篇小説として読まれるようになっている。

一九六〇年代の彼は、ブラジルのテレビに初めてできたサッカー評論番組に司会役として登場するようになり、熱狂的なフラメンゴ・ファンとしてのアクの強い意見でテレビの人気者になった。このように、ネルソン・ロドリゲスはティーンエージャーとしてジャーナリズムに関わるようになってから、マスコミ界の最前線で、毀誉褒貶《きよほうへん》にさらされつつ、あらゆる種類の文章を書き散らしながら生きた人だったのである。

ネルソンが本名で発表した長篇小説は、一九五九年に出した『野生のアスファルト』、そして、本書『結婚式』（一九六六年）の二篇のみである。戯曲に関しても、この前年に、代表作であり、日本でも『禁断の裸体』という題名で上演されたことのある『すべての裸体は罰される』を発表してからは、最晩年まで八年間の沈黙に入ったので、ある意味で、『結婚式』は、彼が文筆家として猛烈な勢いで走り続けてきた二十五年ほどの時期の一番最後に書かれた、集大成と見なすことのできる作品なのである。また、最初から単行本として書き下ろしで発表された唯一の小説でもあった。

このようにマスコミの表舞台に立ち続けた有名キャラクターであり、まじめな文学作品としての体裁を拒んだ戯作的な方法を多用したことにより、ネルソン・ロドリゲスの芝居以外の作品が本格的に評価されるようになったのは没後のことである。一九九〇年代にサンパウロの文芸出版社コンパニーア・ダス・レトラス社が戯曲以外の選集を上品な装丁で刊行してからだと言える。その後、二十一世紀に入ってからは、スキャンダラスな側面を強調した派手な装丁の新版が相次いで出されるなどして読者を広げたのち、現在では電子版を含めて多くの作品が常時手に入る状態になって、再評価が確定的になっている。

『結婚式』を一読して感じられる特徴は会話の多さで、いかにも劇作家らしい小説ということだろう。ネルソンはブラジル人の口語の特徴をとらえるのがうまいことで知られ、その点でいかにもブラジルらしい作家だと見なされるのである。

そのブラジル的口調のいくつかの特徴を考えてみる。時代によって大きく変化するスラング的な表現や、面白い格言や比喩も多用されるのだが、とくに『結婚式』において重要なはたらきをしているのは、話者が目の前にいる相手と話すときの二人称の会話における変幻自在な距離感の表現だろう。ラテン語系の言語には、親しい間柄の二人称の呼称と、少し距離のある相手と話すときの呼称の二通りの二人称があるのがふつうで、ポルトガル語も基本的にはそうなっている。ところが、ブラジルのポルトガル語はそこが簡易化されていて、現代では親しいほうの二人称はほとんど使われなくなっている（地域差や階層差はある)。敬称的な呼び方のほうが基本となって、誰に対してもそれを使うのがふつうなのである。それが旧時代のヨーロッパとは違うブラジル的な人間関係のフラットさのあらわれであると見なすことはできる。上下関係があろうとなかろうと、相手によって呼び方を変えなくていいというのは、ずいぶんと気持ちが楽になることである。

ところが現実には、それほど単純ではないことをネルソン・ロドリゲスは随所で表現してみせる。常用される敬称二人称に加えて、実はもう一段格式ばった呼称があって、同じ相手に対してもそのふたつを併用して使い分けることで、そのときどきに応じて登場人物が相手との距離感や敬称感を微妙に調整して表現していることを描きこむのである。それがたとえばサビーノが、ノエミアに対してどう話しかけようと企《たくら》むときに考えていることだ。親しく呼びかけて親密感を出すか、疎遠な感じにして上下関係を強調したり嫌悪感を伝えたりするか、といったことである。

距離感の表現にはもうひとつ要素があり、それが人の名前の呼び方である。ブラジルやラテンアメリカでは話している相手の名前を呼びかけることは頻繁で、人間関係においてとても重要なことでもあるが、そこで、ふつうに親しくノエミアと呼ぶか、ドナ・ノエミア(敬称)と呼ぶかを悩むわけだ。通常、人の呼び名は関係性に応じてひとつに統一されて、いつでも同じに呼ぶのが当然だろうが、距離感の機微に敏感なネルソン・ロドリゲスの世界ではそうでもないのである。

その距離感の微調整が極限まで行きつくのがサビーノとグロリーニャの関係であることは言うまでもないだろう。グロリーニャは父親のことを、「パパ」と呼んだおなじ一文の中ですら別の呼び名で呼ぶ。訳文中で「お父さま」としたのは、「貴殿」とでも言っているような格式ばった二人称を使っているところである。しかし、そう呼んでいるからといってそれが疎遠さの表現であるとは必ずしも言えず、親しい間柄ならではの遊戯性でもあるところが、この二人の関係の複雑さだろう。サビーノの側もまた、娘のことをきわめて微妙な距離感で扱い、しまいには「かわいい坊や」とまで呼びだして、関係性の迷路の中に迷い込んでしまう。

翻訳との関係で言えば、「僕の天使」とか、「わが娘よ」、「愛しい人」、「わが愛」といった呼びかけは、日本語ではその大仰さをはにかんで使われることがないので、日本語としてはまったく不自然だろうが、あえてそのまま、ブラジル的な距離感や言語感のままに訳しておくことにしたのは、それがブラジル的な口調の重要な要素だからである。それを日本語的な言いまわしに置き換えたり、あるいは完全に省略してしまったら、明らかに著者の狙いを省略することになるだろう。翻訳に関して、自然な日本語でないとか、日本語としてこなれていない表現、といった言い方で批判されることがときどきあるのだが、あえて不自然な表現を残しているのには、外国文学は日本ではない場所で、日本語ではない言語でのコミュニケーションを扱っているものなのだから、それが日本語として完全にこなれたものになるはずはなく、全く不自然でなくなってしまったら外国文学としての特性の大事な部分を失ったことになるという考えが基盤にある。

ネルソン・ロドリゲスにはいくつもの作品において横断的にこだわり続けたテーマやモチーフがいくつかあり、『結婚式』にもそれは顕著に見られる。同性愛や、男性同士のキスがスキャンダルを巻き起こすという展開は、演劇作品の『アスファルト上の口づけ』にも見られた。姉妹の間の激しい競争や反目という主題は、『ウェディング・ドレス』でも『アスファルト上の口づけ』でも中心的なモチーフとなっていた。人体や裸に対する嫌悪は『野生のアスファルト』でも扱われ、近親相姦や売春への関心も広く見られる。このような、タブー視されてきたテーマを中心的に扱った点でネルソン・ロドリゲスはスキャンダラスな作家と見なされ、旧来的な道徳観をもつ人たちからは白眼視された。実際、『結婚式』

も、一九六六年の九月に刊行されたのち、翌十月には軍事政権の法務大臣により販売禁止とされた。「描かれた場面の下劣さと言語のはしたなさ」が「家族の秩序を乱す」ものだとの理由が付されていた。ネルソン・ロドリゲスはこの措置の撤回を訴え、翌一九六七年四月に連邦裁判所で勝訴している。それによって『結婚式』は再度流通することになり、七五年にはアルナウド・ジャボール監督によって映画化されている。

しかし、ネルソンがしばしば主張していたのは、自分はむしろ保守的な価値観の持ち主であって、罪を犯したり不道徳な行為をしたりした登場人物が罰される物語を書いている、ということだった。フィクションの作品は過剰で誇張されているべきであり、人が避けるべきことを登場人物があえておこなうのは、その悪い模範を通じて読者が純化され、同じまちがいを犯さないようになるためだ、と述べていた。『結婚式』においても、結末は若干唐突で、取って付けたもののようにも感じられるが、構造としては今述べた通りのものになっている。十九世紀末のマシャード・ジ・アシス以来、ブラジル文学は支配階級の精神的腐敗を描くのを使命としてきた面があるが、『結婚式』にもそれは貫かれているようである。とはいうものの、いずれの作品も、そう簡単に割り切ることのできないアンビヴァレントな側面があることがネルソンの魅力となっていることはまちがいない。

先に述べたようなスキャンダラスなモチーフを通じて、ネルソン・ロドリゲスはブラジル社会にあるさまざまな偏見や差別意識を主題化して読者に問うていたのだとも言える。中でも『結婚式』において、強烈な印象を残すのは癲癇とハンセン病という二つの病気に関するものだろう。ハンセン病については、日本は半世紀ほど前からほとんど新規罹患者がいない国になっているが、ブラジルは長くこの病気に悩まされてきた国で、現在でも年間数万人単位の新規罹患者が生じる数少ない未制圧国だということが背景にはある。

もうひとつ、この作品に関連してぜひとも指摘しておきたいことがある。ブラジルという国は誰もが言いたいことを自由に言って生きている解放的な国だ、と広く思われているふしがあるが、実はサビーノのように、言いたいことを言おうと思いつつ、結局最後まで言えずに悶々としている人たちの国でもあるようだということである。とくに中上流階級の人たちに当てはまることだと思うが、伝統的には、人当たりを気にしてむしろ言いたいことが言えない人たちの国のようなのである。そのような様子は、スペイン語圏ラテンアメリカとブラジルの両方に駐在員として暮らしたことのある日本人ビジネスマンからも個人的に聞いたことがある。スペイン語圏のほうがはっきりと要求を言うのに対して、ブラジル人は何を本当に思っているのか、はっきりと言わないのでずっとわかりにくくてむずかしい、というのである。知人の求めることに対して「ノー」と言うことで対立やわだかまりが生じてしまうのを避けるために、面と向かっては曖昧にしておいたり、「イエス」とまで言って約束しておいたりしながら、実際にはそれを守らずにやり過ごしてしまうような、「不実な」行動をするという行動パターンがブラジル人にはあるというのだ。ブラジル文化論において、「ブラジルは初心者向けの国ではない」と言われたりすることがあるのはそのような不可解さから来ているのだと思う。その意味で、この本は多くの日本人にとって、これまで見たことがないようなブラジルの側面を見せてくれるものであり、ブラジル像を描き替えることになるものとも言えるのではないだろうか。

ネルソン・ロドリゲスは一九一二年、ブラジル北東部ペルナンブーコ州の州都レシーフェに生まれ、父親の移住とともに四歳でリオデジャネイロに移り住み、一九八〇年に没するまでそこで暮らした。父親マリオ・ロドリゲスも著名なジャーナリストで、一九二〇年代にリオで新聞を二紙、創刊している。ネルソンは父親の創設した新聞『ア・マニャン（朝）』で十三歳のときから取材記者として働きはじめたと述べている。ふたつの新聞はどちらも高級紙だったわけではなく、むしろスキャンダラスな内容を得意としていたようだ。

やはり父マリオが創刊した『クリチカ』紙もまたそのような編集方針のもので、一九二九年末にライバル紙の女性記者の不倫の噂を報じた。気位の高いこの女性は、翌日、『クリチカ』紙の編集部を訪れ、社長で編集長だったマリオに面会を求めた。しかし、マリオは不在だったため、代わりに同紙でイラストを担当していたその息子ロベルトが応対したところ、女性記者は持ち込んだ拳銃でロベルトをその場で射殺した。そのとき十七歳で、社内にいたという弟ネルソンは「ロベルト殺害の受難《パッション》に最後の一滴まで涙を流しつくした」ことがフィクション作家としての自分の原点にある、とのちに述べることになった。ネルソン・ロドリゲスの芝居と小説は、ブラジルでノヴェーラと呼ばれているテレビの連続ドラマ（ブラジルでは基本的には三十分程度の枠で毎日放送される）の原型を作ったとされるが、たしかに、この逸話に感じられるような激しいパッションにネルソン・ロドリゲスが生涯を通じて強い関心を抱き続けたことはまちがいない。

本書はNelson Rodrigues: *O casamento*, 1966の全訳である。翻訳にあたっては、Campanhia das Letras（São Paulo）, 1992、および、HarperCollins（Rio de Janeiro）, 2021の電子版などを参照した。どちらも信頼できるよい版である。

二〇二四年十二月二十八日

旦 敬介

ネルソン・ロドリゲス　Nelson Rodrigues

一九一二年ブラジル北東部ペルナンブーコ州レシーフェ生まれ
一九八〇年リオデジャネイロで死去

生涯、新聞や雑誌を主な活動の場とするジャーナリストであり続けたが、一九四〇年代から戯曲・小説を書きはじめ、ブラジル演劇の革新者として高く評価される一方、伝統的なブラジル社会が大きく変容していく様子を反映した作品内容は下品で不道徳とも評された。『結婚式』も六六年に刊行された直後、家族の秩序を乱すものとして、軍事政権によって販売が禁止されたが、著者による訴訟を経て、翌六七年四月に解禁されたという経緯がある。

ジャーナリストで新聞社も経営した父親の移住にともなって幼少時に当時の首都だったリオに移住し、若くして父親の新聞社で記者として働きはじめ、長く犯罪面を担当した。一九四〇年からは記者としての収入を補う目的で芝居の脚本を手がけはじめ、第二作の『ウェディング・ドレス』がヒット作となって劇作家としての名声を確立した。ここでは舞台を「現実」「記憶」「妄想」という三つの部分に分けて、昏睡状態にある主人公の内面の複雑さを表現したことが注目され、モダンなブラジル演劇の起点となった。その後も複雑なセクシュアリティを中心的なテーマとして扱い、ブラジル社会の偏見や差別意識を描き出したスキャンダラスな演劇作品（計十七作）を晩年まで発表し続ける一方、スザーナ・フラッグという女性のペルソナをまとって書いた新聞連載小説が人気を博した。五〇年代には、十年以上にわたって担当した連載コラム「ありのままの人生」が爆発的な人気となり、秘められた欲望や不倫などをテーマとするその一部は短篇小説として読みつがれている。

『結婚式』は『野生のアスファルト』に次いで彼が本名で発表した長篇小説である。都会的な洗練のあるボサノヴァが流行する中で若者文化が花開いて、行動も価値観も大きく変容していく六〇年代のリオを舞台にしながら、上流階級の精神的な腐敗をあばくというマシャード・ジ・アシス以来のブラジル文学の主要テーマに属していると見なすことができる。

旦 敬介　だん けいすけ

一九五九年生まれ、東京都出身。作家・翻訳家、明治大学国際日本学部教授。ラテンアメリカ文学、アフロブラジル文化。一九九〇年代にケニアに暮らして以来のコンゴ音楽愛好家。著書に『旅立つ理由』（読売文学賞）、『ライティング・マシーン』など。訳書は、バルガス＝リョサ『ラ・カテドラルでの対話』『世界終末戦争』、ガルシア＝マルケス『十二の遍歴の物語』『出会いはいつも八月』、J・ゴイティソーロ『戦いの後の光景』、B・チャトウィン『ウイダーの副王』、P・コエーリョ『11分間』、M・ジェイムズ『七つの殺人に関する簡潔な記録』、レサマ＝リマ『パラディーソ』など多数。

結《けっ》婚《こん》式《しき》

二〇二五年二月十六日初版第一刷印刷
二〇二五年二月二十六日初版第一刷発行

著者　ネルソン・ロドリゲス

訳者　旦 敬介

発行所　株式会社国書刊行会
東京都板橋区志村一―十三―十五　〒一七四―〇〇五六
電話〇三―五九七〇―七四二一
ファクシミリ〇三―五九七〇―七四二七
URL : https://www.kokusho.co.jp
E-mail : info@kokusho.co.jp

装訂者　大倉真一郎

印刷所　藤原印刷株式会社

製本所　牧製本印刷株式会社

ISBN978-4-336-07708-0 C0097

乱丁・落丁本は送料小社負担でお取り替え致します。